TRUDE TEIGE

# DAS HAUS, IN DEM DAS BÖSE WOHNT



atb aufbau taschenbuch

TRUDE

# TEIGE

## DAS HAUS, IN DEM DAS BÖSE WOHNT

EIN NORWEGEN-KRIMI

Aus dem Norwegischen von
Gabriele Haefs und Andreas Brunstermann

aufbau taschenbuch

Die Originalausgabe mit dem Titel
*En hjelpende hånd*
erschien 2010 bei H. Aschehoug & Co. (W. Nygaard) AS, Oslo.

MIX
Papier | Fördert gute Waldnutzung
FSC® C083411
FSC
www.fsc.org

ISBN 978-3-7466-4182-9

Aufbau Taschenbuch ist eine Marke der Aufbau Verlage GmbH & Co. KG

1. Auflage 2025

www.aufbau-verlage.de
10969 Berlin, Prinzenstraße 85

Bei Fragen zur Sicherheit unserer Produkte wenden Sie sich bitte an produktsicherheit@aufbau-verlage.de.
Satz LVD GmbH, Berlin
Druck und Binden CPI books GmbH, Leck, Germany

Printed in Germany

Tape 1
00:00:10

*Ich weiß gar nicht richtig, wo ich anfangen soll …*
*Aber als Erstes möchte ich gern sagen, dass mich niemand daran hindern wird, das mir widerfahrene Unrecht zu rächen. Das ist das Wichtigste. Auf alles andere werde ich dann nach und nach zurückkommen; wie das Böse aussieht, wo es zu finden ist.*

Frau Albertsen klatschte in die Hände. »Einfach verschwunden. Puff!«

Die alte Dame saß im Aufenthaltsraum neben Bibbi, Kajsas Mutter, in ihrem Sessel. Ihre Augen waren weit aufgerissen.

Vor drei Monaten hatte Kajsa mit den Aufnahmen für eine Fernsehdokumentation über ihre Mutter begonnen. Am Heiligabend hatte sie zum ersten Mal die Kamera in das Pflege- und Seniorenheim Solgløtt in Asker mitgenommen. Die Anfangsszene sollte die von Kindern und Enkeln umgebene Mutter zeigen.

Seit fünf, sechs Jahren war Kajsa als Politikjournalistin bei Kanal 4 für die Berichterstattung über die norwegische Gesundheitspolitik und Altenfürsorge verantwortlich. Das Thema hatte sie lange Zeit persönlich nicht betroffen; erst als ihre Mutter ins Solgløtt-Heim kam, hatte Kajsa verstanden, wie es eigentlich um diese Dinge bestellt war. Als Angehörige hatte sie jetzt die einzigartige Möglichkeit, eine realistische Darstellung der Zustände in einem Bereich zu liefern, der in Wahljahren stets die Aufmerksamkeit der Politiker auf sich zog, dem jedoch nie die dringend benötigten Ressourcen zugeteilt wurden.

Kajsa hatte vorab die Heimbewohner, die Angestellten und die Angehörigen von ihrem Projekt unterrichtet. Nur einige wenige wollten nicht gefilmt werden. In der ersten Zeit hatten sich viele seltsam künstlich verhalten, sobald sie die Kamera einschaltete, so dass sie sich angewöhnt hatte, das Gerät die ganze Zeit mit sich herumzutragen, auch wenn es nicht lief. Nach einer Weile schien sich niemand mehr daran zu stören, und die Aufnahmen wirkten viel authentischer.

Ohne Frau Albertsen zu antworten, griff Kajsa in die Handtasche, nahm die Kamera hervor, legte sie beiläufig auf den Schoß, drückte auf den Aufnahmeknopf und sah auf dem kleinen Bildschirm, dass sie einen schönen Ausschnitt von der alten Dame eingefangen hatte. »Was haben Sie gesagt?«, fragte sie dann.

»Noch eine«, erwiderte Frau Albertsen. »Einfach verschwunden. Puff!«

Sie beugte sich vor und legte eine Hand auf Kajsas Arm. Wie häufig bei alten Menschen waren ihre Augen blass, mit dunklen Ringen um die Pupillen. Sie schielte zu Kajsa herüber, zwei tiefe Falten bildeten sich auf ihrer Stirn. Ihr Blick war eindringlich.

Kajsas Mutter lebte jetzt seit fast zwei Jahren im Altenheim, und Kajsa hatte enge Bekanntschaft mit Frau Albertsen gemacht. Eine Dame von zweiundachtzig Jahren mit krummem Rücken. Ihre Gesichtshaut ähnelte der Schale einer getrockneten Weintraube. Sie war ungeheuer mitteilsam, sprach viel und lange mit allen, denen sie begegnete, und zuallererst mit sich selbst. Während der Besuche bei ihrer Mutter empfand Kajsa es mitunter als bedrückend, all diese alten Menschen zu sehen, die sich in ihrer eigenen Welt befanden und häufig ganz unverständliche Dinge sagten.

Kajsa betrachtete die alten Männer und Frauen, die um sie herum saßen. Einige von ihnen schliefen, andere sabberten, ein älterer

Mann versuchte aufzustehen, schaffte es aber nicht. Er sank in seinen Sessel zurück, ein Anflug von Resignation huschte über sein Gesicht, aber er sagte nichts. Er blieb bloß sitzen und starrte in die Luft, während er mit langen, dünnen Fingern am Stoff der Armlehne herumzupfte. Eine Frau in der Nähe flüsterte vor sich hin, lächelte und nickte dabei, als ob sie sich mit jemandem unterhielte. Dann verstummte sie. Eine andere Frau stand am Fenster und sah hinaus, ein paarmal klatschte sie in die Hände, als gäbe es dort draußen etwas, das sie in Begeisterung versetzte.

Martin Roland saß in seinem großen elektrischen Rollstuhl vor dem Fernseher und schaute irgendeine amerikanische Seifenoper. Woran er dabei wohl dachte? An das Leben? Wie es war, ohne Kinder zu leben, zwischen alten Menschen, die seine Eltern, ja, sogar seine Großeltern sein konnten?

Er saß nicht oft mit den anderen im Aufenthaltsraum, überwiegend hielt er sich in seiner Wohnung auf. Ein kleines Wohnzimmer mit Teeküche, Schlafzimmer und Bad. Ab und zu schaute Kajsa bei ihm auf ein Schwätzchen vorbei. Martin Roland konnte zwar nicht sprechen, hatte aber ein Rolltalk. Mithilfe dieses Geräts konnte er den Fernseher einschalten, den Kanal wechseln, das Licht ein- und ausknipsen, ins Internet gehen oder mit anderen Menschen kommunizieren, indem er auf einem Computer schrieb. Er hatte eine Brille mit Maus-Funktion, und wenn er den Kopf bewegte, konnte er den Cursor auf dem Bildschirm bewegen. Über einen kleinen Schalter, der an seiner Hand befestigt war, ließen sich Symbole, vorprogrammierte Wörter oder einzelne Buchstaben anklicken.

Vier Jahre zuvor hatte Martin einen Verkehrsunfall erlitten und war seitdem vom Hals abwärts gelähmt. Da war er gerade zum dritten Mal Vater geworden. Kajsa schätzte ihn auf etwa vierzig. Obwohl sie wusste, wer er war, war Kajsa ihm erst persönlich begegnet, als ihre

Mutter ins Altenheim kam. Vor dem Unfall hatte Martin Roland für Ärzte ohne Grenzen gearbeitet. Der NRK hatte ihn etwa sechs Monate lang auf seinen Reisen in verschiedene Kriegs- und Katastrophengebiete begleitet. Sie hatten seine Tränen und sein Lachen gezeigt, seinen Einsatz für die Schwächsten und seine unverhohlene Wut auf Kriegsherren und Nationen, die nicht genug taten, *um den Irrsinn zu stoppen* und *die Unschuldigen zu retten*. Dabei waren hart gegeneinander geschnittene Szenen entstanden, zu Hause mit seinen eigenen Kindern, die unter Tränen einen Vater verabschiedeten, der in die Ferne aufbrach, um die Welt zu retten, gefolgt von Aufnahmen, die ihn in einem notdürftig eingerichteten OP-Zelt zeigten, während er ein Kind betrauerte, für das er nichts mehr hatte tun können.

Mittlerweile war von dem starken und eloquenten Mann nicht mehr viel übrig. Kajsa hatte ihn nur wiedererkannt, weil sie seinen Namen kannte. Sein Gesicht war etwas angeschwollen, vermutlich eine Folge der Medikamente. Er war extrem dünn, einer seiner Füße war völlig verdreht. Sein langes Haar, das er früher als Pferdeschwanz getragen hatte, war – vermutlich aus praktischen Gründen – auf wenige Millimeter gestutzt worden.

Frau Albertsens Stimme riss Kajsa aus ihren Gedanken. »Ja«, sagte sie und blickte Kajsa durchdringend an. »Einfach verschwunden, sie auch.«

»Wer denn?«, fragte Kajsa und ließ die Kamera weiterlaufen.

Aber Frau Albertsen gab keine Antwort. »Verschwunden«, flüsterte sie nur und verstärkte den Druck um Kajsas Arm.

Kajsa blickte sie an. Hätte sie nicht gewusst, dass die alte Dame völlig in ihrer eigenen Welt lebte, hätte sie geglaubt, dass sie sich fürchtete.

»Was …«, setzte Kajsa an.

»Psst!«, entgegnete Frau Albertsen, als einer der Krankenpfleger hereinkam. Laut fing sie an zu summen, als wollte sie von ihren Worten ablenken.

»Wie schön Sie singen, Frau Albertsen«, bemerkte der Pfleger.

Sturla Bjerke war der Charmeur der Abteilung und der Jüngste des festen Personals. Mit seinem goldenen Hautton, den dunklen Augen und den halb langen, lockigen Haaren weckte er Assoziationen an einen griechischen Gott. Er kam zu ihnen, legte den Arm um Kajsas Schulter, zog sie an sich und wiegte sie singend hin und her. »Kleine Vöglein sangen so schön im Gras, so schön, dass ich alles vergaß. So vieles geschah am Ufer des Fjords, als in der Abendsonne ich saß.«

Kajsa löste sich aus seiner Umarmung und ließ die Kamera von Frau Albertsen über die Mutter zum Krankenpfleger und wieder zurück schweifen. Sturla setzte sich zu Bibbi und nahm jetzt sie in die Arme. Wie unfassbar nervig er sein kann, dachte Kajsa. Ständig tauchte er irgendwo auf und schob sich vor das Objektiv, wenn sie Aufnahmen machte. Sie zoomte an das Gesicht der Mutter heran. Bibbi saß ganz still da und starrte Sturla verwundert an, lächelte nicht und sang auch nicht mit.

Als Kajsa die Kamera wieder in den Schoß legte, stand Sturla auf und ging hinaus. Kajsa folgte ihm. »Ist jemand gestorben?«, fragte sie.

»Frau Bakke«, erwiderte er.

»Ging es ihr so schlecht?« Kajsa konnte sich gut an Frau Bakke erinnern. Die ganze Zeit hatte sie gestrickt, im Aufenthaltsraum, im Gang, auf ihrem Zimmer. Immer hatte sie gesagt, sie stricke Pullover und Jacken, aber es waren nur lange Streifen, die zu nichts verwendet werden konnten.

»Wie man's nimmt … Etwas krank sind hier ja alle«, sagte Sturla. »Deshalb sind sie ja auch im Pflegeheim«, fügte er hinzu und lächelte breit in die Kamera.

Kajsa ging zurück zu ihrer Mutter. Die Wanduhr zeigte halb vier. Sie hatte völlig vergessen, dass sie eine Verabredung mit Ingrid Steffensen hatte, die als Krankenschwester hier arbeitete.

Ingrid hatte sich Kajsas Mutter besonders angenommen, als sie ins Pflegeheim Solgløtt gezogen war. Kajsa unterhielt sich oft mit Ingrid, und nach einer Weile hatten sie sich angefreundet. Sie war nicht nur eine gute Pflegerin, sondern auch ein warmherziger Mensch, mit dem man leicht ins Gespräch kam.

In der letzten Woche hatte Bibbi einen ihrer vielen Angstanfälle bekommen, während Kajsa zu Besuch gewesen war. Mehrere Angestellte, darunter auch Ingrid, waren dazugekommen und hatten sich um sie gekümmert. Kajsa hatte weinend danebengestanden und hilflos zugesehen, wie sie ihre Mutter beruhigten und ihr eine Spritze gaben.

Als Kajsa sich dann zum Gehen anschickte, war Ingrid zu ihr gekommen. Kajsa hatte sich alle Sorgen um ihre Mutter von der Seele geredet. Ingrid erwiderte daraufhin, sie werde sich Zeit für ein intensiveres Gespräch nehmen, wenn sie am Montag die Abendschicht übernähme.

»Sie müssen mehr über den Zustand Ihrer Mutter erfahren«, hatte Ingrid gesagt. »Außerdem würde ich gern noch über etwas anderes mit Ihnen reden. Ich brauche einen Rat.«

»Ach so?«

»Ja, Sie sind doch Journalistin und daran gewöhnt, Dinge für sich zu behalten?«

»Aber sicher«, hatte Kajsa geantwortet.

Kajsa stand auf, um nach Ingrid zu suchen. »Tschüss, Mama«, sagte sie und drückte Bibbis Hand.

Bibbi, die gerade wach zu werden schien, sah Kajsa an.

Kajsa hatte noch immer die Kamera in der Hand und zoomte nah an ihr Gesicht heran.

»Was tue ich hier?«, fragte die Mutter.

»Aber Mama, du wohnst doch hier«, sagte Kajsa mit sanfter Stimme.

»Hier wohnen? Ich wohne nicht hier, ich will nach Hause!«

»Möchtest du vielleicht eine Tasse Kaffee?«, fragte Kajsa.

»Warum bringst du mich nicht von hier weg?«, fragte die Mutter. Sie hatte Tränen in den Augen. Kajsa erwiderte ihren Blick, merkte, dass Bibbi sie erkannte und wieder sie selbst war.

Das beklemmende Gefühl in ihrer Brust verstärkte sich, sie schaltete die Kamera aus, setzte sich wieder hin und streichelte Bibbis Wange. »Es ist zu deinem eigenen Besten«, sagte sie mit belegter Stimme.

Ihre Mutter entgegnete nichts.

Kajsa blieb ein paar Minuten bei ihr sitzen, bis sie sich beruhigt hatte. Als sie aufstand, blickte die Mutter sie an und sagte in formellem Ton: »Danke, dass Sie gekommen sind. Ihr Besuch hat mich gefreut.«

Wer bist du?, sagte ihr Blick.

Draußen im Gang traf Kajsa auf eine der Pflegerinnen und erkundigte sich nach Ingrid, die aber noch nicht erschienen war.

»Komisch«, sagte die Frau. »Ingrid hätte schon längst hier sein müssen. Sie ist nie zu spät, sie muss krank sein.«

Kajsa hatte keine Zeit zu warten, sie musste wohl einen neuen Termin mit Ingrid vereinbaren. Sie hatte versprochen, um halb vier zu Hause zu sein, wenn Thea und Anders aus dem Schulhort kämen.

Sie freute sich sehr auf die Kinder. Die beiden vertrieben die Verzweiflung, die sie immer überkam, wenn sie zuvor im Pflegeheim gewesen war.

Immerhin funktionierte etwas in ihrem Leben. Es war gut, dass die Kinder größer und selbstständiger wurden. Anders besuchte die vierte Klasse, Thea die erste. Jeden Tag gingen sie gemeinsam zur Schule und zurück.

Mit ihr und Aksel lief es dagegen nicht so gut.

Es war ihre Schuld, aber sie konnte nichts dafür. Es war zu schwierig, etwas daran zu ändern, sie wusste einfach nicht, wie.

»Du bist traumatisiert, du brauchst ein Debriefing«, hatte Aksel gesagt, der als Psychiater arbeitete und traumatisierte Menschen behandelte.

Sie wollte kein Debriefing, wollte nicht darüber reden, was sie vor fast drei Jahren erlebt hatte, als sie von zu Hause entführt und von einem Serienmörder über mehrere Tage gefangen gehalten worden war. Sie wollte nicht über den späteren Zusammenbruch reden, wollte jene Angst nicht noch einmal erleben.

Alles, was sie wollte, waren normale Tage. Einen normalen Alltag mit normalem Stress: arbeiten, nach Hause kommen, Essen kochen, Hausarbeit erledigen, eine Runde joggen, sich neben Aksel ins Bett legen und müde sein, unmittelbar einschlafen. Ohne zu denken. Alles sollte so sein, wie es zuvor gewesen war; sie wollte nicht als krank bezeichnet, diagnostiziert und dann behandelt werden.

Nicht von Aksel. Und auch von sonst niemandem. Sie würde schon klarkommen.

Tape 1
00:04:44

*Wenn ich sterbe, werde ich bald darauf vergessen sein, und niemand wird wissen, wer ich war, womit ich mich befasst habe. Deswegen habe ich diese Kamera gekauft.*

*Langsam gewöhne ich mich daran, laut zu reden, meine eigene Stimme zu hören in diesem Haus, in dem ich stets geschwiegen habe.*

*Ich will, dass es jemand weiß.*

*Noch habe ich nicht entschieden, was ich mit den Aufnahmen tun werde, aber mir fällt schon noch etwas ein.*

»Hallo, hier ist Petter Skoglund.«

»Oh, hallo«, erwiderte Kajsa überrascht. Sie hatte auf das Display geschaut, um nachzusehen, wer anrief, aber dort hatte *unterdrückte Rufnummer* gestanden.

Es war Dienstagnachmittag, und Kajsa war gerade im Pflegeheim eingetroffen, um zu filmen. Sie hoffte, dass Ingrid wieder bei der Arbeit wäre, damit sie sich unterhalten könnten.

Kajsa schaltete um auf Freisprechfunktion.

»Wie geht's dir?«, fragte sie, während sie die Tür zur Abteilung öffnete und nach ihrer Mutter Ausschau hielt.

»Danke, alles bestens«, erwiderte Skoglund. »Und dir?«

»Gut.« Kajsa lief durch den Gang, öffnete die Tür zum Zimmer ihrer Mutter einen Spalt und spähte hinein. Bibbi saß im Sessel am Fenster.

»Du arbeitest wieder Vollzeit?«, fragte Skoglund.

»Ja, ich habe gerade wieder angefangen, hundert Prozent zu arbeiten. Fünfzig Prozent für die Nachrichten, die restliche Zeit arbeite ich an einer Dokumentation über das Pflegeheim, in dem meine Mutter lebt.«

»Deine Mutter lebt im Pflegeheim? Ich dachte, sie wäre noch gar nicht so alt?«

»Ist sie auch nicht. Sie ist siebenundsiebzig und hat Alzheimer.«

»Ach, wirklich?«, sagte er abwesend und fuhr fort: »Du ... ich hab da eine Sache, die ist aber etwas ... wie soll ich sagen ... delikat.«

Kajsa ging den leeren Gang mit den vielen geschlossenen Türen entlang. »Diese Unterhaltung hat nicht stattgefunden«, entgegnete sie mit einem Lächeln in der Stimme, als sie an Martin Rolands offen stehender Wohnungstür vorbeikam. Sie sah den Rücken von Sturla Bjerke, dem Krankenpfleger, der sich über ihn beugte. Martin stieß ein paar gutturale Laute aus. Es war unmöglich, sie zu deuten, sie konnten Ausdruck von Freude oder von Schmerzen sein. Kajsa blieb stehen und beobachtete die beiden. Sturla hielt etwas in der Hand, das wie ein dicker Kugelschreiber aussah.

»Du kannst nicht sofort damit an die Öffentlichkeit gehen«, fuhr Skoglund fort, »ich möchte das erst mal mit dir besprechen.«

»Okay«, sagte Kajsa, drehte sich um und ging zurück zum Zimmer ihrer Mutter.

Kajsa und Petter Skoglund kannten sich schon seit fünfzehn Jahren. Sie hatten zusammen an der Uni Politikwissenschaft studiert, dasselbe Colloquium besucht und einen gemeinsamen Freundeskreis gehabt. Zu jener Zeit hatte Petter sich zur Überraschung aller als schwul geoutet. Während des Studiums war er politisch bei den Jungen Konservativen aktiv gewesen, und seit dreieinhalb Jahren hatte er einen Posten als Staatssekretär im Fischereiministerium.

»Wir können das nicht am Telefon besprechen, kann ich diese Woche mal abends bei dir vorbeikommen?«, fragte Petter.

Er will nicht, dass uns jemand zusammen sieht, dachte Kajsa. Irgendetwas Großes musste im Gange sein. Skoglund hatte ihr schon verschiedentlich Hinweise auf politische Angelegenheiten gegeben, die dann in der Nachrichtensendung von Kanal 4 behandelt wurden. Er war eine nützliche Quelle, von der Kajsa seit längerer Zeit nichts gehört hatte.

Petter Skoglund fuhr fort: »Ich befürchte, die Sache gerät außer Kontrolle und platzt in Kürze.«

Kajsa war neugierig geworden. »Wann passt es dir denn?«, fragte sie.

»Morgen bin ich den ganzen Tag unterwegs, aber Donnerstag ginge.«

»Da arbeite ich bis sieben, aber wenn es dir nicht zu spät ist, kannst du gern gegen neun vorbeikommen.«

Sie einigten sich auf Donnerstagabend. In dem Moment, als sie das Gespräch beendete, bemerkte Kajsa Rolf Røren, den Abteilungsleiter, auf dem Gang. Er hatte eine große grüne Flanelldecke über dem Arm. Kajsa erstarrte mitten in der Bewegung und blieb vor dem Zimmer der Mutter stehen. Sie hatte diese Decke schon einmal gesehen; sie wurde verwendet, wenn verstorbene Heimbewohner zurechtgemacht wurden, so dass die Angehörigen vorbeikommen und Abschied nehmen konnten. Kajsa beobachtete den Abteilungsleiter. In welches Zimmer ging er wohl? Nummer 307. Sie wusste, wer dort wohnte. Frau Albertsen.

Kajsa blieb in dem leeren Gang stehen. Es war ganz still, kein Laut war zu hören, kein Mensch zu sehen. Dann fing in einem Zimmer weiter vorn einer der alten Menschen zu jammern an. Niemand kam, um nachzusehen. Im Gang roch es streng, als sei gerade jemand mit einer Bettpfanne vorbeigekommen. Eine plötzliche Übelkeit überwältigte Kajsa.

Es war ein Mann, der klagte, wurde ihr plötzlich klar. In den Bauch atmen, in den Bauch atmen, befahl Kajsa sich. Sie schloss die Augen, atmete ruhig ein, spürte ihren Puls sinken. Als sie die Augen wieder aufmachte, musste sie angesichts des hellen Lichts der Leuchtstoffröhren und der kalten hellblauen Wände blinzeln. *Wieso wurde hier solch ein Farbton verwendet?,* dachte sie. Er wirkte kalt und unangenehm. Sie lenkte den Blick auf eine Stelle, wo die Farbe großflächig abgeplatzt war, drückte dann den Rücken durch und betrat das Zimmer ihrer Mutter.

Bibbi saß am Fenster und schaute hinaus, sie nahm Kajsa gar nicht wahr.

Was ging nur in ihr vor? Kajsa nahm die Hand der Mutter und drückte sie, aber es erfolgte keine Reaktion.

Wieso geht es ihr in letzter Zeit so viel schlechter?, dachte sie.

Sie hatte geglaubt, dass sich Bibbis Zustand im Pflegeheim verbessern würde, sie Pflege und eine Behandlung bekommen, andere Menschen um sich herum haben und weniger einsam sein würde. Doch stattdessen entfernte sie sich immer weiter. Sie befand sich nicht nur öfter in ihrer eigenen Welt, sondern hatte auch körperlich stark abgebaut. Früher war sie ziemlich fit gewesen. Jetzt saß sie oft still da oder lag im Bett, als hätte sie jegliche Energie verloren. Sie rührte sich kaum noch, die Muskeln wurden immer schwächer, und ziemlich dünn war sie auch geworden. Andererseits konnte sie manchmal auch sehr unruhig werden und durchlebte schreckliche Angstanfälle. Dann schrie und weinte sie wie ein verschrecktes Kind, es war kaum auszuhalten. Doch meistens saß sie, so wie jetzt, bloß da und starrte ins Leere.

*Sehnt sie sich nach ihrem Zuhause?,* dachte Kajsa. *So sehr, dass sie sich aufgegeben hat? Könnte sie vielleicht bei uns wohnen?*

Kajsa ging hinüber zum Schwesternzimmer, um nachzusehen, ob

Ingrid wieder auf der Arbeit war. »Sie hat sich nicht blicken lassen«, sagte Sturla. »Und natürlich haben wir auch keinen Ersatz bekommen«, fügte er entnervt hinzu.

Auf dem Rückweg begegnete sie dem Abteilungsleiter. Er kam aus dem Zimmer von Frau Albertsen. »Ist Frau Albertsen gestorben?«, fragte sie.

Rolf Røren sah sie mit traurigem Blick an und faltete die Hände über dem Bauch. »Ja, jetzt ist es vorüber«, sagte er.

»Aber ich habe erst gestern mit ihr gesprochen«, entgegnete Kajsa.

»Ja, es ging schnell«, sagte er.

»Aber sie war doch so vital«, fuhr Kajsa fort. »Ist sie krank geworden?«

Røren musterte sie. »Warum fragen Sie so etwas?« Sein Gesicht war gerötet. »Sie war alt, es kam also nicht völlig unerwartet«, fuhr er mit ruhiger Stimme fort und war wieder der Alte.

Im selben Moment hastete ein Mann den Gang entlang, und Røren ging ihm entgegen. Kajsa erkannte ihn wieder, es war Frau Albertsens Sohn. Er sah mitgenommen aus, und Røren legte ihm die Hand auf die Schulter.

Erneut verspürte Kajsa Übelkeit. Frau Bakke. Frau Albertsen. Zwei Tote in zwei Tagen. Zwei Frauen, die körperlich agiler gewirkt hatten als die meisten anderen hier. War so etwas völlig normal in einem Pflegeheim? Konnte auch Kajsas Mutter jeden Moment sterben?

Kajsa eilte hinaus an die frische Abendluft.

Tape 1
00:10:32

*Dieses Haus ist viel zu groß.*
*Leer.*
*Und still.*
*Einmal, es muss lange her sein, da träumte ich davon, diese Zimmer mit normalem Leben zu füllen; mit einer Familie.*
*Das Lachen glücklicher Kinder sollte das Schweigen vertreiben.*
*Aber nichts hat sich verändert.*

Es hatte ein paar milde Tage gegeben, die das nahende Ende des Winters ankündigten, doch als Kajsa am Mittwochmorgen am Pflegeheim Solgløtt aus dem Wagen stieg, blies ein eiskalter Wind. Schnell lief sie zum Haupteingang und passierte dabei die im Erdgeschoss liegenden Räume, die auf die Straße hinausgingen. Sie brauchte jemanden zum Reden und hoffte, dass Ingrid wieder gesund wäre. Seit einiger Zeit konnte sie nicht gut schlafen, lag bis tief in die Nacht wach und sorgte sich um ihre Mutter. Sie wollte nach Frau Albertsen und Frau Bakke fragen und überlegte, worüber Ingrid wohl mit ihr sprechen wollte.

Ein alter Mann im Rollstuhl saß in seinem Zimmer am Fenster. Kajsa hob die Hand und winkte ihm zu. Doch er sah sie nur an. Sein Gesicht war ausdruckslos. Sie blieb am Eingang stehen und drehte sich um. Der Mann am Fenster war ihr mit dem Blick gefolgt.

Kajsa nahm die Kamera aus der Handtasche, lief über den Parkplatz zurück, schaltete sie ein und fing das ganze Gebäude des Pflegeheims ein. Ganz unten in der einen Ecke saß der Mann am Fenster.

Sie fokussierte ihn und dachte dabei: Jedes Mal, wenn ich meine Mutter besuche, komme ich an dem Mann am Fenster vorbei. Ich kenne ihn nicht, ich weiß nicht, wer er ist. Jedes Mal winke ich ihm zu, aber er winkt niemals zurück. Vielleicht schafft er es nicht, zu winken oder zu lächeln, und sitzt da ganz allein, während die Menschen von einem Ort zum nächsten eilen, wichtige Dinge tun und dabei reden, lächeln, winken?

Kajsa schaltete die Kamera aus, hielt sie aber weiter in der Hand, als sie das Pflegeheim betrat. Würde die Mutter sie heute erkennen? Würde sie wütend, ängstlich, apathisch, klar oder niedergeschlagen sein? Die stets wiederkehrenden Gedanken verdichteten sich zu einem Klumpen im Bauch; der war bereits spürbar, wenn sie sich in den Wagen setzte, auf dem Weg zum Pflegeheim wurde er größer und verwandelte sich schließlich in einen schweren Stein, während sie das Gebäude betrat und den Aufzug in die zweite Etage nahm. Er drückte sie beinahe zu Boden, als sie die Tür zur Abteilung öffnete und nach ihrer Mutter Ausschau hielt.

Bibbi war nicht auf dem Gang, weshalb Kajsa auf den Aufenthaltsraum zusteuerte.

Freddy Bøe und Mona Lycke waren da, wie immer mittwochs.

Anfangs hatte Kajsa gedacht, sie seien verheiratet und besuchten ihre Angehörigen. Dann stellte sich heraus, dass sie zum Freundeskreis Solgløtt gehörten: einer Gruppe von Freiwilligen, die bei Bewohnern, Angehörigen und Angestellten in einer Einrichtung mit Personalmangel sehr willkommen waren. Sie organisierten verschiedene Aktivitäten und machten Ausflüge mit den alten Menschen. Der Freundeskreis hatte noch andere Mitglieder, doch Mona und Freddy kamen am häufigsten.

Mona Lycke lächelte Kajsa freundlich an. »Wie läuft's denn mit dem Dokumentarfilm?«, fragte sie.

»Danke, gut«, erwiderte Kajsa.

Mona war eine große, kräftige Frau in den Vierzigern, die sich offenbar nicht viel um ihr Äußeres scherte. Ihr grau meliertes Haar war kurz geschnitten. Es ließ sie leicht maskulin erscheinen, stand ihr aber ausgezeichnet. Sie wirkte munter und sportlich.

Mona und Freddy waren ein ungleiches Paar: Sie war still und bescheiden, er humorvoll und etwas großspurig. Freddy, einen halben Kopf kleiner als Mona, war ein kleines Muskelpaket, täglich trainierte er im Fitnessstudio. Oft konnte man sogar schon von Weitem sein kräftiges, brummendes Lachen hören.

Sowohl Freddy als auch Mona bezogen Frührente, beide hatten Angehörige im Pflegeheim gehabt. Kajsa hatte Mona einmal gefragt, wen sie früher besucht habe, doch sie hatte nur mit dem Kopf auf Martin im Rollstuhl gedeutet und gesagt: »Lange Geschichte … Verkehrsunfall.« Kajsa hatte instinktiv begriffen, dass es ihr schwerfiel, darüber zu reden. Vielleicht hatte ihr schwer verletzter Mann hier einst gelebt. Kajsa wunderte sich, dass Mona es über sich brachte, so oft hier zu sein, nach dem, was sie als Angehörige durchlebt haben musste.

Kajsa ging weiter und suchte nach ihrer Mutter. Sie schaltete die Kamera ein und öffnete behutsam die Tür zu ihrem Zimmer. Die Mutter lag angezogen auf dem Bett. Kajsa blickte sie an und sah, dass Bibbi sie erkannte. Ein schwaches Lächeln glitt über ihr Gesicht.

»Hallo, Mama«, sagte Kajsa, trat ans Bett und umarmte ihre Mutter.

»Kajsa«, sagte Bibbi. »Liebes …«

Kajsa zog einen Stuhl heran und setzte sich, nahm die Hand der Mutter in ihre. Bibbis Blick folgte ihr, ihre Augen glänzten.

»Was ist denn, Mama?«, fragte Kajsa. »Geht's dir nicht gut?« Schnell überprüfte sie den Bildausschnitt auf dem Kameraschirm.

»Ich bin bloß so müde«, sagte die Mutter. »So furchtbar müde.«

»Vielleicht solltest du ein bisschen schlafen«, schlug Kajsa vor.

»Ja, ich muss jetzt schlafen«, entgegnete Bibbi. »So müde …« Sie holte Luft und seufzte. Dann fügte sie hinzu: »Ich wünschte, ich würde nie wieder aufwachen.«

Kajsa wollte erwidern, dass sie so etwas nicht sagen dürfe, ließ es aber sein. Warum sollte sie auch wieder wach werden? Es gab nicht mehr viel, weder für die Mutter noch für den Mann am Fenster.

Als Bibbi eingeschlafen war, trat Kajsa zwei Schritte vom Bett zurück und filmte sie. Zoomte dicht an ihr Gesicht heran.

Das ist mir zu nahe. Das tut zu sehr weh. Was mache ich hier eigentlich? Drehe einen Film über das bedauernswerte Leben meiner Mutter? Was würde sie sagen, wenn es ihr bewusst wäre? Würde sie es akzeptieren?

Sie schaltete die Kamera aus, setzte sich wieder ans Bett, legte ihren Kopf an den der Mutter und umarmte sie.

Plötzlich spürte sie Bibbis Hand auf ihrem Kopf. Kajsa bewegte sich nicht, während die Mutter ihr immer wieder behutsam über das Haar strich.

Sie hörte, wie die Tür geöffnet wurde, und drehte den Kopf. Allerdings sah sie nur, wie die Tür langsam wieder zuglitt. War das vielleicht Ingrid, die nach ihr sehen wollte?

Kajsa rührte sich nicht, bis Bibbis Hand zur Ruhe kam. Als sie sicher war, dass die Mutter schlief, nahm sie die Hand und legte sie behutsam auf die Bettdecke.

Auf dem Gang draußen traf sie auf Rolf Røren.

»Haben Sie etwas von Ingrid gehört?«, fragte Kajsa.

»Ja, sie hat eine SMS geschickt und mitgeteilt, dass sie krank ist«, sagte er.

»Heute?«, fragte Kajsa.

»Nein, gestern«, erwiderte er mit einer Miene, die zu sagen schien, dass sie das gar nichts anging.

»Gut«, sagte sie. »Wann kommt sie denn wieder zur Arbeit?«

»Ich weiß nicht«, sagte Røren. »Sie wollte sich wieder melden, sowie es ihr besser geht.«

»Aber wieso hat sie sich dann nicht gleich am Montag krankgemeldet?«

»Woher soll ich das wissen?«, entgegnete Røren leicht gereizt.

»Sie hat mir erzählt, dass sie allein wohnt.«

»Ja, aber sie hat eine Tochter.«

»Ach ja? Dann ist ja alles gut.«

»Von ihr ist nicht viel Hilfe zu erwarten, sie ist drogenabhängig. Eine von denen, die an einschlägigen Orten in Oslo herumhängen. Aber jetzt wissen wir ja, dass sie krank ist, das ist gut«, sagte er erleichtert. »Also, ich meine ... äh ... gut, dass wir das wissen, nicht, dass sie krank ist.« Eilig blickte er auf ein paar Papiere, die er in den Händen hielt, und ging in sein Büro.

Røren irritierte Kajsa. Sie bekam ihn nicht zu fassen. Mehrmals hatte sie darauf hingewiesen, dass ihre Mutter so verändert sei, und gefragt, ob es vielleicht an den Medikamenten liegen könne. Er hatte erwidert, so sei es eben mit Alzheimer-Kranken, die Medikation habe er gut unter Kontrolle und achte auf eventuelle Nebenwirkungen. Sein ganzes Gehabe hatte etwas übertrieben Demütiges an sich. Ständig beobachtete Kajsa, wie er großzügig Umarmungen und Bibelworte verteilte, offenbar war er sehr religiös. Ab und zu setzte er sich im Aufenthaltsraum ans Klavier und spielte und sang, überwiegend Choräle. Diese Vorstellungen waren äußerst beliebt, die Alten strömten nur so herbei, wenn sie ihn spielen hörten.

Einmal hatte Kajsa zufällig mit angehört, wie einer der Angestellten ihn als *die Dame* tituliert hatte. Sie hatte es sofort verstanden: Die

Art, wie er sich bewegte, ja, sein ganzes Auftreten hatte etwas Feminines an sich. Die eigentliche Ursache für seinen Spitznamen schien allerdings in seinem eher weiblichen Hobby begründet zu sein: Wenn er sich zu den Älteren in den Aufenthaltsraum setzte, hatte er oft eine Handarbeit bei sich.

Er erinnerte sie an jemanden. Sie wusste nur nicht, an wen.

*

Auf dem Rückweg ging sie an Martin Rolands Wohnung vorbei. Dort war eine Party im Gange. Der Mittwochsclub war zu Besuch. Drei von Martins alten Freunden. In all den Jahren, seit Martin im Pflegeheim lebte, kamen jeden Mittwoch, außer in der Urlaubszeit, einer oder mehrere Freunde zu Besuch. Einer von ihnen winkte Kajsa zu. »Martin hat Geburtstag«, rief er.

Kajsa ging zu Martin und umarmte ihn. »Alles Gute zum Geburtstag«, sagte sie.

»Setzen Sie sich doch und trinken ein Bier mit uns«, sagte ein anderer und deutete auf einen Stuhl.

»Vielen Dank«, entgegnete Kajsa. »Aber ich muss noch fahren.«

»Dann geben Sie Martin eins«, entgegnete er und deutete auf den Kühlschrank.

Kajsa öffnete die Tür. Im untersten Fach lagen mehrere Bierflaschen. In einem anderen Fach wurden ein paar von diesen Objekten aufbewahrt, die an dicke Kugelschreiber erinnerten. Genau so eines hatte Sturla Bjerke in der Hand gehalten, als Kajsa tags zuvor im Gang gestanden und mit Petter Skoglund telefoniert hatte. Abgesehen davon waren nur noch ein paar Flaschen Limo im Kühlschrank. Vermutlich für die Kinder, dachte Kajsa.

Martin hatte drei wohlgeratene Kinder, denen Kajsa ein paarmal begegnet war: ein vierjähriges Mädchen, das sich im Aufenthaltsraum ständig über Kuchen und Saft der Älteren hermachte und dabei glaubte, dass es niemand bemerkte; einen zehnjährigen Jungen, der oft mit Anders spielte, wenn sich die beiden im Pflegeheim begegneten. Und ein dreizehnjähriges Mädchen, Ingeborg. Sie war anders als die beiden anderen Kinder – verschlossen, wortkarg und immer etwas traurig.

Einmal war Kajsa an Martins Wohnung vorbeigekommen, als sich seine Familie gerade von ihm verabschiedete. Erle, Martins Frau, hatte die Vierjährige hochgehoben, damit sie ihren Vater umarmen konnte. Die Kleine hatte den Arm um den Hals des Vaters gelegt und ihn ein paar Sekunden an sich gedrückt, dann war sie hinausgelaufen und hatte mit fröhlicher Stimme »Tschüss, Papa!« gerufen. Danach hatte sich Martins Sohn auf die Zehenspitzen gestellt und seinen Vater auf die Stirn geküsst. Die Älteste hingegen hatte ihm nur den Rücken zugekehrt und war aus dem Zimmer gegangen.

Nachdem Erle mit den Kindern gegangen war, hatte Kajsa bei Martin hineingeschaut. Normalerweise hätte er den Mundwinkel um einen Millimeter verzogen und dadurch ein Lächeln angedeutet. Doch an diesem Tag war es anders gewesen. Seine Augen hatten traurig gewirkt.

Ein schrecklicher gurgelnder Laut war über seine Lippen gekommen, als wäre er kurz vor dem Ersticken. Kajsa hatte Angst bekommen, aber im selben Moment hatte er mit seinem Rolltalk den Cursor über den Bildschirm gleiten lassen. *Ingeborg,* hatte er geschrieben. Oft schrieb Martin nur einzelne Wörter oder unvollendete Sätze.

»Sie kommt nicht damit klar, weil sie alt genug ist, um sich daran zu erinnern, wie du früher gewesen bist?«, fragte Kajsa.

Er nickte.

Kajsa blieb eine Weile und redete mit Martin über seine Tochter und die Sorgen, die er sich ihretwegen machte. Sie fragte auch nach dem Unfall, wollte wissen, was passiert war.

*Über viele Dinge wurde nie geredet,* schrieb er. *Sie wollen mich schonen. Schwierig. Erle hat den Wagen gefahren.*

»Das muss ganz schön hart für sie sein«, sagte Kajsa.

*Natürlich. Sie redet nie über den Unfall. Spricht nicht über ihre Gefühle.*

»Glaubst du, sie gibt sich die Schuld?«

*Ja.*

»Und was denkst du darüber?«

*Nicht ihre Schuld.*

»Vielleicht solltest du ihr sagen, wie du darüber denkst?«

*Kann nicht,* entgegnete er.

Nach dieser Begegnung war Kajsas Verhältnis zu Martin viel enger geworden. *Du bist eine meiner engsten Vertrauten,* hatte er geschrieben und sein Millimeterlächeln aufgesetzt.

Wenn Kajsa an seiner Wohnung vorbeikam, war Erle oft bei ihm. Sie las ihm aus einem Buch vor, machte Übungen mit ihm, massierte seine steifen Muskeln oder sprach mit ihm via Rolltalk. Immer wirkte sie sehr gepflegt, war geschminkt und frisiert, trug coole Sachen.

Kajsa öffnete die Bierflasche für Martin. »Hier kommt das extra Bier, trink es auf mich, Martin«, sagte sie. Einer seiner Freunde nahm die Flasche, goss das Bier in eine Schnabeltasse und hielt sie Martin behutsam an die Lippen.

»Bist du derzeit öfter bei Facebook, Martin?«, fragte sie.

Er nickte.

Manchmal kommunizierten sie auf diese Weise oder auch per E-Mail. Martin nutzte täglich die sozialen Medien, um mit seinen alten und neuen Freunden in Kontakt zu bleiben.

»Wollen wir bald chatten?«, fragte Kajsa. »Morgen vielleicht?«

Er nickte noch einmal und schrieb etwas auf dem Bildschirm. Kajsa wartete, bis er sich durch die Buchstaben navigiert hatte: *Was ist mit Ingrid los?*

»Ich weiß nicht«, erwiderte sie.

*Ich auch nicht,* schrieb er.

»Findest du das seltsam?«, fragte Kajsa. »Wie hätte sie dir denn Bescheid geben können, wenn sie krankgeschrieben und zu Hause ist?«

*Keinen Kontakt über Facebook. Wir nutzen es. Abends. Seit Sonntag nichts. Drei Tage!*

»Wahrscheinlich ist sie zu schwach«, sagte Kajsa. »Versuch es morgen wieder. Vielleicht geht es ihr dann besser. Und wir schreiben morgen, okay?«

Er nickte langsam, sein Mundwinkel verzog sich einen Millimeter. Wenn er lächelte, konnte sie ein bisschen von dem alten Martin wiedererkennen. Von dem, der die Welt retten wollte.

Tape 1
00:19:08

*Ich könnte vieles über meine Mutter erzählen. Meine Mutter … sie … sie hat mich nie berührt.*
*Nur dann, wenn sie mich schlug.*
*Dann gab es mich.*
*Die meiste Zeit war es so, als ob ich gar nicht existierte.*
*Sie … nein, ich kann wirklich nicht über sie reden. Später vielleicht.*

Am Donnerstag hatte Kajsa eine lange Tagesschicht von neun bis neunzehn Uhr. In der norwegischen Politik geschah nicht das Geringste, worüber sie hätte berichten müssen, und so verbrachte sie die Zeit mit Recherchen für den Dokumentarfilm über das Pflegeheim. Im Laufe des Nachmittags ging sie zu Burger King und kaufte etwas zu essen, einen Cheeseburger und dazu einen Vanille-Milkshake. Sie aß im Büro am Schreibtisch, während sie zahlreiche E-Mails beantwortete, die sich im Laufe ihrer freien Tage angehäuft hatten. Als sie sich nach einer Weile bei Facebook einloggte, entdeckte sie eine Nachricht von Martin.

Sie hatte ihn völlig vergessen. Hatte er womöglich den ganzen Tag dagesessen und auf ihre Antwort gewartet, oder hatte er irgendwann aufgegeben? Sie klickte die Nachricht an und bekam ihre Frage sogleich beantwortet. *Du hast mich also vergessen?* 😊, stand da.

*Aber nein,* antwortete sie, *bin nur sehr beschäftigt,* und dachte, dass die kleine Notlüge in diesem Fall wohl zu vertreten war. *Wie geht's dir denn?*

Kajsa unterhielt sich oft mit Martin über Facebook, wenn sie am

Schreibtisch saß und andere Dinge erledigte. Mitunter konnten zwischen ihrer Frage und seiner Antwort mehrere Minuten vergehen, weil er an seinem Bildschirm saß und den Cursor von einem Buchstaben zum anderen bewegte. Während sie jetzt wartete, dachte sie, wie schnell Martin doch unterschätzt wurde, weil er sich kaum rühren, nicht gehen, nicht selbstständig essen, nicht sprechen, nicht laut lachen und aufgrund seiner eingeschränkten Mimik kaum Gefühle zeigen konnte.

*Keine Nachricht von Ingrid,* schrieb er als Nächstes.

*Dann ist sie wohl immer noch zu schwach,* schrieb sie zurück.

Nach zwei Minuten kam die Antwort: *Seltsam. Ungewöhnlich. Ich bin beunruhigt.*

Martin berichtete weiter, dass Rakel, die Pflegerin, die mit Ingrid auch außerhalb der Arbeit befreundet war, am Abend zuvor bei ihr gewesen sei und geklingelt habe. Allerdings habe es kein Lebenszeichen von Ingrid gegeben.

*Als ihr am Sonntag über Facebook Kontakt hattet, hat sie da gesagt, dass sie krank ist?,* fragte Kajsa.

*Nein, hat von der Tochter gesprochen, machte sich ihretwegen Sorgen. War außerdem sauer auf Røren, hat sich mit ihm gestritten. Wieso antwortet sie nicht? Wie krank ist sie wohl?*

*Bestimmt nichts, worüber wir uns Sorgen machen müssen,* schrieb Kajsa zurück und aß weiter, während sie auf Martins Antwort wartete. War Ingrid so krank, dass sie nicht am Computer sitzen konnte? Dann musste es ihr ja wirklich schlecht gehen. Kajsa hatte sie am letzten Freitag gesehen. Sie hatte gerade in den Wagen steigen wollen, als sie Ingrid durch den Haupteingang herauskommen sah. Kajsa hatte ihr zugewinkt. In jenem Moment hatte sie bloß gedacht, dass Ingrid sie nicht sah, jetzt aber kam ihr plötzlich der Gedanke, dass sie sich vielleicht bewusst weggedreht hatte, als ob sie nicht gesehen werden wollte. Sie konnte sie gleichsam vor sich sehen: Während sie sich umdrehte, strich sie sich mit der Hand über die Wange. Hatte sie geweint? Vielleicht hatte sie sich – wie Martin berichtet hatte – mit Røren gestritten und war deshalb immer noch aufgebracht gewesen, als sie zwei Tage später mit Kajsa sprach.

Martins Antwort zog sich hin, also begann Kajsa zu googeln. Im Zusammenhang mit dem Dokumentarfilm brauchte sie mehr Informationen über Medikationen und Behandlungsmöglichkeiten. Der erste Artikel, den sie aufrief, stammte von TV2.no.

*Viele Ältere leiden unter Fehlmedikationen. In großem Umfang sind ältere Menschen von einer falschen Medikation betroffen. Überdosierungen und Verabreichung von falschen Medikamenten können zu ernsthaften Nebenwirkungen, im schlimmsten Fall zum Tod führen.*

Kajsa saß da und starrte auf den letzten Satz: *Im schlimmsten Fall zum Tod.*

Weiter unten äußerte sich ein Professor aus der Geriatrie: »*Vielerorts kommt es zu beträchtlichen Überdosierungen, insbesondere bei sogenannten Glückspillen, aber auch bei angstlösenden Mitteln und Medikamenten bei psychischen Erkrankungen.*«

*Ist Mama womöglich deshalb so passiv geworden?*, dachte sie und las weiter. *Könnten die Pillen sie gar umbringen? Was ist mit Frau Bakke und Frau Albertsen?*

*Ungefähr vierzigtausend Menschen leben in norwegischen Pflegeheimen. Etwa fünfundzwanzig Prozent erhalten Medikamente gegen psychische Leiden.*

Zehntausend? Hatten wirklich so viele Menschen Bedarf daran?

»*Wir wissen, dass die Nebenwirkungen von Medikamenten eine Hauptursache für Krankenhauseinweisungen sind, und ganz sicher kommt es dadurch auch zu Todesfällen und ernsthaften Komplikationen*«, *sagt die Leiterin der Gesundheitsbehörde. Sie fürchtet, dass ältere*

*Menschen oft medikamentös behandelt werden, um sie ruhigzustellen, wenn sie zu anstrengend und fordernd werden.*

*Und wenn sie dann sterben?,* dachte Kajsa. *Wird dann untersucht, ob es einen Zusammenhang mit einer Überdosierung gibt?*

Kajsa ging zurück zu Facebook. *Kannst du ihre Tochter anrufen?,* hatte Martin geschrieben. *Frag, wann sie zuletzt mit ihrer Mutter gesprochen hat. Sie heißt Sissel Steffensen. Ihre Handynummer ist 44414399.*

*Du hast ihre Nummer?,* schrieb Kajsa.

*Von der Auskunft.* 😊 *Bist nicht du hier die Journalistin? Ha!*

*Sehr witzig. Und sie ist drogenabhängig?*

*Ingrids größte Sorge,* erwiderte Martin.

*Okay, ich melde mich wieder,* schrieb Kajsa zurück.

*Tschüss.*

Sie sah auf die Uhr. Noch eine Stunde bis zum Schichtende.

Sie gab *Obduktion* und *ältere Menschen* ins Suchfeld ein und sah gleichzeitig den intensiven Blick von Frau Albertsen vor sich. »Einfach verschwunden! Puff!« Was hatte sie eigentlich damit gemeint?

In *Nettavisen* fand Kajsa, wonach sie suchte:

*Während beim Tod von Krankenhauspatienten eine Obduktion geradezu Routine ist, werden beim Tod von älteren Patienten in Pflegeheimen nur äußerst selten Obduktionen durchgeführt,* stand da. Am Ende des Artikels äußerte sich ein Krankenhausdirektor: »*Morde an Pflegeheimbewohnern sind Vorfälle, gegen die man sich ohnehin nicht wappnen kann.*«

Sich nicht wappnen. Was meinte er damit? *Kann man sich etwa nicht dagegen wappnen, dass ältere Menschen umgebracht werden? Was für eine Haltung ist das denn? Sind ältere Menschen etwa weniger wert als andere?*

Kajsa las noch mehrere E-Mails durch, doch der Gedanke an Ingrid ließ sie nicht los. Als sie sich gegen halb sieben auf den Feierabend vorbereitete und den Schreibtisch aufräumte, rief sie die Telefonnummer an, die Martin ihr gegeben hatte. Sissel Steffensen ging nach dem ersten Klingeln dran. Kajsa konnte kaum ihren Namen nennen, ehe sie auch schon unterbrochen wurde.

»Was wollen Sie von mir?«, fragte Sissel. Ihre näselnde Stimme drückte Widerwillen aus.

»Es geht um Ihre Mutter«, beeilte sich Kajsa zu sagen.

»Inwiefern?«

»Sie ist seit einigen Tagen nicht bei der Arbeit gewesen, und …«

»Nicht bei der Arbeit? Wieso?«, unterbrach Sissel sie erneut.

Kajsa berichtete von der Krankmeldung bei Røren und fügte hinzu, dass Martin sie nicht erreichen könne und eine Kollegin bei ihr geklingelt, Ingrid jedoch nicht aufgemacht habe.

»Komisch«, meinte Sissel. »Ich bin sicher, dass meine Mutter zu Hause ist.«

»Wirklich?«

»Ja, sie hätte es mir erzählt, wenn sie irgendetwas vorgehabt hätte. Aber haben Sie nicht gesagt, sie sei krank? Wieso sollte sie dann irgendwo hingehen?«

»Gute Frage«, bestätigte Kajsa.

»Mhm, soll ich vielleicht hinfahren und nachsehen?«

»Ja, könnten Sie das machen?«

»Ja, aber … bis runter nach Asker … Ich weiß nicht so recht. Ich habe kein Auto.«

»Sie können mit mir fahren. Ich wohne in Asker und bin gerade auf dem Heimweg.«

»Na gut, einverstanden«, entgegnete Sissel nach kurzem Zögern.

Zwanzig Minuten später traf Kajsa Sissel Steffensen am Osloer Hauptbahnhof. Sie stand leicht nach vorne gebeugt da, sah fertig aus und hatte schlechte Zähne. Kajsa öffnete die Beifahrertür und musterte Sissel. Schwer drogenabhängig, ihr Alter kaum zu schätzen, vermutlich ist sie viel jünger, als sie aussieht, ging ihr durch den Kopf.

»Wie gut, dass Sie heute Abend Zeit haben«, sagte Kajsa, als sie auf die E18 fuhr. »Bestimmt ist nichts Schlimmes passiert. Ist es lange her, seit Sie zuletzt mit ihr gesprochen haben?«

Sissel dachte nach. »Ich war von Samstag auf Sonntag bei ihr, sie ist in die Stadt gekommen und hat mich und zwei Freundinnen am Samstagabend abgeholt. Das macht sie manchmal«, fügte sie hinzu.

»Und wann sind Sie wieder gefahren?«

»Ich weiß nicht, am frühen Sonntagabend zwischen sieben und acht, glaube ich. Wir sind gegen zehn mit dem Zug in die Stadt gefahren, waren vorher noch im Asker-Zentrum.«

»Wo wohnt Ihre Mutter denn?«

»In Østre Jansrud.«

»Haben Sie einen Schlüssel?«

»Ja.« Sissel kramte in ihrer großen Handtasche und zog eine Schnur mit einem Schlüssel heraus.

Schweigend fuhren sie in Richtung Asker. Heizung und Scheibenwischer liefen auf Hochtouren. Das milde Wetter der letzten Woche hatte den Schnee schmelzen lassen, die Sonne hatte sich durchgesetzt, und die Straßen waren frei gewesen. Jetzt hatte es wieder angefangen zu schneien. Der Schnee hatte sich in feuchten, salzigen Matsch verwandelt und die Verkehrsverhältnisse auf der E18 verschlimmert. Kajsa dachte schon, Sissel sei eingeschlafen, als sie plötzlich sagte: »Also, das war schon komisch ...«

»Was denn?«, fragte Kajsa.

Sissel kramte wieder in ihrer Tasche und zog das Handy hervor. »Ich habe eine SMS von Mama bekommen«, sagte sie und drückte umständlich auf ein paar Tasten. »Hier ist sie«, sagte sie schließlich. »Die kam am Dienstagabend um halb neun.«

»Und was war daran komisch?«, fragte Kajsa.

Sissel hatte den Kopf gesenkt, und es wirkte wieder so, als ob sie eingeschlafen wäre. »Ja, also …« Sie hob den Kopf, sah aus dem Fenster und biss sich auf die Lippe. »Sie schrieb *Liebe Sissel,* aber Mama nennt mich immer nur Siss.«

Tape 1
00:23:13

*Kajsa schnüffelt hier die ganze Zeit rum, stellt Fragen, nimmt alles auf und hält mir die Kamera ins Gesicht, wenn wir uns unterhalten.*
*Das gefällt mir nicht. Aber ich kann ja nichts sagen, also tue ich so, als wäre nichts. Das kann ich gut.*
*Dauernd ist sie bei Martin.*
*Worüber reden die bloß?*
*Was erzählt er ihr?*
*Ingrid hat auch so viel mit ihm geredet.*

Als Kajsa und Sissel Steffensen nach Asker kamen, bogen sie von der Autobahn ab und nahmen die Brücke, die über die E18 an der Drengsrud-Schule verlief, und fuhren dann weiter in Richtung Golfplatz. Kajsa parkte neben den Garagen unterhalb der Siedlung, und gemeinsam liefen sie zu den Reihenhäusern. Es war bereits nach acht, bei dem kalten und unfreundlichen Wetter begegnete ihnen kein Mensch und hier oben und auf offenem Gelände schneite es noch mehr. Zwischen Gehweg und Ingrids Tür hatte der Schnee eine weiche und gleichmäßige Schicht gebildet – niemand hatte gefegt, es gab keine Fußspuren.

Das Küchenfenster neben der Haustür lag im Dunkeln, doch im Schein der Außenbeleuchtung konnte Kajsa unter dem Klingelknopf ein Messingschild erkennen, worauf Ingrids und Sissels Namen standen.

»Sie ist nicht da«, sagte Sissel. Ihre Stimme zitterte. Kajsa wusste nicht, ob das der Kälte, der Drogenabstinenz oder der Angst geschuldet war. »Könnten Sie bitte aufschließen?«, fuhr Sissel fort und reichte Kajsa den Hausschlüssel.

Kajsa wollte nicht, sie verspürte einen starken Widerwillen dagegen, das Haus als Erste zu betreten. *Reiß dich zusammen,* ermahnte sie sich. *Entweder ist sie da und es geht ihr gut, oder sie ist nicht zu Hause.* Sie drückte auf den Klingelknopf. »Wir müssen sie ja nicht erschrecken, wenn wir hineingehen«, sagte sie.

Die beiden Frauen warteten. Nichts rührte sich. Kajsa klingelte erneut. Noch immer keine Reaktion. Schließlich schob sie den Schlüssel ins Schloss und machte eine Handbewegung. »Sie sollten vielleicht vorgehen«, sagte sie zu Sissel.

Diese schüttelte jedoch den Kopf, fischte eine Zigarette aus ihrer Handtasche und zündete sie an.

»Falls was passiert ist ... für so was hab ich keine Nerven«, erwiderte sie mit dünner Stimme und sog den Rauch ein.

Kajsa holte tief Luft und öffnete die Tür. Im Flur war es dunkel. Sie fühlte sich äußerst unbehaglich. »Ingrid!«, rief sie und suchte gleichzeitig nach dem Lichtschalter. Keine Antwort. Endlich fand sie den Schalter, machte Licht und ging hinein.

Es roch unangenehm; ein süßlicher, stickiger Geruch hing in der Luft.

Dieser Geruch kommt mir bekannt vor, dachte Kajsa. *Was riecht hier bloß so abscheulich?*

Sie trat in die Küche und schaltete das Licht ein. Alles war sauber und aufgeräumt. Sie öffnete die Schranktür unter dem Abflussbecken, der Mülleimer war fast leer. Woher kam bloß der Geruch? Kajsa ging wieder in den Flur und öffnete die Tür gegenüber der Küche. Dahinter lag ein Bad mit Waschmaschine, auch hier sah alles sauber und ordentlich aus. Kein Geruch. Sie blickte zur Wohnzimmertür, die aus getöntem Riffelglas bestand. Als sie näher herantrat, konnte sie dahinter ein schwaches Licht erkennen. Oder war das nur die Straßenbeleuchtung, die ins Zimmer fiel? Kajsa drehte sich zu Sissel um, aber die junge Frau stand immer noch draußen vor der Haustür.

Mit der Hand auf dem Türgriff verharrte Kajsa einen Augenblick. Dann holte sie tief Luft und öffnete die Wohnzimmertür. Der Gestank schlug ihr entgegen.

*Ingrid blickte sie direkt an. Verkehrt herum.*

Sie lag quer auf dem Wohnzimmertisch, auf dem Rücken, der Kopf hing über der Tischkante. Die eine Hand ruhte auf ihrer Brust, der andere Arm lag dicht neben ihr. Die Füße hingen auf der anderen Seite des Tisches herunter.

Kajsa hielt sich die Nase zu, der Gestank war grauenhaft. In Hüfthöhe auf dem Tisch waren große braune Kot- und Urinflecken. Ingrids Augen waren geöffnet, schienen aber in den Kopf eingesunken zu sein. Eine rötliche Flüssigkeit war ihr aus Nase und Mund in die Augen gelaufen.

Die Haut im Gesicht, am Hals, an der Brust und an den Armen war braungrün und voller Flecken, einige davon sahen aus wie geplatzte Blasen; große, glänzende Stellen. Die Zunge war blau und hing heraus.

Plötzlich fiel Kajsa ein, woran der Geruch sie erinnerte. Genauso hatte es gerochen, als sie vor einigen Jahren eine Reportage über eine Anlage für Tierkörperverwertung in Fredrikstad gemacht hatte.

Sie knallte die Tür hinter sich zu, stürzte hinaus und erbrach sich in den Schnee.

*

»Hallo.«

Hauptkommissar Karsten Kjølås kam ihr entgegen. Gemeinsam mit einem Polizisten stand Kajsa fröstelnd vor Ingrids Reihenhaus.

Sissel war zusammengebrochen und ins Krankenhaus gebracht worden. »Komm«, sagte Karsten, fasste ihren Arm und führte sie ein paar Schritte zur Seite. »Wie geht es dir?«, fragte er.

»Gut«, erwiderte sie. »Ingrid ist also ermordet worden?«, konstatierte sie.

»Ja«, sagte Karsten. »Schaffst du es, mir zu erzählen, was passiert ist, warum du hier bist? Nur in groben Zügen, wir können morgen ausführlicher darüber sprechen.«

Kajsa erklärte, woher sie Ingrid kannte und dass sie ihre Tochter kontaktiert habe, weil sich mehrere aus dem Pflegeheim Sorgen um Ingrid gemacht hätten.

»Die Journalistin, die immer als Erste vor Ort ist«, bemerkte Karsten mit einem schiefen Grinsen.

Kajsa hatte sich vorgestellt, dass sie Karsten Kjølås eines Tages wiedertreffen würde. Er hatte die Ermittlungen geleitet, als sie vor nunmehr fast drei Jahren entführt worden war. Allerdings hatte sie ihn schon viel früher kennengelernt, noch bevor sie Aksel begegnet war. Als sie als Kriminalreporterin gearbeitet hatte, war Karsten eine wichtige Kontaktperson für sie gewesen. Auch lange nachdem sie Aksel geheiratet hatte, waren sie und Karsten immer wieder zu Quellentreffen zusammengekommen. Erst als Aksel für die Polizei tätig wurde und öfter mit Karsten zusammenarbeitete, hatten sie den Kontakt abgebrochen. Aksel wurde manchmal bei größeren Kriminalfällen, insbesondere bei Mord, als Psychiater hinzugezogen. Nachdem er sich beim FBI hatte weiterbilden lassen, wurde er von der Polizei mit der Erstellung von Täterprofilen beauftragt oder beriet Polizeiangehörige, wenn sie im Zusammenhang mit der Arbeit allzu großen Belastungen ausgesetzt waren. Nach einiger Zeit war die Situation untragbar geworden, weil Kajsa und Aksel manchmal an denselben Fällen arbeiteten. Es war ein Interessenkonflikt entstanden, der dazu geführt hatte, dass Kajsa Aksels drängendem Wunsch nachgekommen war: Sie beendete ihre Arbeit als Kriminalreporterin und heuerte im politischen Ressort des Senders an.

Fast drei Jahre waren vergangen, seit sie Karsten zuletzt getroffen hatte. Jetzt stand er vor ihr und musterte sie, während der Schnee sich für wenige Sekunden auf seinem schwarzen Haar ablagerte, ehe er wieder schmolz. »Geht es dir auch wirklich gut?«, fragte er.

»Aber ja doch«, erwiderte sie. »Ich bin ja keine Mimose.«

»Nein, das hätte ich auch nie angenommen«, sagte er und lächelte. »Komm, ich begleite dich zum Wagen«, fügte er hinzu und rieb ihre Oberarme. »Dir muss ja eiskalt sein.«

Er hielt sie im Arm, während sie weitergingen. Kajsa lehnte sich vorsichtig an ihn.

*

Als Kajsa nach Hause kam, saß Staatssekretär Petter Skoglund im Wohnzimmer und unterhielt sich mit Aksel. Sie hatte die Verabredung mit ihm völlig vergessen. »Hallo«, sagte sie erschöpft und ließ sich auf das Sofa fallen.

»Was ist denn los mit dir?«, fragte Aksel.

Sie erzählte von Ingrid.

»Tot?«, sagte Aksel. »Hast *du* sie gefunden? Wieso? Was ist passiert?« Skoglund und Aksel starrten Kajsa an.

»Ich bin gemeinsam mit ihrer Tochter zu ihr gefahren«, sagte sie. »Ingrid wurde ermordet. Sie muss schon mehrere Tage im Haus gelegen haben.«

»Aber das ist ja schrecklich«, sagte Aksel und sah sie mitleidsvoll an. »Hast du mit der Polizei gesprochen?«

»Ja. Karsten leitet die Ermittlung.«

»Aha«, sagte Aksel bloß.

Kajsa vermied, ihn anzublicken.

Petter Skoglund erhob sich. »Ich kann auch ein andermal wiederkommen.«

»Aber nein, bitte bleib«, entgegnete Kajsa. »Ich bin einfach nur froh, wenn ich mich mit etwas anderem beschäftigen kann.«

Er hat was für mich. Ich brauche eine gute Story, dachte sie. Etwas, das mich zurück ins Spiel bringt, ich habe seit Jahren keinen journalistischen Knaller mehr geliefert. Alle haben mich abgeschrieben. Ich muss beweisen, dass sie sich irren.

»Dann überlasse ich euch mal der Welt der Politik«, sagte Aksel und steuerte auf sein Arbeitszimmer zu. Dort hielt er sich die meiste Zeit auf. Saß jeden Abend da. *Hat er so viel zu tun? Oder will er lieber allein anstatt mit mir zusammen sein?*, ging es Kajsa durch den Kopf.

»Also, was ist los?«, fragte sie und richtete ihre Aufmerksamkeit auf Skoglund.

»Das hier«, erwiderte Skoglund und nahm ein Foto aus einer Mappe.

Kajsa beugte sich über den Tisch, schob das Foto näher zu sich heran und betrachtete es. »Wer ist das?« Auf dem Bild waren zwei Personen von hinten zu sehen, eng umschlungen, die Hand des Mannes auf dem Hintern der Frau. Es war unmöglich zu erkennen, um wen es sich handelte.

»Pass auf.« Skoglund holte ein weiteres Foto hervor und legte es auf den Tisch.

»Du meine Güte!«, sagte Kajsa und beugte sich über das Bild. Es war von vorn geschossen worden, und jetzt konnte sie deutlich sehen, wer der Mann war: Fischereiminister Bernt Gudmundsen. Petter Skoglunds Chef.

»Wer ist die Frau?«

»Das ist Carina Verpe, Abteilungsleiterin im Ministerium.«

»Wie bist du an die Fotos gekommen?«, fragte Kajsa und betrachtete die Aufnahmen.

Skoglund wirkte leicht beschämt, als er berichtete, dass er mit Gudmundsen auf einem Treffen des Nordischen Ministerrats in Kopenhagen gewesen war. Eines Abends hatte er Gudmundsen und Verpe zusammen gesehen. Als Staatssekretär im Fischereiministerium kannte er Verpe gut, fand es aber seltsam, dass sie sich zur selben Zeit wie Gudmundsen in Dänemark aufhielt. Die beiden hatten es nicht bemerkt, dass Skoglund ihnen zurück zum Hotel gefolgt war. Verpe wohnte im selben Hotel wie Gudmundsen, im ersten Stock, und als sie den Fahrstuhl nahmen, war Skoglund die Treppen hinaufgerannt und hatte dann beide in Gudmundsens Zimmer hineingehen sehen.

Er zeigte auf die Fotos. »Das ist ja ein Skandal, wenn ein Minister ein Verhältnis mit einer Angestellten aus seinem eigenen Ministerium hat. Außerdem sind beide verheiratet. Und dann ausgerechnet Gudmundsen. Überleg mal, was passiert, wenn das rauskommt.«

»Du redest von seinen umstrittenen Aussagen über Ehe, Untreue und Homosexualität?«

»Genau.«

Bernt Gudmundsen gehörte der Christlichen Volkspartei an und hatte enge Verbindungen zur Norwegischen Lutherischen Mission. Erst vor Kurzem hatte ihn ein Journalist von *Aftenposten* mit einer länger zurückliegenden Aussage über die inneren Strukturen in dem Missionsverband konfrontiert. Gudmundsen hatte sich dahingehend geäußert, dass Homosexualität unnatürlich sei und homosexuelles Verhalten im Widerstreit zu Gottes Wort stehe. Außerdem war er der Ansicht, Homosexuelle könnten durch Gebete geheilt werden.

Als er einige Jahre später als Minister darauf angesprochen worden war, hatte er zu seinen früheren Aussagen gestanden. In einem weiteren Interview wurde er gefragt, welche anderen Sünden er mit homosexueller Praxis vergleichen würde. »Wir können die Sünde nicht nach Stufen einteilen«, hatte er geantwortet. »Ich glaube an echte Liebe zwischen Mann und Frau, die einander ewige Treue schwören. Die Ehe ist heilig. Untreue steht beispielsweise genauso im Widerstreit mit der Bibel wie homosexuelle Praxis.«

Ein Aufschrei war die Folge gewesen. Die Homosexuellenorganisationen, der Humanistische Verband, verschiedene Kirchengruppen, Politiker und andere in der Öffentlichkeit stehende Personen machten ihrer Empörung in den Zeitungen, im Radio und im Fernsehen Luft.

»Außerdem wäre das Verhältnis an sich ein neuer Skandal für Verpe«, sagte Skoglund.

Carina Verpe war zwei Jahre lang stellvertretende Parteiführerin gewesen. In einem Fernseh-Sommerinterview mit *VG* hatte sie gesagt, dass ein Glas Wein keinen Schaden anrichte und Sex ein Geschenk Gottes sei, insbesondere in Seiner freien Natur. In der Reportage tauchte auch ihr Ehemann auf, der ihr von Herzen zustimmte und mit nacktem Oberkörper neben seiner Frau stand, die anlässlich des Interviews lediglich einen Bikini trug. Obwohl sie ungewöhnlich wohlproportioniert war, erlangte sie dadurch keine größere Popularität in den dunklen Hinterzimmern der Parteizentrale. Mit ihren langen blonden Haaren, dem knallroten Lippenstift und dem tiefen Ausschnitt sah sie so gar nicht aus wie eine idealtypische Vertreterin der Christlichen Volkspartei. Bei den Liberalen der Partei, die auch solche Wähler zu erreichen versuchten, bei denen der christliche Glaube nicht im Vordergrund stand, stieg indes ihr Ansehen. Als sie jedoch auf dem Landesparteitag wiedergewählt werden sollte, wurde überraschend ein konservativer Mann aus Bergen als Gegenkandidat aufgestellt. Er fuhr einen fulminanten Sieg ein, woraufhin Verpe sich aus der norwegischen Politik zurückzog und einen Verwaltungsposten in Bernt Gudmundsens Ministerium annahm.

Kajsa betrachtete die Fotos und spürte ein leichtes Ziehen im Bauch. Schon lange hatte sie ihr Spürhundgefühl nicht mehr registriert. War das etwa die Story, die sie wieder zur führenden Vertreterin des investigativen Journalismus machen würde? Wie weit konnte sie gehen? Würde ihr Vorgesetzter die Sache ebenfalls als eine Frage des öffentlichen Interesses betrachten oder wie üblich das Liebesleben eines Politikers aus der Öffentlichkeit heraushalten wollen? Nein, das konnte er nicht. Das hier war mehr als nur eine Privatsache. Es ging um Gudmundsens Neutralität und Glaubwürdigkeit, wenn er seiner Arbeit im Ministerium ohne Einfluss von außen nachgehen wollte.

Skoglund beugte sich vor und faltete die Hände.

»So was kann man nicht machen. Früher oder später kommt es raus. Es wird der Regierung schaden und den Ministerpräsidenten schwächen.«

Kajsa deutete auf die Bilder. »Die beweisen aber nicht, dass sie tatsächlich ein Verhältnis miteinander haben.«

»Dann sieh dir mal das hier an«, entgegnete er und zog ein weiteres Foto aus der Mappe.

Es zeigte zwei Menschen, die sich zu küssen schienen. Das Foto war unscharf, aufgenommen mit einer Handy-Kamera. »Aber reicht ein Kuss?«, fragte Kajsa.

»Ich weiß, dass sie die Nacht gemeinsam in seinem Zimmer verbracht haben, jedenfalls ein paar Stunden. Darauf hast du mein Wort.«

»Aber möchtest du denn eine Quelle in der Regierung sein?«

»Kommt nicht infrage. Niemand weiß, dass ich die Fotos habe, du kannst sie bekommen, wenn du zu einem Deal bereit bist, aber du darfst niemals – wirklich niemals – verraten, von wem du sie hast«, sagte er ernst und fügte hinzu: »Außerdem habe ich Grund zu der Annahme, dass auch *VG* der Sache auf der Spur ist.«

Kajsa und Skoglund vereinbarten, über die nächsten Tage in Kontakt zu bleiben. Kajsa sollte die Angelegenheit mit ihrem Chef besprechen, danach wollten sie das weitere Vorgehen klären.

Nachdem Skoglund gegangen war, blieb Kajsa am Tisch sitzen und betrachtete die Fotos. Ein Knaller. Endlich. Eine schwierige Angelegenheit, die gründliche presseethische Erwägungen erforderte, aber sie würde sich damit ganz allein beschäftigen. *Ich werde allen zeigen, dass ich zurück bin. Breaking news, yes!*

Doch als sie sich schließlich hinlegte, sah sie immer wieder Ingrids toten, verwesenden Körper vor sich, besonders die Augen. Das erhebende Gefühl, einer Sensation auf der Spur zu sein, verblasste, es erschien ihr unwichtig und irrelevant.

Tape 2
00:00:10

*Ich muss gestehen, dass ich heute in guter Stimmung bin.*
*Gestern passierte nämlich etwas Unglaubliches:*
*Ein kleiner Junge war vom Fahrrad gefallen und hatte sich wehgetan, ich habe ihm Johannisbeersaft und ein Pflaster gegeben.*
*Normalerweise lasse ich ja niemanden herein, ich weiß auch nicht, was über mich gekommen ist.*
*Aber ich bin froh, dass ich es getan habe, denn sein Lachen veränderte das ganze Haus.*
*Während der halben Stunde, die er hier war, verschwand all der Hass, und die Menschen, die hier früher lebten, haben sich in Luft aufgelöst.*
*Das war unglaublich.*

Am Tag, nachdem Kajsa Ingrid tot aufgefunden hatte, wurde sie zur Vernehmung bei der Polizei einbestellt. Karsten Kjølås wartete am Empfang auf sie und führte sie in sein Büro. Schweigend liefen sie nebeneinander durch den Flur. Als er die Tür schloss, sah er sie fragend an.

»Wie geht es dir?«

»Danke, bestens«, erwiderte sie.

Er setzte sich an den Schreibtisch und sah sie an.

»Ich wünschte … ich hätte … nach der Entführung, als ich mitbekommen habe, dass es dir nicht so gut ging … Also, bitte denk nicht, ich hätte mich nicht gemeldet, weil du mir egal bist …«

»Das weiß ich, Karsten«, entgegnete Kajsa und suchte seinen Blick. *Es geschah aus Rücksicht auf Aksel,* dachte sie.

»Aber ich habe ja mit Aksel gesprochen«, fügte er hinzu.

»Ach ja?«

»Ja, ich habe gehört, dass du mit den Nachwirkungen zu kämpfen hast und krankgeschrieben bist.«

»Mhm.«

»Du hast nach der Entführung sofort wieder angefangen zu arbeiten?«

»Ja. Und das war nicht gerade eine meiner besten Ideen.«

»Nicht?«

»Nein, etwa ein Jahr habe ich durchgehalten, dann kam der Zusammenbruch. Eines Tages wurde es einfach zappenduster. Erschöpfung, sagte der Arzt. Ich war fast ein Jahr lang krankgeschrieben. Eine Zeit lang habe ich fünfzig Prozent gearbeitet. Erst seit Kurzem arbeite ich beim Sender wieder Vollzeit.«

»Dann geht es dir jetzt also besser?«

»Ja«, sagte sie und lächelte.

»Gut!« Er erwiderte ihr Lächeln.

*Er freut sich,* dachte sie. *Bin ich es, die ihn so froh macht?*

»Tja, und jetzt also diese Sache mit Ingrid Steffensen«, fuhr Karsten fort. Er setzte sich eine Brille auf und blickte auf die Unterlagen vor sich.

»Trägst du jetzt eine Brille?«, fragte sie.

Er blickte sie über den Brillenrand hinweg an.

»Steht dir gut«, sagte sie. »Lässt dich irgendwie intelligent aussehen«, fuhr sie in scherzhaftem Ton fort.

»Ich habe doch wohl schon immer intelligent ausgesehen«, entgegnete er scherzhaft gekränkt.

Es war wie immer zwischen ihnen.

»Okay«, sagte er und blickte von seinen Papieren auf. »Erzähl mir was von Ingrid Steffensen.« Er lehnte sich zurück. »Du kanntest sie also aus dem Pflegeheim?«

Kajsa berichtete von ihrer Mutter und von Ingrid, die sie beide so wundervoll unterstützt hatte. Am Freitag habe sie sie zuletzt gesehen, Ingrid habe nach einem Streit mit dem Abteilungsleiter Rolf Røren geweint. Sie erwähnte Martin, der sich Sorgen gemacht habe, und dass sie Kontakt mit Ingrids Tochter aufgenommen habe und mit ihr zusammen zum Haus von Ingrid gefahren sei. »Habt ihr mit Sissel gesprochen? Sie war mit ein paar Freundinnen in der Nacht von Samstag auf Sonntag bei ihr.«

Karsten gab keine Antwort, machte sich Notizen und sah sie dann wieder an. Kajsa glaubte schon, er wolle sie nach weiteren Einzelheiten fragen, doch stattdessen sagte er: »Wie geht es denn Bibbi?«

Bei ihren früheren gemeinsamen Quellentreffen hatte sie ihm schon oft von ihrer wachsenden Sorge um die Mutter erzählt.

Sein Blick war ernst. *Es interessiert ihn wirklich,* dachte sie.

»Nicht so gut.«

Bis jetzt hatte es noch niemand laut ausgesprochen. Weder sie noch jemand aus dem Pflegeheim. Nun aber wurde ihr klar, dass es tatsächlich stimmte.

Nicht so gut. Als andere gefragt hatten, hatte sie solche Dinge gesagt wie »mal besser, mal schlechter«, »zwischendurch hat sie auch gute Tage« oder »mal so, mal so, aber es geht ihr gut im Pflegeheim«.

Nur Karsten gegenüber konnte sie sich nicht verstellen. Sie spürte, wie die Worte in ihr nachklangen, oder lag das an Karstens Anwesenheit, seinem Schweigen? Sie sah ihn an.

*Karsten kennt mich,* dachte sie.

»Sie verschwindet mehr und mehr«, sagte sie.

Karsten blickte sie abwartend an.

Er hatte diese Fähigkeit. Er brachte die Menschen zum Reden. Vielleicht war das auch bloß seine typische Vernehmungstaktik, sie wusste es nicht.

Sie erzählte von dem Dokumentationsprojekt, berichtete vom Zustand der Mutter und wie sie manchmal die Persönlichkeit wechselte; die gute, positive Mutter, die plötzlich zu einer wütenden, schwierigen alten Frau wurde. »Einmal hat sie mich geschlagen«, sagte Kajsa. Als sie es aussprach, merkte sie, dass sich der Schmerz darüber schlimmer anfühlte als je zuvor. Noch nie hatte sie jemandem davon erzählt, nicht mal Aksel.

Kajsa fuhr sich mit dem Handrücken über die Oberlippe. »Gott, wie blöd ich mir jetzt vorkomme«, sagte sie und versuchte zu lächeln.

Karsten nahm eine Schachtel Papiertaschentücher aus dem Regal und reichte sie ihr. »Du bist nicht blöd, du brauchst nur ein Ventil«, sagte er.

»Entschuldigung«, entgegnete sie und schnäuzte sich. »Es geht mir schon besser«, sagte sie dann lächelnd und wechselte das Thema. »Was ist mit Ingrid passiert?«

Karsten sah sie nachdenklich an. »Vorläufig ist das nichts für Kanal 4. Erst wenn wir damit an die Öffentlichkeit gehen. Heute Nachmittag findet eine Pressekonferenz statt.«

»Du kannst mir vertrauen, das weißt du doch.«

»Ja. Das weiß ich eigentlich«, sagte er.

»Wie wurde sie umgebracht?«

»Der Obduktionsbericht liegt noch nicht vor, wir sind aber sicher, dass sie erwürgt wurde.«

»Meine Güte ... Weshalb nur? Was wisst ihr noch?«

»Am Mittwoch hat jemand ihr Handy gefunden.«

»Wo denn?«

»In einem Straßengraben nicht weit von ihrem Wohnort. Die letzte Nachricht ging an ihre Tochter Sissel, am Dienstagabend.«

»Und Martin hatte zuletzt am Sonntag mit ihr Kontakt, über Facebook. Wo war sie zwischen Sonntag und Mittwoch? Zu Hause?«

»Wissen wir nicht«, sagte Karsten. »Niemand von den Nachbarn hat sie gesehen.«

»Kreditkarte?«

»Wurde zuletzt an der Shell-Tankstelle in Drengsrud verwendet, am späten Freitagnachmittag, als du sie aus dem Pflegeheim hast kommen sehen.«

Kajsa dachte nach. »Was ist mit ihrem PC? Hat sie den benutzt?«

»Sie hatte zwei. Einen nagelneuen Laptop und einen alten Computer. Der Laptop wurde nicht bei ihr gefunden.«

»Und was macht ihr jetzt?«

»Wir bitten um Hinweise wegen des Laptops. Alle, die sie in den letzten Tagen gesehen haben, sollen sich bitte bei uns melden.«

»Ihr wisst also nicht, wann sie gestorben ist?«

»Vorläufig möchten wir uns nicht festlegen. Wir warten auf den Obduktionsbericht und die Ergebnisse aus der Kriminaltechnik.«

Karsten begleitete Kajsa zurück zum Empfang.

»Ich brauche frische Luft«, sagte er. »Ich bring dich zum Auto.« Schweigend liefen sie zum Parkplatz hinüber. Leichter Regen setzte ein.

»Der erste Regen ohne Winterbeigeschmack. Endlich«, sagte sie.

»Ich kenne niemanden, der so wie du über den Regen spricht«, sagte er schmunzelnd.

Sie öffnete die Autotür und drehte sich zu ihm um. »Ich …«, sagten beide gleichzeitig. Dann lachten sie. »Du zuerst«, meinte Karsten.

»Ich … nein, nichts.«

»Doch, du wolltest etwas sagen«, entgegnete er.

»Nein …« Sie zögerte.

»Quellentreff?«, sagte er und sah sie fragend an.

»Ja«, erwiderte sie.

»In Ordnung«, sagte er leichthin, als ob nichts Besonderes dabei wäre. »Rufst du an, wenn es passt?«

»Ja.« Sie setzte sich ins Auto.

Ich muss mich zusammenreißen, dachte sie, als sie vom Parkplatz fuhr und Karsten zuwinkte. Bis jetzt habe ich es geschafft, ich darf nicht wieder anfangen, Karsten zu treffen.

*

Am selben Nachmittag hielt die Polizei eine Pressekonferenz ab. Über den Mord war bereits am Abend zuvor die Öffentlichkeit informiert worden, doch ohne weitere Einzelheiten zu erwähnen. Jetzt war der Mordfall Ingrid in allen Kanälen die Topnachricht. *Ältere Krankenschwester in Asker ermordet, Kollegen unter Schock,* titelte Kanal 4. »Brutaler Mord an Krankenschwester. Polizei bittet Öffentlichkeit um Mithilfe«, vermeldete die Moderatorin bei den TV2-Nachrichten. Alle beschrieben Ingrid als hochgeschätzte und ungewöhnlich engagierte Krankenschwester.

Am nächsten Tag war der Fall auf der Titelseite von *VG* und *Dagbladet.* Beide Zeitungen hatten Fotos vom Solgløtt geschossen und waren an eine Porträtaufnahme von Ingrid gekommen. Sie wurde als alleinstehende Frau beschrieben, die nur für ihre Arbeit mit den älteren Menschen im Pflegeheim gelebt habe. *VG* brachte auch ein Foto von Røren, die Bildunterschrift lautete: *Sie war unersetzlich und wird von Kollegen und Patienten sehr vermisst, sagt Abteilungsleiter Rolf Røren, der viele Jahre mit Ingrid Steffensen zusammengearbeitet hat.* In *Dagbladet* wurde Sturla Bjerke zitiert: *Wir sind von Ingrids Tod schwer getroffen. Alle stehen unter Schock, die ganze Abteilung trauert. Wir werden sie sehr vermissen.*

Tape 2
00:02:21

*Mein Onkel wohnte auch in diesem Haus.*
*Als Großvater starb, bestand er darauf, dass seine Leiche verbrannt werden sollte.*
*»Er soll brennen, brennen wie in der Hölle«, sagte Onkel Arne.*
*Aber es war Onkel Arne, der in der Hölle hätte brennen sollen.*
*Das war mir damals jedoch nicht klar.*

Kajsa spürte, wie der unerklärliche Mord an Ingrid die alte Kriminalreporterin in ihr wachkitzelte. Ab und zu wurde sie gefragt, ob sie wieder Kriminalfälle bearbeiten wolle, ein Bereich, der bei Kanal 4 hoch im Kurs stand. Noch immer verfügte sie über ein großes Quellen-Netzwerk, allerdings hatte sie im Moment mehr als genug mit der Story über Minister Gudmundsen zu tun, und abgesehen davon hatte Aksel am Abend zuvor erwähnt, dass er wahrscheinlich in die Mordermittlung einbezogen werden würde. Wenn dem so wäre, konnte sie unmöglich den Fall weiterverfolgen.

Mit Geir Hermansen, dem Leiter des Politikressorts und Kommentator des Senders, diskutierte sie über die Fotos von Skoglund.

»Erst das von hinten«, sagte sie, »wo er ihr den Popo tätschelt. Dann sie beide von vorn und schließlich der Kuss.« Abwartend sah sie Geir an.

»Hm«, sagte er bloß und rieb sich das Kinn.

»Bist du skeptisch?«, fragte Kajsa.

»Na ja … nein … also …«

»Aber wie oft hast du schon gesagt, dass wir viel zu zahm sind, zu vorsichtig. Dass uns Kreativität fehlt, das Außergewöhnliche, dass wir viel klarer …«

Hermansen unterbrach sie. »Das weiß ich. Das hier ist ein Fall, bei dem wir zeigen können, wie gut wir tatsächlich sind. Wir könnten einen ganz neuen Standard setzen. Andererseits …«, fuhr er fort und musterte sie ernst. »Andererseits riskieren wir eine Verleumdungsklage und setzen unsere Urteilsfähigkeit aufs Spiel. Wenn wir das bringen, wird man uns vorwerfen, dass wir politischen Journalismus auf amerikanischem Niveau betreiben, wir im Kielwasser der Regenbogenpresse segeln und so weiter. Darauf müssen wir dann reagieren können. Wir brauchen einen besseren Grund als Untreue. In Norwegen ist so etwas heutzutage nicht ausreichend. Also … haben wir einen besseren oder einen anderen Grund, um diese Fotos zu veröffentlichen?«

»Allerdings«, erwiderte Kajsa entschieden. Wenngleich entschiedener, als sie sich eigentlich fühlte. Aber sie *wollte* diese Story. Sie brauchte sie.

»Und der lautet?«

»Willst du mich jetzt testen?«, fragte Kajsa.

»Ja.« Geir Hermansen grinste. »Also, weshalb sollten wir das bringen?«

»Verpe ist im Fischereiministerium eine glühende Anhängerin der EU. Immerhin repräsentiert die Behörde einen unserer größten Exportartikel. Wenn sie ein außereheliches Verhältnis zum Fischereiminister unterhält – der einer Nein-zur-EU-Regierung angehört –, könnte man seine politische Unabhängigkeit infrage stellen, seine Neutralität und Unvoreingenommenheit.«

»Und? Weiter?«

»Gudmundsens Mangel an Übereinstimmung zwischen Anspruch und Wirklichkeit.« Kajsa zeichnete Anführungszeichen in die Luft. »Untreue steht beispielsweise genauso im Widerstreit mit der Bibel wie homosexuelle Praxis«, zitierte sie den Minister.

»Wer ist deine Quelle?«, fragte Geir.

»Skoglund«, entgegnete Kajsa, nachdem sie einige Sekunden überlegt hatte. Sie vertraute Geir, fügte aber hinzu: »Ich habe ihm versprochen, es niemandem zu erzählen.«

Geir pfiff durch die Zähne. »Petter Skoglund, der alte Hase?«

»Ja.«

»Was ist mit den Stunden, die die beiden angeblich in Gudmundsens Zimmer verbracht haben? Was machst du damit?«

»Reicht es nicht, genau dabei zu bleiben: Dass sie einander zeitweilig Gesellschaft leisteten? Wir wissen ja nicht, ob sie tatsächlich Sex hatten.«

»Aber du deutest es an?«

»Ich sage nur das, was der Wahrheit entspricht: Dass sie zusammen waren, auch wenn es dabei nicht unbedingt um die Arbeit ging. Die Fotos sollen für sich sprechen: Seine Hand auf ihrem Hintern … Was denkt man wohl, wenn man so etwas sieht?«

»Okay. Müssen wir überprüfen, ob die Fotos womöglich manipuliert sind?«

»Nein, das würde Skoglund niemals einfallen.«

»In Ordnung. Aber selbst wenn Skoglund die Quelle ist, pass auf, dass du nicht zu weit gehst. Das könnte im schlimmsten Fall den Ethikrat des Presseverbands auf den Plan rufen. Nichts geht raus, bevor nicht die Justiziare einen Blick darauf geworfen haben. Wann können wir es bringen?«

»Ich weiß noch nicht. In ein paar Tagen.«

»Okay.«

Als sie sich anschickte, sein Büro zu verlassen, hielt er sie auf und umarmte sie. »Endlich bist du zurück, Kajsa. Ich hatte schon Angst, dass ich das nicht mehr erleben würde.«

Zu ihrer Verwunderung sah sie, dass es ihm tatsächlich naheging, und der Kloß in ihrem Hals wurde größer. Geir war zwar kein umgänglicher Chef, aber außerordentlich geduldig mit ihr gewesen. »Ich habe es auch schon befürchtet«, sagte sie und lächelte.

An diesem 1. April 2005, als sie mit einer Story dasaß, die sich zu einem handfesten Skandal ausweiten würde, waren zwei Jahre, zehn Monate und dreiundzwanzig Tage seit ihrer Entführung vergangen.

*Fast drei Jahre im Koma,* dachte sie. *Aber das ist jetzt vorbei.*

*Ich bin zurück.*

Tape 2
00:05:19

*Ich freue mich immer auf Dienstag und Freitag, denn dann kommt der Junge zu Besuch.*
*Er macht die Zimmer, die Geräusche, die Farben und die Gerüche anders. Die Menschen, die hier gelebt haben, sind nicht mehr da, wenn er zu Besuch kommt; alles Böse, alle Geschehnisse sind verschwunden.*

Martin saß in seinem großen elektrischen Rollstuhl vor dem Fernseher und schaute *MacGyver*. Kajsa schaltete die Kamera ein und trat dicht an ihn heran. »Hast du Zeit zu quatschen?«, fragte sie und überprüfte das Display. Zeit? Was für eine Frage. Wenn es etwas gab, was dieser Mann hatte, dann war es Zeit.

Sein Mundwinkel zuckte, als ob er die Frage ebenfalls für dumm hielt, dann wandte er den Blick von ihr ab und sah auf seinen Bildschirm. Langsam bewegte er den Kopf und klickte die Buchstaben mit dem Finger an. Kajsa zoomte an den Bildschirm heran.

*Hab auf dich gewartet,* schrieb er.

Fünf Tage war es her, dass er sie gebeten hatte, zu Hause bei Ingrid vorbeizuschauen.

*So wird er also behandelt, von mir und von anderen,* dachte Kajsa. *Wir glauben, dass nichts in seinem Leben Eile hat.* Natürlich hatte er auf sie gewartet. Würden seine Worte vorwurfsvoll klingen, wenn er sprechen könnte? Immerhin war Kajsa so geistesgegenwärtig gewesen, dass sie den Abteilungsleiter gebeten hatte, Martin zu erzählen, was mit Ingrid passiert war. Sie hatte Røren noch am selben Abend angerufen, nachdem sie Ingrid tot aufgefunden hatte.

»Tut mir leid, dass ich nicht früher kommen konnte«, sagte sie, »aber …« Sie unterbrach sich, als sie sah, dass Martin hektisch auf seinem Rolltalk zu schreiben begann, und richtete die Kamera auf den Computerbildschirm.

*Ingrid,* gab er ein.

»Ja«, sagte Kajsa. »Traurige Sache.«

*Hab Angst,* fuhr er fort.

»Wovor hast du Angst?«, fragte Kajsa.

*Kann ich dir vertrauen?*

»Ja. Ich lebe davon, dass die Menschen mir vertrauen«, sagte sie mit einem Lächeln.

*Ingrid ängstlich,* schrieb er.

»Ängstlich? Weshalb?«

*Weiß nicht.*

»Was glaubst du?«

*Sie hat was rausgefunden.*

»Was meinst du damit?«

*Ist was passiert,* schrieb er.

Martins Kopf bewegte sich plötzlich nicht mehr, auf dem Bildschirm erschienen keine weiteren Wörter. Er blickte sie verstohlen aus den Augenwinkeln an.

»Was? Ich verstehe nicht …«

Martins Augen lenkten ihren Blick zur Wand hinauf, wo über dem Bildschirm ein Spiegel hing, so dass er sehen konnte, wer hinter ihm den Raum betrat. Auch ein Teil des Wohnzimmers und die Küchenecke waren zu erkennen. Jetzt stand Mona Lycke vom Freundeskreis Solgløtt in der Tür.

»Ihr habt's euch aber gemütlich gemacht«, sagte sie und trat zu ihnen. Kajsa stellte sich zwischen sie und Martins Rolltalk-Bildschirm. Mona versuchte, an Kajsas Schulter vorbei auf den Schirm zu spähen. Dann richtete sie den Blick auf Martin, sah, dass er den Kopf bewegte und mit dem Finger auf den Schalter drückte. Was er zuvor geschrieben hatte, war vom Bildschirm verschwunden.

»Ich wollte nicht stören«, sagte Mona und wich zurück. »Ich komme später noch mal wieder, ich konnte nämlich den Film auftreiben, den du sehen wolltest. *Die Brücken am Fluss,* mit Clint Eastwood und Meryl Streep.«

»Magst du sie?«, fragte Kajsa, nachdem Mona gegangen war.

Martin nickte schwach, bewegte den Kopf und klickte auf den Schalter. Der Text auf dem Bildschirm war wieder da.

Der Cursor bewegte sich von Buchstabe zu Buchstabe und hinüber zu den vorprogrammierten Wörtern.

*Niemand darf sehen, was ich schreibe.*

»Okay. Wovor hatte Ingrid Angst?«

*Sie hat was rausgefunden.*

»Ich verstehe nicht.«

Martin erzählte, dass es wie ein Spiel begonnen habe. *Ich war ihr Assistent,* schrieb er, spähte über den Brillenrand und sah Kajsa mit seinem schiefen Lächeln an. *Ingrid war oft bei mir. Viele unterschätzen mich und reden, als wäre ich gar nicht da. Ingrid gehörte nicht dazu. Sie war wie du.* Abermals grinste er und blickte Kajsa an.

Ingrid hatte ihn gebeten zu beobachten, was während ihrer Abwesenheit im Heim vor sich ging. Erst hatte sie gesagt, die Abteilung sei schlecht organisiert und sie wolle die Abläufe aufzeichnen. Als Martin dies jedoch nicht glauben wollte, sagte sie, sie benötige eine Grundlage, um dokumentieren zu können, dass Patienten zu viele und falsche Medikamente bekämen. Sie hatte ihn gebeten, darauf zu achten, ob Patienten ihr Verhalten änderten und wie sie behandelt würden, sowie genau hinzuhören, worüber geredet wurde. Er hatte die Aufgabe gern übernommen, es war ein willkommener Zeitvertreib. Zum ersten Mal seit seinem Unfall hatte er sich nützlich gefühlt. Als Arzt hatte er darüber hinaus die besten Voraussetzungen, um einschätzen zu können, worum Ingrid ihn bat.

*Ich hab sie durchschaut,* schrieb er.

»Inwiefern?«

Martin hatte schnell begriffen, dass Ingrid in erster Linie wissen wollte, was nach dem Ableben eines Patienten geschah. Wer sich im Zimmer der betreffenden Person aufgehalten habe, ob Angehörige dabei gewesen seien, ob er oder sie plötzlich krank geworden sei, ob die Angestellten den Todesfall dokumentiert hätten.

Abteilung 3B bestand aus zwei Gängen, die in einem rechten Winkel zueinander lagen. Martins Wohnung befand sich genau in der Ecke. Im Wandspiegel über dem Fernseher konnte er einen Flügel vollständig überblicken. Und wenn er mit dem Rollstuhl vor seiner Wohnungstür saß, konnte er beide Gänge im Auge behalten.

*Niemand würde Martin verdächtigen, irgendetwas auszuspionieren,* dachte Kajsa. *Im Gegenteil. Die wenigsten kämen auf die Idee, dass er sie beobachtete oder ihren Gesprächen zuhörte.*

»Wie lange habt ihr dieses Spielchen gespielt?«, fragte Kajsa.

*Über ein Jahr,* erwiderte Martin. *Ingrid hat alles aufgeschrieben. Immer ein kleines gelbes Notizbuch in der Tasche.*

»Ihr habt also eine Art Statistik geführt?«

*Ja.*

Zunächst hatte Ingrid Martins Frage ignoriert, warum sie sich so sehr für die Verstorbenen interessiere.

*Ich bin nicht dumm, nur stumm,* schrieb Martin.

Schließlich hatte er sie direkt gefragt, ob sie glaube, etwas sei nicht in Ordnung. Sie hatte zugegeben, sie habe jemanden im Verdacht, den Tod zu *beschleunigen.*

Ingrid war aufgefallen, dass einige Patienten völlig unerwartet gestorben waren. Die Betreffenden hatten zu den Agilsten der ganzen Abteilung gehört. Durch die Statistiken wurde deutlich, dass die meisten Todesfälle sich tagsüber ereigneten, wenn der feste Mitarbeiterstab anwesend war.

»Also Røren, Rakel Muri, Sturla Bjerke und Tora Cappelen?«, fragte Kajsa.

Martin nickte.

»Aber sind nicht ständig auch Aushilfen in der Abteilung, die nur halbtags arbeiten?«

*Kein Muster, das sie mit den Todesfällen verknüpft hätte,* erwiderte Martin.

Dann schrieb er: *Alle Verstorbenen waren Frauen.*

Kajsa betrachtete Martins letzte Zeile. *Nur Frauen. Frau Albertsen, Frau Bakke,* dachte sie, sagte aber nichts. Stattdessen fragte sie: »Und was hat das zu bedeuten?«

*Weiß nicht. Ingrid ist das aufgefallen.*

»Du sagst, Ingrid war ängstlich? Wann genau?«

*Letzte Woche.*

»Was meinst du mit ängstlich?«

*Nervös, abwesend, hat geweint,* schrieb Martin.

Kajsa blickte auf seine Worte und vergewisserte sich, dass die Kamera den Ausschnitt einfing. »Ich habe sie gesehen, drei Tage, bevor sie nicht mehr zur Arbeit kam. Da weinte sie. Du hast gesagt, als du am Sonntag zuletzt mit ihr über Facebook gechattet hast, sei sie wegen eines Streits mit Røren ganz aufgeregt gewesen. Glaubst du, dass sie deswegen geweint hat?«

*Ja, die haben sich öfter gestritten. Sie war sehr aufgeregt. Auch an jenem Tag,* schrieb Martin und fuhr fort: *Erzähl es niemandem. Versprich mir, den Mund zu halten. Du darfst niemandem vertrauen. Niemandem.*

»Was hast du mit deinen ganzen Notizen gemacht?«

*Gelöscht. Jedes Mal.*

»Okay, du kannst mir vertrauen«, sagte Kajsa. »Aber du musst mit der Polizei reden.«

Martin weigerte sich jedoch, mit der Polizei zu sprechen. Er hatte Angst davor, dass andere von Ingrids und seinem Projekt erfuhren. *Gefährlich für mich,* schrieb er.

»Es gibt nichts, wovor du Angst haben müsstest«, entgegnete Kajsa, dachte aber: Er hat allen Grund, Angst zu haben. Womöglich gibt es einen Zusammenhang zwischen Ingrids Ermordung und dem, was sie gemeinsam herausgefunden haben? Er war schließlich *nicht dumm, nur stumm.*

Als hätte er ihre Gedanken gelesen, schrieb er: *Es gibt niemanden, den man leichter umbringen kann als mich.*

*Er kann sich nicht rühren, kann sich nicht wehren, kann nicht mal um Hilfe rufen,* dachte Kajsa, sagte aber: »So was darfst du nicht denken, außer mir weiß es ja niemand. Oder doch?«

*Glaube nicht,* sagte er und sah sie über den Rand seiner Brille an.

»Na also. Kein Grund zur Beunruhigung«, entgegnete sie. »Aber wie wurden nach Ingrids Ansicht die Frauen getötet?«

*Medikamente.*

»Welche denn?«

*Weiß nicht.* Abermals blickte er sie mit schiefem Lächeln an. Dann schrieb er: *Frau Bakke, Frau Albertsen.*

Er dachte das Gleiche wie sie.

»Glaubst du …?«, fragte sie.

*Ja. Frauen.*

»Dann ist es für dich ja nicht gefährlich.«

*Meinst du?,* schrieb er.

*

Nach dem Besuch bei Martin ging Kajsa zu ihrer Mutter. Bibbi saß im Sessel am Fenster. Kajsa setzte sich dazu und redete mit ihr. Sie wusste nicht, ob es überhaupt einen Sinn ergab, denn immer häufiger konnte sie gar kein Gespräch mit der Mutter mehr führen. Dennoch versuchte sie es. Sie erzählte von Thea und Anders, was sie in der Schule und in der Freizeit machten, was sie selbst in letzter Zeit unternommen hatte, was bei der Arbeit los war.

Ab und zu nickte die Mutter, als hätte sie verstanden. Vielleicht tat sie es auch, vielleicht nicht.

*Aber ich werde sie wie meine Mutter behandeln, nicht wie eine Patientin,* dachte Kajsa und redete weiter, bis sie merkte, dass Bibbi kurz vor dem Einschlafen war. Sie half ihr ins Bett. Dann nahm sie die Kamera, schob einen Stuhl ans Bett und überprüfte, ob die Kamera richtig ausgerichtet war und sie mit der Mutter im Hintergrund zeigte. Kajsa verwendete sie wie ein Tagebuch und dokumentierte damit ihre Erlebnisse im Pflegeheim.

Sie sah ihre Mutter an, vergewisserte sich, dass sie eingeschlafen war, und fing mit leiser Stimme zu reden an.

»Ich bin gerade bei Martin gewesen. Er hat Angst. Ich kann es gleichsam spüren, wie ängstlich er ist. Ingrid ist ermordet worden. Sie hatte auch Angst. Ich glaube, Frau Albertsen ebenfalls. Diese Furcht … die kriecht unter die Haut. Es ist unheimlich, ich würde am liebsten gar nicht hierherkommen. Ich will nicht mitten in all diesem Elend stecken.«

Ein paar Sekunden schwieg sie, bevor sie mit dünner Stimme fortfuhr: »Ich habe solche Angst, dass Mama etwas passiert. Sie wird immer schwächer. Womöglich hatte Ingrid recht.« Sie holte tief Luft. »Wie soll ich sie beschützen? Gibt es einen Zusammenhang zwischen dem Mord an Ingrid und Ingrids und Martins Recherchen?

Wenn jemand davon möglicherweise Wind bekommen hat, dann … ja, was ist dann mit Martin?«

Kajsa schaltete die Kamera aus, blieb aber mit dem Notizblock auf dem Schoß sitzen. Sie hatte die Namen der vier Angestellten aufgeschrieben, die Martin erwähnt hatte.

Eigentlich hatte sie gedacht, sie könnte nun die Aufnahmen für die Dokumentation allmählich zielgerichteter gestalten und einen Fokus für die Story herausarbeiten. Sie hatte viele Stunden Material und eine gute Ausgangsbasis. Wer zum Beispiel sollte Nebenrollen übernehmen? Wer eignete sich dafür am besten?

Kajsa betrachtete ihre Mutter; sie schlief ruhig, atmete gleichmäßig.

*Alles ist gut. Keine Angstattacke, keine Apathie. Nichts wird ihr geschehen. Es besteht keine Gefahr, solange sie schläft und ich bei ihr bin.*

Es herrschte eine ungeheuer entspannte Ruhe in diesem Augenblick, der gleichmäßige Atem ihrer Mutter wirkte besänftigend.

Sie blickte auf ihren Block und machte sich neben den vier Namen weitere Notizen:

*Rolf Røren, 58 Jahre, Fachkrankenpfleger, Abteilungsleiter. Ist gern der Boss. Sonderling, seltsam. Erträgt kaum Widerstand. Sehr beliebt bei den Patienten, besonders bei den Frauen. Die Dame, feminin, strickt und stickt. Arbeitet viel.*

*Sturla Bjerke, 32 Jahre, Krankenpfleger, aus Asker. Adonis. Flirtet mit den alten Damen. Beliebt. Schwätzer. Neugierig, mischt sich in alles ein, charmant, aber faul. Meint, dass Patienten gut verpflegt werden, ärgert sich aber über Personalmangel. Denkt, sie hätten zu wenig Zeit, um mit den Patienten zu quatschen. Zeigt Fürsorge und Menschlichkeit. Aber kümmert er sich wirklich oder ist das nur Gerede? Erzählt, dass Patienten manchmal allein sterben müssen, weil abends und nachts zu wenig Per-*

*sonal da ist. Sagt, dass Ingrid fantastisch war, sich aber in Dinge einmischte, mit denen sie nichts zu schaffen hatte.*

*Tora Cappelen, 52 Jahre, Pflegehelferin. Oft schlecht gelaunt, ungeduldig mit den Bewohnern. Scheint keine Lust mehr auf Arbeit in der norwegischen Altenpflege zu haben. Beklagt sich über zu viel Arbeit, ständig tut ihr etwas weh, kommt mit dem Job nicht wirklich zurecht. Regt sich auf und wird wütend, wenn wir über Mangel an Ressourcen reden. Beklagt sich, denkt aber in erster Linie an sich, nicht an die Alten. Behauptet, sich durch das Heben von schweren Lasten den Rücken ruiniert zu haben. Eher unsympathisch, dauernd am Jammern. Meint, dass für Ingrid nichts gut genug war.*

Kajsa blickte auf den letzten Namen: *Rakel Muri.* Ein Wort fiel ihr sofort ein, als sie an sie dachte: Verzagt.

Dann schrieb sie: *Pflegehelferin, 45 Jahre, aus Asker. Fürsorglich, aber sehr still, schüchtern. Eine von denen, die viele Zusatzschichten übernehmen. Bestätigt, dass einige Bewohner allein sterben, sagt aber, dass sie den Freundeskreis Solgløtt in Anspruch nehmen, wenn es keine Angehörigen gibt, die sich um die Patienten kümmern können. Nennt Ingrid* etwas übereifrig. *Stand ihr als Kollegin am nächsten. Lässt sich nur ungern interviewen. Reibt ständig die Hände aneinander, dreht sich von der Kamera weg, blickt nervös umher.*

Kajsa klopfte mit dem Stift auf den Namen von Sturla Bjerke. Dann machte sie ein Kreuz daneben. Er sollte eine Nebenrolle bekommen. Er hatte alles, was für eine Fernsehpersönlichkeit erforderlich war: gutes Aussehen, Extrovertiertheit, Charme.

Dann setzte Kajsa ein Kreuz neben den Namen von Tora Cappelen. Sie war das genaue Gegenteil von Sturla: älter, erfahrener im Beruf, eine Frau, die sich keine Illusionen über würdige Altenpflege machte.

Als Kontrast zu Sturla passte sie perfekt.

Kajsa lehnte sich zurück und dachte nach.

Als Journalistin war sie jetzt in einer Traumsituation. Sie konnte mit den Aufnahmen einfach fortfahren und so tun, als interessierte sie sich ausschließlich für die Doku, während sie in Wirklichkeit Material über die Ermordung von Ingrid sammelte. Wenn es zwischen Ingrids Ermordung und dem Pflegeheim tatsächlich eine Verbindung gab, wäre das womöglich eine Sensation.

Es war ein grauer und bewölkter Tag gewesen, jetzt allerdings drängte die Sonne ins Zimmer und warf einen Lichtstreifen auf das Bett der Mutter. Winzige Staubpartikel tanzten im Licht. Kajsa nahm die Kamera, folgte dem Lichtstrahl vom Fenster zum Bett und zum Foto des Vaters darüber. Dann richtete sie die Kamera wieder auf Bibbis Gesicht, verharrte einen Moment lang und bewegte sich dann seitlich vorwärts, bis sie die Mutter im Profil eingefangen hatte. Die Haut spannte sich über die Nase, die Augen waren eingesunken, der Mund stand halb offen.

Wie schön sie früher gewesen war: klein und zierlich, schlank, blond. Kajsa hatte oft gehört, dass sie ihrer Mutter ähnele, allerdings hatte sie das dunkle Haar und die braunen Augen ihres Vaters geerbt.

Jetzt war ihre Mutter verblasst, eine Hülle, die nur vage an die Person von einst erinnerte. Fast nichts war mehr von ihr übrig geblieben; weder der Körper noch die Gedanken, die Gefühle oder ihr Humor.

*Wäre es besser, wenn sie sterben würde? Meine geliebte Mutter, die ich dann nicht mehr berühren, mit der ich nicht mehr sprechen und die ich nicht mehr sehen könnte?*

Tape 2
00:07:12

*Erland ist heute hier gewesen.*
*Seine Haut ist warm und weich wie Samt, und er sieht mich an, als ob er mich mag.*
*Ja, ich glaube wirklich, er mag mich.*
*Ich erlaube ihm, in Großvaters Arbeitszimmer zu gehen – wo ich als Kind nie hineindurfte – wo er auf die Leiter hinaufsteigt und sich die Bücher im obersten Regal ansieht.*
*Heute habe ich entdeckt, dass ihm Reiseberichte am besten gefallen, genau wie mir.*

Die nächsten zwei Arbeitstage war Kajsa mit der Reportage über Gudmundsen und Verpe beschäftigt. Sie durfte nicht riskieren, auch nur einen halben Millimeter über die rote Linie zu treten, und stand daher die ganze Zeit mit Geir Hermansen und den Hausjuristen des Senders in Kontakt.

Lange suchte sie im Archiv nach Fotos, besonders solchen, auf denen die beiden zusammen abgebildet waren. Viele fand sie nicht, doch an dem Tag, als die neue Regierung vor dreieinhalb Jahren auf den Schlossplatz trat, hatte Carina Verpe, zu diesem Zeitpunkt noch stellvertretende Parteivorsitzende, den Ministern der Christlichen Volkspartei Blumen überreicht. Gudmundsen nahm den Strauß mit einem Lächeln entgegen und umarmte Verpe herzlich. Freudestrahlend sahen sie einander an. Das Foto war ein Glücksfall, und der Fotoredakteur beließ die Aufnahme in einem Grauton, bis auf die beiden farblich originalgetreuen Gesichter. Kajsa las die Bildunterschrift laut vor, um sich zu vergewissern, dass sie zu dem Foto passte: *Die Freude steht ihnen deutlich ins Gesicht geschrieben. Was jedoch niemand weiß: Die beiden haben noch eine andere Freude genossen – die Freude am Beisammensein.*

*Spekulativ? Vielleicht, jedoch weder unwahr noch kränkend,* dachte Kajsa. Sie fügte Texte zu weiteren Fotos hinzu, auf denen die beiden mit ihren Ehepartnern abgebildet waren.

*Kanal 4 weiß zu berichten, dass das Verhältnis zwischen Gudmundsen und Verpe über die rein professionelle Beziehung zwischen einem Minister und einer Beamtin in seinem Ministerium hinausgeht.*

Bei den Fotos von Kopenhagen schrieb sie, Gudmundsen habe sich in seiner Funktion als Minister dort befunden, wobei Verpe ihn außerhalb eines Arbeitskontextes begleitet habe.

Das Foto, auf dem die beiden sich küssten, kommentierte Kajsa mit den Worten: *Eine zuverlässige Quelle berichtete Kanal 4, dass die beiden gemeinsam in ihr Hotel zurückkehrten, nachdem dieses Foto entstand.*

*Eine Unterstellung? Ja.*

*Fies? Ja.*

*Wahr? Ja.*

Es ging um Anspruch und Wirklichkeit, um die Unabhängigkeit des Ministers im Verhältnis zu seinem Amt und um seine Unbestechlichkeit als Minister. *Nicht meine Verantwortung,* dachte Kajsa.

Gudmundsens Verantwortung. Sie lehnte sich zurück und entspannte sich, während der Textredakteur den letzten Feinschliff vornahm.

*Meine Story, nur meine. Ich bin wieder da.*

Als Kajsa in der Kantine zu Mittag aß, traf sie ihren Kollegen Espen Nedeberg, der Ingrids Fall bearbeitete. »Kommt die Polizei weiter?«, fragte sie.

»Ich glaube, sie mühen sich ziemlich ab«, erwiderte er. »Momentan halten sie sich alle Möglichkeiten offen, wie es so schön heißt.«

»Und welche Möglichkeiten sind das?«

»Dass es ein simpler Raubmord ist, dass es mit der Beziehung der Tochter zum Drogenmilieu oder irgendwie mit Ingrids Arbeitsplatz zu tun hat. Aber wir erfahren derzeit so gut wie nichts«, fügte er hinzu. »Heute herrscht totales Schweigen im Walde. Als ob sie im Trüben fischen. Kannst du nicht mal in dem Pflegeheim etwas herumschnüffeln? Und du kennst doch auch Karsten Kjølås, oder?«

Kajsa entgegnete, dass Aksel an dem Fall für die Polizei arbeite und sie daher nicht helfen könne. »Aber wenn ich im Pflegeheim was Wichtiges hören sollte, gebe ich dir natürlich Bescheid«, versprach sie.

Tape 2
00:08:38

*Lange Zeit wusste ich nicht, wieso ich unerwünscht war.*
*Das konnte doch nicht nur daran liegen, dass ich ein Bastard war, wie mein Großvater mich nannte.*
*Als ich älter wurde, begriff ich, dass es da noch andere Gründe gab.*
*Jetzt weiß ich jedenfalls, es lag nicht an mir.*
*Kleine Kinder sind stets rein und unschuldig.*
*Deshalb habe ich mir auch immer Kinder gewünscht.*

Der neunundsiebzigjährige Kåre war der Don Juan der Abteilung. Er war Kapitän auf einem Kreuzfahrtschiff gewesen, doch die letzten Jahre seiner Karriere hatte er als Skipper auf der Nesoddenfähre bestritten.

»Er hat versucht, sich an jede Frau heranzumachen«, sagte Pflegehelferin Tora Cappelen, als Kajsa zu Besuch kam und ihre Mutter erblickte, die mit roten Wangen und glücklichem Lachen neben Kåre saß.

»Und jetzt sieht es so aus, als hätte eine angebissen«, fügte sie mit verkniffenem Gesichtsausdruck hinzu.

Freddy Bøe vom Freundeskreis Solgløtt versetzte Tora einen kleinen Stoß in die Rippen und grinste: »Jetzt sei doch nicht so prüde, Tora.«

Tora schürzte die Lippen. »Kåre ist alles zuzutrauen«, sagte sie.

»Ich finde das einfach nur süß«, sagte Sturla Bjerke, der im selben Moment hereinkam. Er legte vertraulich die Arme um Toras Schultern und sah direkt in die Kamera. Dann grinste er breit, beugte sich zum Objektiv vor und fügte hinzu: »Oder etwa nicht?« Tora befreite sich und ging hinaus.

Kajsa versuchte, sich ein Grinsen zu verkneifen. Er hatte mehrmals nachgefragt, ob er in dem Dokumentarfilm auftauchen würde. Wahrheitsgemäß hatte Kajsa geantwortet, das sei durchaus möglich. Sie wollte ihn nicht wissen lassen, dass er eine kleine, aber bedeutende Rolle bekommen würde. Denn dann würde er ständig um sie herumscharwenzeln.

Sie richtete die Kamera auf ihre Mutter. Kåre lehnte sich an Bibbi, die sich an ihn lehnte, seine Hand ruhte auf der ihren. Sie lachte laut über eine Bemerkung von ihm. Kajsa konnte fast nicht glauben, was sie da sah. Sie konnte sich nicht erinnern, wann Bibbi zuletzt gelacht hatte.

Kåre war vor etwa vier Wochen ins Solgløtt gekommen. Er hatte einen Schlaganfall erlitten, jedoch einen beeindruckenden Willen gezeigt, sich zuerst mit Physiotherapie und dann alleine zurück ins aktive Leben zu kämpfen. Er lief und lief, mühte sich durch die Gänge, vor und zurück, unaufhaltsam, jeden Tag. Eine Körperseite war noch teilweise gelähmt, dennoch weigerte er sich, einen Rollator zu benutzen.

»Nur Greise haben so was«, hatte er eines Tages erwidert, als Kajsa gefragt hatte, ob es nicht einfacher wäre, den Rollator zu benutzen als den hohen Gehbock.

Kajsa setzte sich zu Kåre und ihrer Mutter. »Na, worüber amüsiert ihr euch so?«, fragte sie und umarmte Bibbi.

»Ist geheim«, erwiderte Kåre und zwinkerte der Mutter zu.

Bibbi lachte. »Einer von seinen blöden Witzen«, sagte sie und knuffte ihn in die Seite.

Sie wirkte wie ein frisch verliebter Teenager, und Kajsa war nicht sicher, wie sie damit umgehen sollte. Die beiden waren nun einmal nicht ganz zurechnungsfähig. Auch Kåre nicht, das war ihr klar, denn das Personal bezeichnete ihn als *Aufreißer.*

Sie entschied sich, den beiden die Freude zu lassen. Alles war besser als die schlechten Tage.

Thea und Anders begleiteten sie heute. Und Kajsa freute sich, dass Freddy und Mona vom Freundeskreis auch da waren; beide schienen es zu mögen, wenn Kinder zu Besuch kamen.

»Kinder verbessern die Stimmung«, sagte Freddy. Erst vor Kurzem hatte er dafür gesorgt, dass in eine Ecke der Abteilung ein Kindertisch und Stühle gestellt wurden. Angestellte und Angehörige hatten Legosteine, Zeichenblöcke und Stifte mitgebracht, und nun lagen sogar ein paar alte Bücher mit Reiseberichten in einem Korb neben dem Tisch.

Kajsa entschuldigte sich, als sie die Kinder für eine Weile in die Obhut von Freddy und Mona gab; sie wollte ein paar Aufnahmen in der Abteilung machen.

»Gehen Sie ruhig«, sagte Mona. »Die Kinder können hier spielen oder Disney Channel schauen.«

»Aber wäre den anderen das denn recht?«, fragte Kajsa und deutete auf die Alten, die aufgereiht vor dem Fernseher saßen.

»Die merken doch eh kaum den Unterschied«, flüsterte Mona. »Die meisten gehören genauso gut zur Zielgruppe von Disney wie von *Dr. House*«, sagte sie. »Außerdem wollte ich demnächst Waffeln backen. Anders und Thea können mir dabei helfen, falls sie Lust dazu haben«, fügte Mona hinzu.

»Yippie!«, kam es von Thea.

Kajsa brachte Bibbi in ihr Zimmer, sie wollte sich ausruhen. Dann ging Kajsa los, um nach allgemeinen Motiven für die Dokumentation zu suchen. Langsam streifte sie durch die Abteilung und stieß dabei auf das, was sie *die kleinen Bilder* nannte: Nahaufnahmen von alten Händen; eine Tasse, die zitternd zum Mund geführt wurde; Füße, die über den Boden schleiften; das sich drehende Rad an einem Rollator; eine Uhr, deren Sekundenzeiger sich immer weiter bewegte; eine altmodische Stickerei mit Blumenmotiv; ein Kandelaber mit heruntergebrannten Kerzen. Als sie vor Martins Wohnung stand und den leeren Gang filmte, kam ein Mann aus seinem Zimmer. Er hatte sich eingenässt, seine graue Hose zeigte dunkle Flecken am Hintern und an den Schenkeln. Kajsa filmte ihn so, dass er nicht identifiziert werden konnte.

Kajsa betrat das Schwesternzimmer. Rakel Muri las Zeitung. »Der Mann aus Zimmer 303 hat sich eingenässt«, sagte Kajsa.

»Nicht schon wieder. Hat er die Windel ausgezogen?«, fragte Rakel und sprang auf, als hätte man sie auf frischer Tat ertappt.

Kajsa ging zurück und schaute bei Martin vorbei. Wie üblich saß er vor dem Fernseher.

»Hallo!«, sagte sie und blickte auf das Rolltalk. Aber der Bildschirm war schwarz.

»Funktioniert er nicht?«

Martin schüttelte fast unmerklich den Kopf.

»Dann wird es schwierig, sich zu unterhalten«, sagte Kajsa. »Soll das Gerät zur Reparatur?«

Martin nickte und versuchte, die Lippen zu bewegen. Er stieß einen schwachen Laut aus, den Kajsa zu deuten versuchte. »Ich?«, fragte sie.

Er nickte. Ein neuer Ton kam. Unmöglich zu verstehen. Er versuchte es abermals. In seinem Ausdruck lag etwas Flehendes.

Kajsa riet: »Habe?«

Erneutes Nicken, noch ein Laut. Es konnte alles Mögliche bedeuten. Kajsa dachte nach. »Ich habe ... Angst?«

Martin nickte.

Kajsa griff nach seiner Hand. »Ich weiß«, sagte sie. »Ist was Besonderes geschehen?«

Wieder nickte Martin.

»Hast du mit der Polizei gesprochen?«

Keine Reaktion.

»Ist hier was passiert?«

Keine Reaktion.

»Geht dir was durch den Kopf?«

Martin nickte.

»Mama.« Thea stand in der Tür. »Ich will nach Hause.«

Im selben Moment klingelte Kajsas Handy. Geir Hermansen.

»Wir müssen deine Story heute Abend bringen. *VG* ist der Sache auf der Spur. Und auch wenn ich nicht glaube, dass die den Mut haben, das zu drucken, sollten wir heute Abend auf Sendung gehen. Damit die uns nicht zuvorkommen.«

Kajsa blickte Thea an, sie sah müde aus. Anders stand abwartend neben ihr, geduldig wie immer. Er wollte vermutlich auch nicht länger bleiben. »Ich muss jetzt gehen«, sagte sie zu Martin. »Anruf von der Arbeit, und die Kinder müssen nach Hause. Schick mir bitte eine Mail, sobald das Rolltalk wieder funktioniert. Erzähl mir, worüber du nachgedacht hast, okay?«

Martin nickte, lächelte entgegen seiner Gewohnheit aber nicht.

Kajsa rief Aksel aus dem Wagen an und erklärte, dass sie arbeiten müsse.

»Ich bin vor sieben nicht zu Hause«, entgegnete er.

»Kannst du nicht früher da sein?«

»Nein.«

»Okay, dann gebe ich Thea und Anders was zu essen, ein paar Stunden kommen die schon allein zurecht.«

»Meinst du?«

Kajsa überhörte den spitzen Tonfall, verabschiedete sich und legte auf.

In drei Stunden sollte die Story auf Sendung gehen. Alles war redigiert und überprüft, aber Kajsa wartete auf einen Anruf von Petter Skoglund. Er war der Meinung gewesen, dass der Sender auf die Rückkehr des Ministerpräsidenten warten sollte, der unterwegs sei, *um den Regenwald in Indonesien zu retten,* wie er mit schlecht verhohlenem Sarkasmus hinzufügte. Kajsa schickte ihm eine SMS, in der sie schrieb, die Story werde um acht Uhr gesendet. *Okay, Ministerpräsident ist zurück. Passt gut,* antwortete er.

Kajsa versuchte, Gudmundsen und Verpe zu kontaktieren. Sie erläuterte der Pressestelle im Fischereiministerium, dass es eile, und bat um einen persönlichen Rückruf von Gudmundsen.

»Ich muss wissen, worum es geht«, sagte der Mann von der Pressestelle und wurde sauer, als sie sich weigerte, ihm Auskunft zu geben. »Das ist absolut unüblich. Der Minister ruft nicht einfach zurück, weil Sie das wollen. Er muss wissen, worum es geht«, insistierte er.

»Glauben Sie mir, er will ganz bestimmt nicht, dass ich diese Angelegenheit mit Ihnen diskutiere«, entgegnete Kajsa und hörte selbst, wie arrogant sie klang.

Carina Verpe ging nicht ans Telefon.

Um halb sechs hatte Kajsa immer noch nichts von den beiden gehört. Mit einem Fotografen setzte sie sich ins Auto, um sie zu Hause aufzusuchen. Falls sie es wollten, hatte Kajsa noch genügend Zeit für ein Interview. Wenngleich sie die Chancen für eher gering hielt. Allerdings war es wichtig, beide zu kontaktieren, ehe der Beitrag auf Sendung ging. Sie hatten das Recht, darauf zu reagieren. Kajsa spähte ständig auf die Uhr. Bis jetzt hatte sie nicht das Risiko eingehen wollen, Gudmundsen und Verpe persönlich aufzusuchen. Sie wusste nämlich, dass sowohl bei ihnen als auch beim Ministerpräsidenten unmittelbar die Alarmglocken losgehen würden. Sie musste unbedingt vermeiden, dass die Story zunichtegemacht würde, ehe sie auf Sendung ging. Das hier waren *Breaking News,* und niemand sollte ihr die Freude nehmen, die Story als Erste zu bringen.

Gudmundsen war zu Hause. Er bat sie nicht herein, kam aber auf die Vortreppe hinaus. Sein freundlicher Tonfall änderte sich, als Kajsa erläuterte, weswegen sie mit ihm sprechen wollte.

»Wagen Sie ja nicht, das zu senden«, sagte er mit leiser, zitternder Stimme. Sein Gesicht war rot angelaufen. »Das ist nicht wahr.«

»Wie wäre es dann mit einer Stellungnahme. Ich würde gern Ihre Vers …«

»Keinesfalls«, fiel er ihr ins Wort. »Es gibt nichts zu kommentieren.«

Kajsa konnte gerade noch einen Blick auf seine Gattin erhaschen, die mit fragendem Gesichtsausdruck im Flur stand, ehe Gudmundsen die Haustür zuknallte.

Während sie weiter zu Carina Verpe fuhr, dachte sie, dass Gudmundsen sie vermutlich in diesem Moment anrief. So war es anscheinend auch, denn obwohl zwei Autos in der Auffahrt standen, kam niemand, um die Tür zu öffnen, als Kajsa klingelte.

Sie meldete sich bei Geir Hermansen und erzählte, was passiert war, woraufhin er im Büro des Ministerpräsidenten anrief. Sie hatten vereinbart, dass er damit warten würde, bis sie zu Gudmundsen und Verpe Kontakt aufgenommen hätte.

*

Kanal 4 brachte die Gudmundsen-Story in der Hauptsendung um zwanzig Uhr, ohne Kommentar von Gudmundsen, Verpe oder dem Ministerpräsidenten.

Nach vier Minuten meldete sich *VG*, eine Minute später TV2. Um sechs Minuten nach acht war *Dagbladet* in der Leitung. Dann *Aftenposten* und *NTB*, und um halb neun rief jemand vom NRK an. Alle wollten Bildmaterial kaufen. Aber das bekamen sie natürlich nicht.

Kajsa sah gleichsam vor sich, wie der Alarm in all den anderen Redaktionen ausgelöst wurde, während die Sendung bei Kanal 4 ausgestrahlt wurde. Sie konnte sich gut vorstellen, wie das oft langweilige Dasein in den Redaktionsstuben an einem ereignislosen Tag von einem Chef vom Dienst unterbrochen wurde, der Mitarbeiter anrief, Fotografen und Journalisten losschickte und Konferenzen einberief: Wie können wir vorgehen? Ruft Verpe und Gudmundsen an! Wo sind die beiden? Kann jemand zu ihnen fahren? Haben die einen Kommentar abgegeben? Haben die schon lange ein Verhältnis? Wer weiß was? Dafür wird es bei Kanal 4 Kritik hageln. Findet jemanden, der meint, die rote Linie sei überschritten! Was sagt der Ministerpräsident? Die anderen Regierungsmitglieder? Wo ist der politische Redakteur? In seiner Hütte?! Was zum Teufel hat er in seiner Hütte zu suchen? Wir brauchen Material für die Kommentarspalten, verdammt!

*

Nachdem sie die Sendung angeschaut hatten – gefolgt vom Applaus der Redaktion –, machten sich Kajsa und der Fotograf auf den Weg zum Büro des Ministerpräsidenten. Geir Hermansen hatte vorab mit Stabschef Knut Even Storm-Pettersen gesprochen und ihm erzählt, womit sie auf Sendung gehen würden. Storm-Pettersen hatte gefragt, ob er sich das Material zuvor ansehen dürfe, aber das hatte Hermansen abgelehnt.

Als Kajsa beim Büro des Ministerpräsidenten eintraf, rief sie ihn an. Er ging nach einem Klingeln ans Telefon.

»Kein Kommentar«, sagte er.

»Aber Sie unternehmen doch was?«

»Wir diskutieren den Fall«, sagte er.

»Und?«

»Ohne Ergebnis, vorläufig.«

»In Ordnung, ich stehe draußen mit einem Fotografen, falls Sie es für nötig befinden sollten, eine Stellungnahme abzugeben.«

In der Leitung klickte es. Der Ministerpräsident hatte aufgelegt.

Kajsa und der Fotograf blieben vor den Hochhäusern des Regierungsviertels im Auto sitzen und warteten, doch nichts geschah. Um zehn Uhr rief Hermansen an und sagte, dass sich der Ministerpräsident nicht äußern werde.

Jetzt blieb ihnen nichts anderes übrig, als nach Hause zu fahren. Kajsa hatte keine Lust auf die dröhnende Stille, die zwischen ihr und Aksel zu spüren war.

Tape 2
00:11:52

*Als ich meine Mutter unter Druck setzte, mir die Wahrheit zu erzählen, merkte ich, dass ich nicht länger bedeutungslos war.*
*Es gab mir ein überwältigendes Gefühl von Macht, dass ich – nachdem ich ihr nie zuvor widersprochen hatte – dazu fähig war, ihr damit zu drohen, sie umzubringen.*
*In ihren Augen lag nicht länger Verachtung, sondern Angst.*
*Da begriff ich, dass es endlich zu einer Abrechnung kommen musste.*
*Mit ihr.*
*Mit dem Bösen.*

»Alle gefährlichen Medikamente werden eingeschlossen«, sagte Hanne.

Kajsa hatte ihre Freundin angerufen, um sie zu fragen, wie Medikamente in Einrichtungen der Gesundheitsfürsorge aufbewahrt würden.

Hanne war Krankenschwester im Krankenhaus Asker og Bærum, hatte zuvor aber in einem Pflegeheim in Oslo gearbeitet.

Kajsa hatte nichts von Martin gehört. Im Laufe der letzten Tage hatte sie auch keine Zeit gehabt, um bei ihm oder bei ihrer Mutter vorbeizuschauen. Martins Rolltalk war anscheinend noch immer nicht repariert. Wie lange konnte so etwas wohl dauern?

Martin hatte gesagt, laut Ingrid würden die Patienten mit Medikamenten umgebracht. Kajsa fragte sich, ob er sich damit beschäftigt hatte, als sie zuletzt bei ihm gewesen war. Vielleicht hatte er ja herausgefunden, welche Medikamente für diese schrecklichen Taten benutzt wurden. Eine Überdosis irgendeines Mittels? Was genau? Und wie kam man an etwas so Gefährliches heran? Diese Medikamente mussten doch streng kontrolliert werden.

Kajsa wusste nicht das Geringste über die Aufbewahrung von Arzneimitteln. Am Abend hatte sie mit dem Laptop auf der Terrasse gesessen und versucht, im Internet mehr darüber zu erfahren. Sie hatte nicht gefunden, wonach sie suchte, und daher Hanne angerufen.

Die Freundin erklärte, dass in verschließbaren Medizinschränken Betäubungsmittel aufbewahrt wurden. Andere Medikamente wurden nicht eingeschlossen. Nur autorisierte Mitarbeiter hatten einen Schlüssel dafür.

»Welche Medikamente werden nicht eingeschlossen?«

»Paracetamol, zum Beispiel. Und Insulin. Viele Menschen leiden ja an altersbedingtem Diabetes. Da wird so ein Dosierungspen verwendet.«

Insulinpen. *Hat Sturla solch ein Gerät in der Hand gehabt, als ich bei Martin war?,* dachte Kajsa.

»Wie muss Insulin denn aufbewahrt werden?«, fragte sie.

»Es soll bis zur Verwendung gekühlt werden, bei der Verabreichung aber Zimmertemperatur haben.«

»Und liegt so ein Pen dann bei den Patienten im Kühlschrank?«

»Nein, die sollten eigentlich mit anderen Medikamenten in einem separaten Medizinraum oder in einem Schrank im Schwesternzimmer verwahrt werden.«

*Die Aufbewahrung des Insulinpens bei Martin verstößt also gegen die Regeln,* dachte Kajsa. »Werden Medikamente ausschließlich von Krankenpflegern und Krankenschwestern verabreicht?«, fragte sie.

»Nein, auch Pflegehelfer dürfen sie verabreichen, wenn sie einen entsprechenden Kurs absolviert haben. Die Dosierung wird allerdings stets von einer Krankenschwester vorgenommen.«

»Wie läuft die Bestellung von Medikamenten in einem Pflegeheim ab? Gibt es da strenge Kontrollen?«

»Ja, die Kontrolle ist natürlich streng, jede Verwendung von Arznei muss dokumentiert werden, sowohl vom ärztlichen Personal als auch von den Pharmazeuten. Das trifft natürlich besonders für Betäubungsmittel zu.«

»Und was ist mit den anderen Medikamenten wie etwa Paracetamol und Insulin?«

»Als ich noch im Pflegeheim gearbeitet habe, haben wir Medikamente nachbestellt, wenn die Bestände kleiner wurden«, sagte Hanne. »Der Bedarf variiert ja ständig. Bei Diabetespatienten mussten wir zum Beispiel mehrmals pro Tag den Blutzucker messen und ab und zu eine extra Portion Insulin verabreichen.«

Kajsa beugte sich vor. »Nach Bedarf?«

»Ja, wir haben mehr bestellt, für den Fall, dass wir mehr brauchten.«

»Ist es immer dieselbe Person, die die Bestellungen rausschickt?«

»Nein, nicht unbedingt.«

»Hast du das auch gemacht?«

»Öfter.«

»Du hast also etwas bestellt, wenn der Bestand kleiner wurde. Aber auch andere haben sich darum gekümmert?«

»Ja. Ich verstehe, worauf du hinauswillst. Du hast recht«, sagte Hanne. »Wenn mehrere bestellen, wird nicht immer sofort überprüft, ob es sich um ungewöhnlich große Mengen handelt – wie eben bei Paracetamol oder Insulin.«

»Weil diese Medikamente nicht zu festen Zeiten und in festgelegten Mengen ausgegeben werden?«

»Genau. Andere Medikamente hingegen, deren Einnahme mit

einem Risiko verbunden ist, wie etwa Morphium, werden natürlich streng kontrolliert. Die sind eingeschlossen, nicht alle vom Personal haben Zugang, und die Restbestände sowie der Verbrauch müssen in einem exakten Verhältnis zueinander stehen.«

»Okay.« Kajsa schnitt ein neues Thema an: »Hast du schon mal erlebt, dass Patienten in einem Pflegeheim obduziert wurden, weil sie unerwartet gestorben sind?«

»Nein, nie. In einem Pflegeheim ist es eben auch nicht besonders überraschend, wenn jemand stirbt.«

Kurze Zeit später beendete Kajsa das Gespräch. Sie stand auf und warf einen Blick auf das Außenthermometer. Acht Grad. Kühl, aber nicht länger Winter. Der Frühling lag in der Luft.

Der Himmel an diesem Abend wirkte weit und klar, nicht eine Wolke war zu sehen. Sie schaute nach Nesodden hinüber, hörte das Geräusch eines Boots auf dem Fjord. Für Kajsa war es nicht mehr so unbeschwert wie früher, auf der Terrasse zu sitzen, aber sie tat alles Erdenkliche, um sich diesen Platz, der stets so wichtig für sie gewesen war, zurückzuerobern. Er war mehr als nur ein physischer Ort, sondern eher ein mentaler Zustand.

Sie blickte zum Rand der Terrasse, wo der Entführer – ohne dass sie davon wusste – viele Mal gelauert und sie beobachtet hatte.

Sie würde nie mehr ganz sie selbst sein, wenn sie es nicht schaffte, allein hier zu sein, wenn sie es nicht wieder voll und ganz genießen konnte, hier zu sitzen, eingehüllt in den alten Nerz ihrer Mutter, mit der Wärmelampe an der Wand, während sie sich an den wechselnden Farben und Düften, an dem unterschiedlichen Licht der Jahreszeiten erfreute.

Mittlerweile ging es gut, solange Aksel in der Nähe und wach war, solange sie wusste, dass er im Wohnzimmer oder seinem Arbeitszimmer saß. Früher war das anders gewesen; da saß sie am liebsten hier und genoss die Stille, wenn alle anderen im Bett lagen und schliefen. Jetzt hatte sie Angst davor, allein zu sein, besonders hier draußen. Wenn Aksel schlafen ging, versuchte sie, noch eine Weile sitzen zu bleiben. Noch war ihr das nicht gelungen. Doch irgendwann, eines Tages, würde sie die Flaumseidenbrise wieder verspüren. So nannte sie es: Das perfekte Ich-stehe-mitten-im-Leben-und-das-ist-gut-so-Gefühl.

Sie streckte sich, Nacken und Schultern taten weh, nachdem sie so lange am Computer gesessen hatte. Sie trat an den Eckschrank, nahm die Aquavitflasche heraus, füllte ein Schnapsglas und nahm einen großen Schluck. Es brannte im Hals.

Nicht überraschend, wenn jemand stirbt, hatte Hanne gesagt. Kajsa setzte sich wieder an den PC und gab *Pflegeheim + Mord* in das Suchfeld ein. Als die Ergebnisse auf dem Bildschirm erschienen, fiel Kajsa plötzlich ein, an wen Rolf Røren sie erinnerte.

*Der schlimmste Serienmörder in der Geschichte Norwegens war Arnfinn Nesset. Er wurde 1983 zur Höchststrafe verurteilt – 21 Jahre Gefängnis –, nachdem er des Mordes an 22 Personen im Kranken- und Pflegeheim Orkdal für schuldig befunden worden war. Zu diesem Zeitpunkt hatte er bereits zwei Jahre in Untersuchungshaft verbracht. Die Mordopfer wurden mit Curacit vergiftet. Nesset, der vorgab, aus Mitleid gehandelt zu haben, wurde außerdem zu zehn Jahren Sicherheitsverwahrung verurteilt.*

Wie waren Nessets Taten entdeckt worden? Kajsa überflog mehrere Artikel über den Fall. Schließlich fand sie die Antwort: *Die Krankenschwester Gunvor Skauge hatte als Erste bemerkt, dass Arnfinn Nesset sich Curacit aus der Apotheke bestellt hatte. Eine Zeit lang hatten sie und andere vom Pflegepersonal den dringenden Verdacht gehegt, dass die vielen Todesfälle nicht allein natürlichen Ursachen geschuldet waren. Skauge überprüfte heimlich die medizinischen Berichte und erahnte schon bald das Ausmaß ihrer Entdeckung. Doch es sollten noch zwei Jahre vergehen, bis Arnfinn Nesset auf der Anklagebank landete.*

*Dringender Verdacht,* ging es Kajsa durch den Kopf. Sie hatten den Verdacht über lange Zeit gehegt, mehrere Jahre. Sie suchte weiter.

*Dieser Verdacht schien einfach zu abwegig, um wahr zu sein,* schrieb *VG.*

Traf das vielleicht auch auf Solgløtt zu? Waren Ingrid zunächst Unstimmigkeiten bei der Medikation aufgefallen, woraufhin sie dann mit Martin weitere Nachforschungen angestellt hatte? War sie auf etwas Ernsthaftes gestoßen? Alles passte zusammen.

*Doch das ist nur eine Theorie,* dachte Kajsa. *Ich habe nicht einen einzigen Beweis, weder für die Ermordung von Frau Albertsen noch von Frau Bakke. Ich habe keinen konkreten Verdacht, keine Tatwaffe. Mit anderen Worten: gar nichts.*

Sie füllte ihr Schnapsglas. Doch dann stand sie auf und kippte den Inhalt über das Geländer. Sie trank zu viel. Damit musste sie aufhören. Ein paarmal, als sie mit dem Pflegepersonal geredet hatte, war ihr der Gedanke gekommen, dass einige etwas für sich behielten. Und mehrmals hatte sie den Eindruck gehabt, dass sie Ausreden erfanden, um nicht über Ingrid sprechen zu müssen.

*Jetzt darf ich mich nicht verheddern,* dachte Kajsa, während sie weitere Artikel über den Prozess gegen Nesset anklickte. Besonders interessierten sie die Aussagen der Zeugen während der Verhandlung. Eine Angestellte hatte gesagt, die Todesfälle seien ihr nicht verdächtig vorgekommen. »Das Einzige, was mir auffiel, war, dass zu viel Insulin bestellt wurde. Aber schließlich durfte uns das Mittel nicht ausgehen«, sagte sie.

*Insulin.* Da war es wieder. Martins Insulin. Nicht vorschriftsmäßig verwahrt. Kajsa blätterte in ihren Aufzeichnungen über das Telefonat mit Hanne. Da es nicht eingeschlossen wurde und auch nicht den gleichen Kontrollen wie Betäubungsmittel unterlag, kam man leicht an Insulin heran. Besonders dann, wenn es im Zimmer eines Patienten im Kühlschrank lag. Jeder konnte sich bedienen.

*Wie viel Insulin befindet sich in so einem Pen? Genug, um einen Menschen umzubringen?*

Vor ein paar Tagen hatte Kajsa Tore Eiken von der Sozialistischen Volkspartei interviewt. Er hatte beschlossen, im Herbst nicht erneut für die Wiederwahl ins Parlament zu kandidieren, und angesichts seiner Entscheidung gegrinst wie ein Honigkuchenpferd.

»Ich muss keinen Wahlkampf mehr machen und brauche mich am Stand nicht länger mit einwanderungsfeindlichen Sympathisanten der Fortschrittspartei zu streiten«, verkündete er zufrieden. Inzwischen habe er eine Stellung als Leiter des Rechtsmedizinischen Instituts angenommen. Das Leben könne nicht besser sein.

Kajsa sah auf die Uhr. Halb elf. Zu spät? Nein, das Risiko musste sie eingehen. Sie suchte seine Nummer heraus, schickte ihm eine SMS und fragte an, ob sie möglicherweise mit einem Pathologen im Institut sprechen könne. Nach fünfzehn Sekunden rief Eiken an. »Wir wollen erreichbarer und mehr nach außen gerichtet sein«, sagte er enthusiastisch. »Daher sollte sich das wohl machen lassen.«

*

Um sie herum war es dunkel und still geworden. Kajsa hatte die Zeit vergessen. Es war halb eins. Aksel musste schon schlafen gegangen sein. Ohne gute Nacht zu sagen.

*Ich will keine Angst mehr vor dem Alleinsein haben, ich will hier, mitten in meinem Leben stehen.*

Ein schwacher Wind – kühl, jedoch frühlingshaft – stieg vom Fjord empor und wehte über die Terrasse. Die Zweige der großen Hängebirke schaukelten sanft.

*Da ist die Flaumseidenbrise, noch ist sie nicht ganz da, streichelt aber schon meine Wangen.*

Tape 2
00:13:09

*Kajsa und ihre Mutter stehen einander sehr nahe.*
*So viel Wärme, Nähe und Zuwendung, dass mir fast übel davon wird.*
*Doch die Mutter wird immer egoistischer, unleidlicher und boshafter.*
*Kajsa wird schon noch merken, wie schlimm Mütter sein können.*

Am 5. April fand die Trauerfeier für Ingrid in der Kirche von Asker statt. In den ersten beiden Bankreihen saßen Sissel Steffensen und ihre Freunde und Freundinnen. Alle erhoben sich und stellten sich neben den Sarg, als Sissel eine Rede über ihre Mutter hielt. Offenbar hatten alle Ingrid gekannt, denn Sissel erzählte mit tränenerstickter Stimme, dass ihre Mutter für sie und ihre Freunde »ein Engel« gewesen sei; stets habe sie die Tür unverschlossen für sie gelassen, zu ihr habe man immer kommen können, wenn man etwas zu essen und ein Bett brauchte. »Nie bist du uns mit Vorurteilen begegnet oder hast uns verurteilt«, sagte Sissel. »Du warst die beste Mutter der Welt«, schloss sie, drückte zwei Finger an die Lippen und berührte damit den Sarg. Sie schwankte leicht vor und zurück. Kajsa fürchtete schon, dass sie auf die Knie fallen oder sich über den Sarg stürzen würde, aber Sissel hielt sich tapfer.

Karsten war auch zum Begräbnis gekommen, er stand etwas abseits draußen vor der Kirche und verfolgte, wer aus der Kirche kam. Sie wechselten einen Blick, sprachen aber nicht miteinander.

Am Vormittag hatte Kajsa zu Hause gearbeitet und war danach zur Beisetzung gefahren. Im Anschluss daran nahm sie den Zug in die Stadt. Als der Zug Sandvika passierte, klingelte ihr Handy. Es war ein enger Freund von Bernt Gudmundsen, den sie gar nicht kannte. Mit deutlichen Worten griff er sie wegen der Reportage über Gudmundsen und Verpe an.

»Ist Ihnen klar, was Sie da angerichtet haben? Er ist am Boden zerstört«, sagte er. »Und das ist Ihre Schuld!«

Kajsa kam sich wie eine Idiotin vor, als sie fragte, ob er sich interviewen lassen würde. Niemand von Gudmundsens Freunden oder Kollegen hatte ihn verteidigt, obwohl die Presse natürlich nichts unversucht gelassen hatte. Kommentare von seinen politischen Gegnern zu bekommen, war hingegen einfach gewesen. Kajsa musste also einfach fragen, man konnte schließlich nie wissen.

»Mich interviewen lassen? Von Ihnen?«, fragte er höhnisch zurück, ehe er den Hörer auf die Gabel knallte.

Kurz nachdem sie am Nationaltheater aus dem Zug stieg, bekam sie eine SMS von Karsten: *Kjøkken og Bar?* Sie wusste, dass Aksel früh zu Hause sein würde. Sie rief ihren Chef an und sagte, sie wolle sich mit einer Quelle treffen, ehe sie *Okay* in ihr Handy eingab und die SMS an Karsten abschickte.

*

»Kaffee? Oder wollen wir lieber ein Glas Wein trinken?«, fragte Karsten. Sie saßen an einem Tisch mit Blick über den Youngstorg.

Kajsa sah auf die Uhr. Fünf vor halb vier.

»Um diese Zeit?«, sagte sie und lächelte.

»Es ist Freitagnachmittag«, entgegnete er.

Kajsa nahm das Handy aus der Handtasche und schrieb Aksel eine SMS. *Trinke ein Glas Wein mit einer Freundin. Komme nicht spät. Okay?* Sie überlegte nur kurz und schickte die Nachricht dann ab.

Nach einer halben Minute kam Aksels Antwort. *Okay. Viel Spaß!* Die Worte schmerzten sie. Lügnerin. Sie legte das Handy zurück in die Tasche.

»Was hat die Obduktion von Ingrid ergeben?«

»Die meisten glauben, eine Obduktion könnte alles beantworten. So ist das aber nicht immer«, erwiderte Karsten.

»Wurde sie etwa nicht erwürgt?«

»Doch. Ich sage ja nur, dass die Antworten nicht immer klar und einfach sind.«

»Aber wie wurde sie denn erwürgt?«, wollte Kajsa wissen.

»*Off the record?*«

Kajsa nickte.

»Mit den Händen. Sie hatte Abdrücke von Fingern am Hals.«

»Kann man die so deutlich erkennen?«

»Wir reden hier nicht von normalen Fingerabdrücken, sondern von ovalen blauroten Verfärbungen der Haut, die von Fingern stammen können. Da der Pathologe gleichzeitig winzige Blutspuren in der Bindehaut am Auge sowie in der Mundschleimhaut gefunden hat, ist die Schlussfolgerung ziemlich eindeutig.«

»Ziemlich?«

»Ja, solche Hinweise würde man auch finden, wenn jemand nur versucht hätte, sie zu erwürgen. Über die tatsächliche Todesursache sagt das aber nicht viel aus.«

»Es wären also die gleichen Spuren gefunden worden, wenn sie überlebt hätte?«

»Ja.«

»Theoretisch könnte die Todesursache also auch eine andere sein?«

»Theoretisch ja. Praktisch gesehen sind wir uns aber ziemlich sicher, weil es keine andere Erklärung gibt.«

»Ihr habt DNA-Spuren sichergestellt?«

»Ja, unter ihren Nägeln haben wir DNA-Spuren einer anderen Person gefunden.«

»Das heißt, sie hat um ihr Leben gekämpft?«, fragte Kajsa.

»Vielleicht, aber wusstest du, dass sieben Prozent der Bevölkerung fremde DNA unter den Nägeln haben?«

»Gab es Kampfspuren im Haus?«

»Ja. Aber nur im Bereich des Wohnzimmertischs.«

»Und das Motiv?«

Karsten lächelte. »Kein Kommentar.«

»Arbeit? Privatleben?«

»Kein Kommentar«, wiederholte Karsten und lächelte breiter.

»Also, ihr wisst, dass die Tochter und ihre Freundinnen bis Sonntagabend bei Ingrid waren. Am selben Tag hatte sie über Facebook auch Kontakt mit Martin. Am Montag kommt sie nicht zur Arbeit, am Dienstagnachmittag schickt sie eine SMS an Røren und schreibt, dass sie krank ist, und am Dienstagabend schickt sie der Tochter eine SMS. Am Mittwoch wird ihr Handy in der Nähe ihres Hauses irgendwo im Straßengraben entdeckt. Am Donnerstag finde ich sie tot in ihrem Haus auf, sie wurde erwürgt. Sie hat DNA einer fremden Person unter den Nägeln, allerdings habt ihr niemanden im System, zu dem diese DNA passt. Ihr Laptop ist verschwunden, und …« Kajsa machte eine kleine Pause und fügte dann hinzu: »Zwei Wochen sind vergangen, und ihr seid nicht mal in die Nähe einer Aufklärung gekommen.«

Karsten sah sie aufmerksam an und stieß ein leicht resigniertes Schnaufen aus. »Ja, so könnte man es wohl zusammenfassen. Allerdings haben wir jetzt neue Erkenntnisse«, fügte er hinzu und hob warnend den Zeigefinger. »Versuch's erst gar nicht«, sagte er, bevor sie fragen konnte.

Kajsa beugte sich leicht vor. »Aber es gibt etwas, das ich vergessen habe. Ihr wisst, wann exakt sie gestorben ist?«

»Aber Kajsa, du weißt doch ganz genau, dass ich …«

»Was sagt denn der Pathologe?«, fuhr sie fort, als hätte sie seine Bemerkung nicht gehört.

»Es gibt keine Möglichkeit festzustellen, wann genau der Verwesungsprozess einsetzt«, sagte Karsten abweisend.

»Tatsächlich?«

»Nein, obwohl das einem in amerikanischen Krimiserien immer weisgemacht wird. Wir müssen mehrere Indikatoren berücksichtigen.«

»Wie etwa?«

»Andere Beobachtungen, was den Zustand des Körpers betrifft.«

»Und welche anderen Beobachtungen habt ihr?«

»Erwartest du wirklich, dass ich dir das verrate?«

Abermals ignorierte Kajsa seinen Einwand: »Zeugenbeobachtungen? Müllabfuhr? Post? Ich habe Ingrid gefunden und bin mir ziemlich sicher, dass sie schon einige Tage tot war.«

Karsten blieb stumm.

Kajsa fuhr fort: »Andere Beobachtungen in Bezug auf den Zustand ihres Körpers, sagst du … Hat sie denn beispielsweise am Montag die Zeitung hereingeholt?«

Ein kleines Lächeln huschte über Karstens Gesicht. »Kein Kommentar.«

»Aha, das hat sie also *nicht* getan?«

Karsten gab auch jetzt keine Antwort und sah sie nur abwartend an.

»Die Theorie der Polizei lautet also, dass sie Sonntagabend oder in der Nacht zu Montag gestorben ist. Das bedeutet dann logischerweise, dass jemand ihr Handy benutzt, es dann weggeworfen oder verloren hat«, sagte Kajsa.

Karsten nahm einen Schluck, schwieg jedoch.

»Ich glaube, genau das ist passiert«, fuhr Kajsa fort. »Das erklärt auch, warum in der SMS, die ihre Tochter am Dienstag bekommen hat, nicht Siss, sondern Sissel stand. Jemand anderes hat die Nachricht geschickt. Und die an Røren im Solgløtt ebenfalls.«

»Vielleicht«, sagte Karsten. »Aber warum wurden zwei Nachrichten verschickt?«

»Um Zeit zu schinden? Um Verwirrung zu stiften?«

»Vielleicht.« Karsten fuhr sich mit der Hand durchs Haar. »Es gibt ziemlich viele Vielleicht in diesem Fall.«

»Aber habt ihr denn keine Theorie?«

»Selbstverständlich.«

»Und?«

»Du kannst es nicht lassen, wie? Genau das werde ich dir bestimmt nicht verraten.«

»Lass mich mal nachdenken.« Kajsa nahm einen Schluck Wein und ließ ihn einen Augenblick lang im Mund kreisen. Wärme breitete sich in ihrer Brust aus. Ihr war so leicht und fröhlich zumute wie seit Langem nicht mehr. »Was ist mit ihrem PC? Wo kann der sein?«

»Sag du es mir.«

»Aha, ihr denkt also in Richtung der Tochter und ihrer Freundinnen. Klar tut ihr das. Die waren die Letzten, die Ingrid lebend gesehen haben. Ermordet wegen eines Computers?«

»Drogenabhängige sind immer in Geldnot.«

»Es könnten also mehrere Dinge verschwunden sein? Geld? Andere Wertgegenstände?«

Karsten gab keine Antwort.

»Ich glaube jedenfalls nicht, dass die Tochter etwas mit dem Mord zu tun hat«, meinte Kajsa. »Was ist denn mit den Kollegen im Solgløtt, was sagen die?«

»Kajsa, du weißt, dass ich …«

Sie fiel ihm ins Wort: »Jaja, das weiß ich. Ich glaube aber, dass sie anstrengend war.«

»Inwiefern?«

»Habt ihr ihre Kollegen nicht vernommen?«

»Ich kann nichts dazu sagen. Allerdings würde mich deine Meinung interessieren. Was denkst du über die Angestellten? Du kennst sie ja schließlich«, forderte Karsten sie auf und umging eine Antwort.

»Jetzt benutzt du mich. Ist das ein Verhör?«

»Ja«, sagte er grinsend.

»Okay. Ingrid war eine, die Fragen stellte, die herumnörgelte und kritisierte.«

»In Bezug auf was?«

»Sie hat Nachforschungen angestellt. Aber das musst du doch wissen?«, sagte Kajsa.

»Nachforschungen?«

»Ja, über den Verbrauch von Medikamenten, den Einsatz von Beruhigungsmitteln, sie hat sich sogar gefragt, ob vielleicht etwas zu viele Bewohner überraschend und unerwartet gestorben sind.«

»Unerwartet? Wie denn?« Karsten beugte sich etwas vor und sah Kajsa eindringlich an.

»Es gab da eine alte Dame, Frau Albertsen, die mir gegenüber dauernd behauptete, dass Patienten verschwänden – also unverhofft starben.«

Karsten stützte die Ellbogen auf dem Tisch ab, legte die Hände zusammen und fuhr sich mit den Zeigefingern über das Kinn. »War sie denn zurechnungsfähig?«

»Tja, eigentlich eher nicht, aber …«

»Was ist passiert?«

»Sie ist gestorben. Unerwartet.«

»Unerwartet? In einem Pflegeheim?«

»Ja, ich habe am Tag vor ihrem Tod noch selbst mit ihr gesprochen. Ich hätte es nie für möglich gehalten, dass sie so schnell sterben könnte. Das Gleiche ist mit einer anderen Frau am Tag zuvor geschehen, Frau Bakke. Sie wirkte auch nicht krank. Im Gegenteil. Die beiden waren noch ziemlich agil.«

»Aber …«

Kajsa ließ ihn nicht zu Wort kommen: »Jaja, ich weiß. Beide waren alt. Aber dann ist da noch Martin.«

»Der im Rollstuhl? Wir konnten ihn nicht vernehmen. Er hat so ein Gerät …«

»Ein Rolltalk«, sagte Kajsa. »Das ist in der Reparatur.«

Karsten nickte.

Kajsa erzählte von ihrer Freundschaft mit dem unfallgeschädigten Vater und Ex-Mediziner und berichtete – nach kurzem Zögern –, wie Ingrid seine Beobachtungen systematisch vermerkt hatte. Bis das Rolltalk repariert wäre und er selbst Gelegenheit bekäme, es zu erzählen, könne womöglich noch längere Zeit vergehen.

»Ingrid ist vielleicht dahintergekommen, wer eventuell aktive Sterbehilfe geleistet hat, oder wie immer man das nennen soll. Mord ist vielleicht der treffendere Ausdruck«, fügte Kajsa nachdenklich hinzu. »Aber Martin will nicht mit der Polizei reden.«

Karsten stöhnte entnervt.

»Er hat Angst davor, dass jemand im Pflegeheim herausfindet, womit er sich beschäftigt hat«, erklärte Kajsa. »Er will natürlich niemanden wissen lassen, dass er über dieselben Informationen verfügt, die auch Ingrid hatte.«

»Aber was genau hat Ingrid denn gewusst?«

»Ich habe darüber nachgedacht. Ich glaube, Martin hat mir alles berichtet, was er weiß. Aber was wusste Ingrid? Vielleicht hat sie ja auch mehr herausgefunden als das, was sie Martin erzählt hat. Womöglich wollte sie ihn schützen. Immerhin ist er ja dort Patient.«

»Wir müssen die Reparatur dieses Rolltalks unbedingt beschleunigen«, sagte Karsten und drehte sein Glas langsam hin und her.

Er hat starke Hände, dachte Kajsa und entgegnete: »Sag Martin bitte nichts von unserem Gespräch. Ich habe ihm versichert, dass er mir vertrauen kann.«

»Du hättest mir früher davon erzählen sollen«, meinte Karsten. Als er Kajsas Reaktion bemerkte, hob er abwehrend die Hände. »Okay, sorry, es tut mir leid. So viel kann ich von einer Journalistin vielleicht nicht erwarten. Und ich verspreche, dass ich behutsam mit Martin umgehen werde.«

»Vielleicht gibt es ja viele Dinge, die ich weiß, und die die Polizei – trotz all ihrer Ressourcen – noch nicht herausgefunden hat«, sagte sie mit einem Anflug von Sarkasmus in der Stimme. »Was sagen denn die Angestellten über Ingrid?«

»Die loben sie in den Himmel, sie wäre eine fähige Krankenschwester gewesen.«

»Aber?«

»Wer spricht hier von einem Aber?« Ein Lächeln huschte über Karstens Gesicht. »Okay, es gibt vielleicht ein Aber.«

»Nämlich?«

»Alle sagen das Gleiche. ›Geschäftig‹ war das Wort, das viele benutzten.«

»Inwiefern?«

»Sie war nie zufrieden, nichts war gut genug für sie. Sie ist den anderen auf die Nerven gegangen.«

»Wegen etwas Speziellem?«

»Nein, es ging um einen fachlichen Konflikt wegen der Organisation und der Behandlungsmethoden.«

»Aber das passt ja zu ihren Nachforschungen. Die Medikation von Patienten, die überraschenden Todesfälle. Was, wenn sie Beweise gefunden hat?«, bohrte Kajsa nach.

»Aber was haben Martin und Ingrid denn herausgefunden? Welche Schlüsse haben sie gezogen?«

»Wer von den Patienten überraschend starb, wann sie gestorben sind und dass es allesamt Frauen waren.«

»Du meine Güte«, sagte Karsten und hob eine Augenbraue. »Und das hast du alles recherchiert? Auf der faulen Haut hast du ja nicht gelegen.«

»Ich bin schließlich oft vor Ort«, sagte Kajsa. »Bist du nicht froh, dass ich dir deine Arbeit erleichtere?«, fügte sie hinzu und lächelte ihn über den Rand ihres Weinglases hinweg an.

»Du bist wirklich unglaublich! Du hältst uns alle für Amateure«, entgegnete er und lachte. Dann wurde er wieder ernst. »Was wurde denn nach Ingrids Ansicht verwendet, um die Patientinnen umzubringen?«

»Irgendein Medikament. Martin wusste nicht, welches.«

»Aha?« Karsten strich mit dem Finger über den Rand des Glases. »Ingrid hat also Martins Beobachtungen notiert? Weißt du, wo?«

»Sie hatte ein kleines gelbes Notizbuch. Das trug sie ständig in der Tasche mit sich herum.«

»Ein Notizbuch? Tatsächlich?«

*

Kurz vor acht klingelte Kajsas Handy. Das Display zeigte ihre Festnetznummer an. Thea war am Apparat: »Kommst du bald nach Hause, Mama?«

Kajsa schluckte. »Bist du noch nicht im Bett?«, fragte sie.

»Papa meinte, du würdest bald kommen.« Kajsa hörte ihr an, dass sie bedrückt war.

»Ja, bald, aber jetzt noch nicht. Geh schlafen, und falls du noch wach bist, wenn ich nach Hause komme, kriegst du noch einen Gutenachtkuss.«

»Willst du mit Papa reden?«, fragte Thea. Kajsa merkte, wie Thea versuchte, ein großes, braves Mädchen zu sein.

»Nein, nicht nötig, sag ihm nur, dass ich noch etwas bleibe«, entgegnete sie. »Aber nicht sehr lange«, fügte sie hinzu, um ihr Gewissen zu beruhigen.

»Hab dich lieb, Mama«, sagte Thea und schickte einen Kuss durch die Leitung.

»Ich dich auch«, erwiderte Kajsa und sandte den Kuss zurück.

»Musst du fahren?«, fragte Karsten, nachdem sie aufgelegt hatte.

»Nein, alles in Ordnung. Wollen wir noch eine Flasche nehmen?«

Sie folgte Karsten mit dem Blick, während er zur Bar ging und die Bestellung aufgab.

»Was denn?«, fragte er, als er sich wieder hinsetzte. »Weshalb grinst du so?«

»Hab nur an was gedacht.«

»Woran denn?«

»Dass du bestimmt viel trainierst«, entgegnete sie lachend und dachte: *Ich benehme mich wie ein Teenager. Es fühlt sich an, als wäre das Leben völlig sorglos.*

Karsten lachte ebenfalls. Dass sie ihn zum Lachen bringen konnte, gefiel ihr.

»Musterst du etwa meinen Körper?«, fragte er mit aufgesetzt strenger Stimme.

*Die Polizistenstimme,* dachte sie und sagte: »Genau.«

»Und?«

»Hmm … genehmigt«, sagte sie und lachte abermals.

»Und?«, wiederholte er fragend.

»Was denn?«

»Du lächelst ja immer noch.«

»Du bringst mich zum Lächeln«, sagte sie und grinste noch breiter.

»Gut!«, sagte er. »Du bist hübsch, wenn du lächelst.«

»Und?«, sagte sie.

»Ja, sonst auch.«

»Gute Antwort.«

Als sie das Restaurant gegen neun gemeinsam verließen, blieb Karsten plötzlich mitten auf dem Gehsteig stehen. »Willst du …«, sagte er leichthin. Seine Augen hingegen blickten ernst.

*Was empfinde ich für diesen Mann, der mich dazu bringt, über mich selbst zu reden, mit dem ich so viel teilen kann, der mich so fröhlich und unbeschwert macht, bei dem ich mich sicher fühle?* Sie wusste, was er sagen wollte, und beendete den Satz für ihn: »Mitkommen und deinem Hund guten Tag sagen?« So hatte er es immer ausgedrückt, obwohl er nie einen Hund besessen hatte. Immer dieselbe Replik, scherzhaft, aber mit einem gewissen Unterton. In all den Jahren, seit sie ihn kannte. Und immer, wenn er diese Frage stellte, war sie nicht mit zu ihm nach Hause gegangen. Nur fast.

Sie erwiderte seinen Blick, er wirkte noch immer ganz ernst, keine Andeutung eines Lächelns.

»Ja«, hörte sie sich selbst sagen und dachte: *Ich will. Ich will nicht nach Hause in die Stille.*

Gleich hinter Karstens Wohnungstür blieb sie unschlüssig stehen und beobachtete, wie Karsten seinen Mantel auf einen Bügel hängte.

*Ich kann das nicht tun,* dachte sie.

Er drehte sich zu ihr um, in seinem Blick lag etwas Abwartendes.

*Er glaubt, ich bereue es, er denkt, dass ich gehen will, dass ich mich anders entschieden habe, wie auch schon früher.*

Noch ist es nicht zu spät zur Umkehr.

Ich will, dass er mir die Kleider vom Leibe reißt.

Sie hielt seinem prüfenden und fragenden Blick stand.

*Er sieht mich,* dachte sie, *doch ohne sich zu rühren.*

Er streckte ihr die Hand entgegen, sagte nichts, aber sie verstand. Soll ich deinen Mantel nehmen?, drückte die Hand aus. Ich will dich, sagte sein übriger Körper.

Ich sollte nach Hause fahren.

Sie rührte sich noch immer nicht von der Stelle, sah ihn bloß an, antwortete ihm mit ihrem Blick. Er streckte die Hände aus, öffnete den ersten Knopf, dann noch einen, nahm ihren Mantel, sie schälte sich heraus, er hängte ihn auf, drehte sich dann wieder zu ihr um. Und fuhr fort, sie auszuziehen, als sei dies die natürliche Fortsetzung des ersten Knopfes, den er geöffnet hatte. Er zog ihr die Bluse aus, zog den Reißverschluss an ihrem Rock herunter, er fiel zu Boden und blieb dort liegen. Sie schloss die Augen, spürte seine Hände um ihre Taille, die kräftigen Finger, die ihren Rücken berührten. Ihr BH löste sich mit einem leisen Klicken, behutsam zog er ihn ihr aus. Dann beugte er sich vor, er war fast einen Kopf größer als sie, er beugte sich vor und küsste die Stelle zwischen ihren Brüsten. Dann wandte er ihr das Gesicht zu.

*Jetzt ist es zu spät für eine Umkehr.*

Es schien, als hätten sie sich lange Jahre auf diesen Punkt zubewegt, wo sich ihre Lippen trafen. Ohne hemmungslose Leidenschaft, nur mit dieser Zärtlichkeit, die immer zwischen ihnen existiert hatte.

*

Es war spät, kurz nach halb zwölf, als Kajsa mit einem Taxi nach Hause fuhr. Was hatte sie getan? Wo sie doch immer geglaubt hatte, dass sie nicht untreu sein könnte.

*Ich habe gelogen.*

*Ich habe Aksel betrogen.*

*Ich habe mich selbst verraten.*

*Es ist lange her, dass ich mich so lebendig gefühlt habe.*

Sie fischte ihr Handy aus der Tasche und sah, dass mehrere Nachrichten eingegangen waren. Außerdem zwei Anrufe. Sie öffnete die letzte SMS, eine Nachrichtenzeile von *Nettavisen: Bernt Gudmundsen vermisst,* las sie.

Ihr erster Gedanke war: *Er hat sich das Leben genommen. Er ist damit nicht fertiggeworden.* Dann dachte sie: *Ich habe es ins Rollen gebracht.*

Sie öffnete den Link und las den ganzen Artikel: *Minister Bernt Gudmundsen ist von seiner Familie als vermisst gemeldet worden. Seit 15:30 Uhr hat er kein Lebenszeichen mehr von sich gegeben, erklärte die Polizei.*

*Seine Familie ist äußerst besorgt, sagte Einsatzleiter Øyvin Aasland vom Polizeidistrikt Asker og Bærum zur Nachrichtenagentur NTB.*

*Die Aufregung war groß, nachdem Kanal 4 Fotos publiziert hatte, die zeigen, dass Gudmundsen und Carina Verpe, ihres Zeichens Abteilungsleiterin im Fischereiministerium, ein enges Verhältnis verbindet. Gudmundsens Glaubwürdigkeit und Unabhängigkeit wurden infrage gestellt. Auch andere Dinge sind ans Licht gekommen. Gudmundsen hat über eine Dienstwohnung in Oslo verfügt, obwohl er die dazu erforderlichen Bedingungen nicht erfüllte. Die Parlamentsverwaltung hat entsprechende Untersuchungen eingeleitet. Darüber hinaus soll er im Zusammenhang mit einem Nachbarschaftsstreit seine Position missbraucht und den Briefkopf des Fischereiministeriums verwendet haben, um seine Nachbarn einzuschüchtern.*

*Das Büro des Ministerpräsidenten hat heute Abend bekannt gegeben, dass Gudmundsen gestern seinen Rücktritt als Fischereiminister eingereicht hat.*

Kajsa lehnte sich zurück. Anscheinend fürchtete die Familie, dass Gudmundsen sich das Leben genommen hatte. Seine Angehörigen wären vermutlich nicht an die Öffentlichkeit gegangen, wenn nicht bereits alles getan worden wäre, um ihn zu finden.

Kajsa klickte die nächste Schlagzeile an. *Zehnjähriger Junge in Asker vermisst. Der Junge war beim Fußballtraining gewesen und wollte mit dem Fahrrad nach Hause fahren. Als er dort nicht auftauchte, haben sich seine Eltern an die Polizei gewandt. Eine Suchaktion nach dem Jungen wurde eingeleitet.*

*Anders!*, dachte Kajsa. Er sollte vom Training nach Hause radeln. Sie blickte auf die nächste Nachricht, die kam von Aksel. *Melde dich!*, hatte er geschrieben. Auch die beiden Anrufe stammten von ihm, wie Kajsa jetzt sah.

Er hatte versucht, sie zu erreichen, während sie … Mit zitternden Fingern tippte sie seine Nummer an. Es klingelte lange, bis Aksel sich meldete. Er klang verschlafen. Kajsa merkte, wie sich ihr Pulsschlag beruhigte. »Hallo«, sagte sie. »Hast du geschlafen?«

»Ja«, gab er zurück.

»Du wolltest, dass ich zurückrufe?«

»Ja, wo bist du?«

»Auf dem Heimweg.«

»Du hast gesagt, dass es nicht spät werden würde«, sagte Aksel vorwurfsvoll.

»Ich weiß«, entgegnete sie. »Aber es gab mehr Wein, als ich gedacht hatte, und …«

»Mit wem hast du dich getroffen?«, fiel Aksel ihr ins Wort.

»Mit Lilly.«

»Wer ist denn das?«

»Erinnerst du dich nicht an sie? Ich habe zusammen mit ihr studiert.« *Lügnerin,* dachte sie.

»Nein, ich erinnere mich nicht«, sagte Aksel.

»Was wolltest du denn?«

»Anders ist ziemlich erkältet, er bekam schlecht Luft, und ich habe seinen Inhalator nicht gefunden.«

»Hast du ihn gefunden? Geht es ihm besser?«

»Ja, der lag im Regal in seinem Zimmer. Sollte der nicht im Bad sein?«, gab Aksel zurück, als ob sie etwas Schlimmes verbrochen hätte.

Sie beschloss, es zu überhören. »Gut, dass du ihn gefunden hast. Ich bin in zehn Minuten zu Hause.«

Sie lehnte sich zurück, sah aus dem Fenster, atmete tief ein und ließ die Luft langsam wieder entweichen.

Tape 2
00:24:03

*Als ich in der Kirche stand und die Versammlung betrachtete, überkam mich ein berauschendes Gefühl.*
*Der Pastor las aus der Bibel: »Denn ich weiß genau, welche Pläne ich für euch gefasst habe, spricht der Herr …«*
*Pläne, dachte ich. Wenn all diejenigen, die dort saßen und um Ingrid weinten, nur wüssten, welche Pläne ich gefasst habe.*
*Und als der Sarg hinausgetragen wurde, dachte ich zum ersten Mal, dass alle mich eines Tages sehen und dann erkennen werden, wie viel Macht ich besitze.*

Am Sonntag, dem 7. April, rief Kajsas Chef Geir Hermansen bei ihr zu Hause an. Thea und Anders hatten gerade geduscht und saßen beim Abendessen. Als sie seinen Namen auf dem Handydisplay sah, dachte sie unmittelbar, dass Gudmundsen nun gefunden worden war. Es war das Topthema in allen Medien, alle warteten auf eine Antwort. Falls er am Leben war, hatte er sich einfach nur irgendwohin zurückgezogen, wo ihn niemand fand, oder hatte er sich das Leben genommen?

»Hallo, Kajsa, ich bin an diesem Wochenende als Chef vom Dienst eingesprungen und rufe an, weil der gestern in Asker vermisste Junge gefunden wurde.«

»Aha?«, entgegnete Kajsa abwartend.

»Er ist tot.«

»Tot?«

»Er ist in der Nähe des Bahnhofs entdeckt worden. Kannst du hinfahren? Eine Kamerafrau ist schon unterwegs.«

Geir fügte hinzu, dass Kanal 4 eventuell einen Vorsprung vor den anderen Medien habe, weil Kajsa in der Nähe wohne und deshalb schneller als die anderen Presseleute am Fundort sein könne.

»Sieh zu, dass du was aus der Polizei oder Zeugen oder wem auch immer herausbekommst«, sagte er, ohne zu fragen, ob sie Zeit hatte.

Geir wusste nicht genau, wo der Junge gefunden worden war. Angeblich befand sich der Fundort in der Nähe des großen Pendlerparkplatzes.

»Okay. Ich weiß, wo das ist, ich parke da selbst öfter«, sagte Kajsa und überlegte gleichzeitig, wie sie alles organisiert bekäme, damit sie gleich aufbrechen konnte. Aksel hatte sich mit ein paar Kollegen von der Universität zum Essen verabredet.

»Wir kommen schon zurecht, Mama«, sagte Anders, als sie den Kindern erklärte, dass sie arbeiten müsse. »Wann kommst du zurück?«

»Ich weiß nicht genau. Aber Papa müsste gegen acht wieder da sein.«

Allerdings musste Kajsa danach noch in die Redaktion fahren und die Reportage redigieren. Sie würde erst spät nach Hause kommen. Aksel würde stinksauer sein. Wieder einmal. Als sie sich in den Wagen setzte, rief sie Hanne an. Früher hatte sie in solch einem Fall ihre Mutter angerufen, aber inzwischen gab es keine andere *Hilfsmannschaft* als Hanne. *Allerdings habe ich Hanne schon zu oft angerufen,* dachte sie. Wie würde sie es ihr je vergelten können?

»Kein Problem«, entgegnete Hanne, als Kajsa ihr die Situation am Telefon schilderte.

Kajsa atmete erleichtert auf, rief Anders an und gab ihm Hannes Telefonnummer, falls etwas sein sollte und sie nicht erreichbar wäre.

Kajsa parkte vor dem Bahnhofsgebäude in der Innenstadt, wenngleich der Pendlerparkplatz auf der anderen Seite der Bahnsteige lag.

Wahrscheinlich hatte die Polizei dort die Straße gesperrt. Als sie die Brücke über die Gleise überquerte, bestätigte sich ihre Vermutung: Ein Polizist stand auf der Straße und leitete den Verkehr um.

Der Parkplatz bestand aus zwei Abschnitten. Der größere Teil befand sich neben den Gleisen und dem Liertunnel, der kleinere Teil auf der anderen Seite der jetzt gesperrten Straße. Dort hatte die Polizei ein Absperrband angebracht, das den Fundort der Leiche markierte. Fast direkt unter der Brücke, wo die E18 am Zentrum von Asker vorbeiführte, grenzte ein Wäldchen an den großen Parkplatz mit Stellflächen für einige Hundert Autos. Keine Gebäude befanden sich in der Nähe, abends und in der Nacht war das ganze Areal völlig verwaist.

Kajsa trat auf einen Polizisten zu und zeigte ihren Presseausweis. »Kann ich hier mit jemandem sprechen?«, fragte sie.

»Nein«, erwiderte er. »Jetzt nicht.«

»Wer leitet die Ermittlungen?«

»Hauptkommissar Kjølås«, sagte der Polizist.

Karsten. Natürlich.

Sie dachte die ganze Zeit an ihn, die Wärme seines Körpers konnte sie seit dieser Nacht tief in ihrem Inneren spüren. Erst zwei Tage waren seither vergangen. Am Vormittag hatte er ihr eine SMS geschickt, jedoch hatte sie nur geantwortet, dass sie beschäftigt sei und sich später melden werde.

*Ich weiß nicht, was ich will. Die Vernunft sagt das eine, der Rest von mir etwas völlig anderes.*

Sie schickte ihm eine Nachricht. Drei Minuten vergingen, dann kam er auch schon auf sie zugelaufen. Sie erwiderte seinen Blick. Zärtlichkeit. Das sah sie in seinen Augen. Und Nähe. Wärme. »Die erste Journalistin vor Ort? Hm …«, sagte er ernst, hob das Absperrband an und schlüpfte darunter hindurch.

»Was kannst du mir verraten?«, fragte sie. Ihr Blick sagte: *Ich denke an unsere letzte Begegnung.*

»Wenig«, entgegnete er. Sein Blick sagte: *Wie schön, dich zu sehen.*

»Unfall oder …?«

»Lässt sich noch nicht beantworten.« *Wann können wir uns wiedersehen?,* fragten seine Augen.

*Bald,* sagten ihre. Sie fragte: »Nicht auszuschließen?«

»Wir halten uns alle Möglichkeiten offen.«

Kajsa grinste angesichts der polizeilichen Standardantwort. »Ah, ja. Pressekonferenz?«

»Weiß ich noch nicht.«

»Gib mir wenigstens *etwas.*«

»Er wurde von dem Mann da drüben gefunden«, sagte Karsten und deutete auf einen älteren Herrn, der mit einem Schäferhund am Absperrband stand und sich mit einem Polizisten unterhielt.

»Danke«, sagte Kajsa und lächelte. *Danke,* sagten ihre Augen, *für alles andere.*

»Gern geschehen«, entgegnete er und hielt ihren Blick für zwei Sekunden fest. *Du weißt, was ich meine,* sagten seine Augen. Dann drehte er ihr den Rücken zu und entfernte sich.

Während sie auf den Mann mit dem Hund zuging, rief sie die Kamerafrau an, die noch unterwegs war. »Ich versuche mal, mit dem Mann zu reden, der den Jungen gefunden hat«, sagte sie. »Park am besten vor dem Bahnhof und lauf über die Brücke, dann siehst du mich schon. Wenn es passt, kannst du gern von dort aus Aufnahmen machen. Ich schätze, dass er sich nicht interviewen lassen möchte, aber falls er sich wider Erwarten überreden lässt, kann ich meine eigene Kamera verwenden.«

Der ältere Mann blickte zu dem weißen Zelt hinüber, das die Ermittler am Fundort aufgestellt hatten. Es war dunkel und windstill, aber kühl, Nieselregen und Winternebel lagen in der Luft. Der Schnee war so gut wie weg, es gab nur noch ein paar winzige Flecken am Rande des Parkplatzes, wo Räumfahrzeuge den ganzen Winter über den Schnee zusammengekehrt hatten. Als sie auf den Mann und seinen Hund zutrat, nahm der Regen zu. Kajsa sah zu dem Zelt hinüber, wo sich im Inneren dunkle Schatten vor hellen Scheinwerfern abzeichneten. Dort lag der Junge. Ein zehnjähriges Kind. Tot. Was war passiert? Wussten seine Eltern, dass er tot war? Ja, sie waren inzwischen sicher informiert worden.

Kajsa reichte dem Mann die Hand und stellte sich vor. Er sah sie prüfend an. »Journalistin?«

»Ja«, sagte sie freundlich. »Sie haben ihn gefunden?« Der Mann antwortete, eigentlich habe sein Hund den Jungen gefunden. »Darf ich Sie interviewen?«, fragte Kajsa.

»Kommt nicht infrage«, erwiderte der Mann, fuhr aber fort: »Der Junge sah aus, als schliefe er.«

»Wieso?«, fragte Kajsa, die bewusst darauf verzichtet hatte, Kamera oder Notizblock zu zücken, um den Zeugen nicht abzuschrecken.

»Er lag neben seinem Fahrrad«, erwiderte er.

»Seinem Fahrrad?«

»Ja. Was wollte er bloß mit dem Fahrrad im Wäldchen? Da kommt man mit dem Rad überhaupt nicht voran.«

Plötzlich fingen seine Hände an zu zittern. »Wie schrecklich«, flüsterte er. »Das ist wohl der Junge, der vermisst wird, nicht? Glauben Sie ... Glauben Sie, dass ihn jemand dort hingelegt hat? Das sah nämlich so aus, wissen Sie.« Der Mann beugte sich vor, stützte sich mit den Händen auf den Knien ab und atmete schwerfällig. Der Hund stupste ihn mit der Schnauze an, als ob er ihn trösten wollte.

Kajsa rief einen Polizisten herbei, der den Mann zu einem Streifenwagen führte.

Sie blickte umher, entdeckte die Kamerafrau. Die reckte einen Daumen in die Luft.

Kajsa begleitete sie, sah aber über die Schulter zu dem Zelt, wo der Junge lag. Genauso alt wie Anders. Ein Kind, dessen Mutter, Vater und vielleicht Geschwister irgendwo in Asker saßen und weinten, weil sie wussten, dass er nie wieder zur Tür hereinkommen und »Hallo, ich bin zu Hause« rufen würde.

*

Am Abend war es spät geworden, es war fast halb zwölf, als Kajsa nach Hause kam.

Aksel saß auf dem Sofa und sah fern. Er sagte nichts, doch sie konnte es ihm ansehen: Er war mit irgendetwas unzufrieden.

»Was ist los?«, fragte sie.

»Nichts«, erwiderte er, ohne den Blick vom Fernsehschirm zu lösen.

»Du … ich sehe es dir doch an. Weshalb bist du schon wieder so sauer?«

»Schon wieder? Findest du, dass ich oft sauer bin? Eigentlich finde ich, dass du noch saurer bist, und öfter als ich.«

»Sollen wir uns deswegen jetzt auch streiten? Wer am häufigsten sauer ist und wenn ja, wie sehr?« Kajsa sah Aksel herablassend an.

»Warum nicht? Wir streiten uns doch über alles Mögliche«, sagte er, holte tief Luft und fügte hinzu: »Wir müssen was tun.«

»Was tun? Was meinst du?«

»Du kannst Anders und Thea nicht einfach sich selbst überlassen oder jedes Mal Hanne anrufen, wenn du es nicht geregelt kriegst.«

»Geregelt kriegen? Was bitte kriege ich nicht geregelt?«

»Die Arbeit ... deine Mutter ... die Kinder ... unsere Ehe ...«

Sie fiel ihm ins Wort. Das wollte sie sich nicht länger anhören. »Unsere Ehe?«, fauchte sie. »Kriege ich die nicht geregelt?«

»Nein, diese Ehe ist völlig ... völlig leer geworden!«

»Leer? Und das ist meine Schuld?« Kajsa hob die Stimme, es reichte ihr. Immer war alles ihre Schuld. Er war überhaupt nicht selbstkritisch. »Ich kann das nicht ... nicht jetzt«, sagte sie und drehte ihm den Rücken zu. »Ich geh ins Bett!«

»Ja, mach das. Allein, wie üblich!«, brüllte er ihr hinterher.

Aksel schlief im Keller, tat es seit Langem. Sie gab keine Antwort.

»Wir sollten uns Hilfe suchen«, rief er laut, als sie schon die Treppe hinaufstieg. Seine Stimme hatte einen verzweifelten Ton angenommen.

Sie blieb stehen, dachte nach. Vielleicht hatte Aksel recht. Vielleicht brauchten sie wirklich Hilfe. Um miteinander zu kommunizieren, um nicht ständig aneinander vorbeizureden, um das Schweigen zwischen ihnen, den Abstand zu überwinden. Genau das wollte sie: Dass alles gut werden würde, oder nicht? Sie ging ein paar Schritte weiter, blieb abermals stehen und drehte sich zu Aksel um. »Irgendwo in einem Haus in Asker sitzt eine Familie und weint, sie haben vor Kurzem erfahren, dass ihr zehnjähriger Junge tot ist. Du hast mich nicht mal gefragt, was so wichtig ist, dass ich heute Abend arbeiten musste. Unsere Probleme sind klein, Aksel«, sagte sie. »Beispielsweise hast du seit etwa einem Jahr das Auto nicht mehr sauber gemacht? Da drinnen sieht's aus wie in einem Schweinestall.«

»Du kannst das Auto doch auch sauber machen, warum soll ich das tun?«

Kajsa machte kehrt und ging wieder die Treppe hinunter. Sie sah Aksel nicht an, als sie den Laptop vom Wohnzimmertisch nahm.

Während sie sich die Zähne putzte, ging sie die Mails auf dem Laptop durch. Keine Nachricht von Martin. Fast eine Woche war vergangen, seit sie bei ihm gewesen war. Das Rolltalk war anscheinend noch immer außer Betrieb. Was hatte er ihr wohl erzählen wollen?

Sie schaltete das Gerät aus, betrat Theas Zimmer und zupfte die Bettdecke zurecht. Dann ging sie zu Anders. Er drehte sich im Bett herum, sein Fuß lugte unter der Decke hervor. Kajsa schaltete das Licht über dem Bett aus, blieb an der Tür stehen und betrachtete ihren Jungen.

Was mache ich bloß? Hier gehöre ich hin, in dieses Haus, zu diesen Kindern, in diese Ehe.

Sie legte sich ins Bett, starrte ins Dunkel und dachte: *Ich rede mit Aksel, als ob er etwas Schlimmes verbrochen hätte. Dabei habe ich gelogen, nicht er. Aber hätte ich mich so verhalten, wenn Aksel nicht dauernd so fern und abweisend wäre? Wenn Aksel … Nein, es ist nicht seine Schuld, wenn ich ihn betrüge. Du meine Güte, habe ich etwa überhaupt keine Moral mehr?*

Sie lag still da und lauschte auf die Geräusche im Haus. Sie hörte Aksels Schritte auf der Kellertreppe.

*Geht er eigentlich freiwillig nach unten? Oder denkt er, ich will das so? Wie konnte es mit uns nur so weit kommen?* Ihre Gedanken drehten sich im Kreis: *Ist es ohnehin schon zu spät? Ist es möglich, zurückzufinden zu … zu früher. Vor Karsten? Gibt es noch etwas zu retten?*

Im Haus war es still geworden. Der Regen trommelte ans Fenster, und sie hörte den Wind in den Bäumen rauschen.

Ob der Junge inzwischen wohl weggebracht worden war?

Im selben Moment gab das Handy einen Signalton von sich. Sie streckte die Hand aus und klickte die Meldung an: *Laut der Polizei in Bærum wurde Fischereiminister Bernt Gudmundsen heute Abend in der*

*Nähe seines Wagens auf einem Rastplatz der E18 bei Sandefjord tot aufgefunden. Nach Informationen von* Nettavisen *hatte zuvor ein Zeuge Gudmundsens Wagen erkannt und die Polizei verständigt. »Nichts deutet darauf hin, dass Gudmundsen Opfer einer kriminellen Handlung geworden ist«, erklärte Polizeijurist Preben Sandanger heute Abend gegenüber* Nettavisen. *Die Polizei möchte sich zur Todesursache nicht äußern, bezeichnet den Todesfall jedoch als persönliche Tragödie. Bernt Gudmundsen wurde 54 Jahre alt. Er hinterlässt seine Frau sowie drei Söhne im Alter von 25, 20 und 16 Jahren und eine zwölfjährige Tochter.*

Kajsa ließ die Hand mit dem Handy auf das Kopfkissen sinken.

Plötzlich hörte sie das Geräusch eines Wasserhahns, der aufgedreht wurde. Dann wurde es wieder still im Haus. Früher hätte sie mit Aksel über ihre Gedanken gesprochen, er hätte neben ihr gelegen, sie beruhigt und ihr alle Schuldgefühle ausgeredet.

Gudmundsen hatte den Absturz nicht verwinden können. *Aber nicht ich habe ihn in den Abgrund gestoßen,* dachte sie.

Die Gedanken kreisten weiter in Kajsas Kopf. *Wieso musste ich seine Untreue zum Thema machen? War das nicht eigentlich eine Privatsache? Untreue? Sehr witzig. Ausgerechnet ich habe ihn der Untreue bezichtigt … die unbestechliche Wächterin der Moral.*

*Nein, das ist nicht das Gleiche. Es geht nicht um Untreue an sich. Es geht um Anspruch und Wirklichkeit im Handeln eines Politikers.*

*Allerdings hätte ich es auch lassen können, ich wollte nur zeigen, wie toll ich bin.*

*Wäre ich es nicht gewesen, dann hätte jemand anderes es getan.*

*Nein.*

*Doch.*

*Bei Gudmundsen geht es um Anspruch und Wirklichkeit, genauso wie bei mir selbst.*

*Das ist nicht das Gleiche.*

*Doch.*

Kajsa lag da und redete mit sich selbst, wälzte die Gedanken ständig hin und her. Dann tauchte plötzlich ein anderer Gedanke auf: Frau Albertsen. Frau Bakke. Ingrid. Was ist geschehen? Gab es einen Zusammenhang?

Sie fror und zog die Decke enger um sich. *Mama. Ich kann sie nicht beschützen.* Sie schauderte. Lange blieb sie wach und dachte nach. Am meisten dachte sie an die Mutter des toten Jungen. Eine Mutter wie sie selbst.

*Überall um mich herum ist nur der Tod.*

Tape 3
00:01:09

*Ich verstehe nicht, wie alles so schiefgehen konnte.*
*»Ich muss nach Hause«, sagte er. Seine Stimme klang komisch, als ob er Angst hätte.*
*Dass er gehen wollte, war enttäuschend, ich war sehr verletzt.*
*Plötzlich schrie er: »Ich will weg hier! Lass mich los!«*
*Er war ganz rot im Gesicht, brüllte mich an, ich sei verrückt.*
*Da ließ ich los.*
*Er stand auf der obersten Treppenstufe …*
*Es war nicht meine Schuld.*

»Ich möchte in der Gudmundsen-Sache nicht weiterarbeiten«, sagte Kajsa.

Es war Morgenbesprechung im politischen Ressort. »Wieso nicht?«, fragte Geir Hermansen und blickte sie über den Rand seiner Brille hinweg abwartend an.

»Mir ist das unangenehm«, erwiderte Kajsa und inspizierte ihre Fingernägel.

»Es ist doch nicht deine Schuld, dass er sich umgebracht hat«, sagte Celine, eine der erfahrensten Reporterinnen in der politischen Redaktion.

»Aber ich … oder wir haben mit der Sache angefangen. Vielleicht hätten wir die Story gar nicht bringen sollen«, sagte Kajsa.

»Wir haben alles sorgfältig erwogen«, entgegnete Geir, »und kamen zu dem Schluss, dass die Geschichte von öffentlichem Interesse war. Wir hatten eine äußerst vertrauenswürdige Quelle. Wir brauchen nichts zu bereuen. Du brauchst nichts zu bereuen. Das ist unsere Arbeit: Wir decken Unstimmigkeiten zwischen Anspruch und Wirklichkeit in der Politik auf. In diesem Fall Beziehungen, die sich auf die Handhabe politischer Angelegenheiten auswirken. Von Gudmundsen kam keine Gegendarstellung. Warum nicht? Weswegen ist er zurückgetreten? Weil unsere Darstellung korrekt war. Dass er das nicht verkraften konnte, ist nicht unsere Schuld, auch wenn das zynisch oder herzlos klingen mag.«

»Kann nicht jemand anderes über diesen Selbstmord berichten?«, fragte Kajsa.

»Wir können das jetzt nicht vernachlässigen, die Sache ist heute der Topaufmacher. Und es ist unsere Story. Und du hast ohnehin die ganze Zeit darüber berichtet, da kannst du es auch jetzt tun.«

»Ich will nicht«, sagte Kajsa trotzig. »Möchtest du vielleicht, dass ich seine Frau anrufe? Die wird bestimmt begeistert sein, wenn *ich* mich melde«, ergänzte sie voller Sarkasmus.

»Natürlich wird man die Rolle der Medien, unsere Rolle, hinterfragen. Aber wir haben keinen Grund, uns für irgendetwas zu schämen«, entgegnete Geir entschieden.

Im selben Moment gab Kajsas Handy einen Ton von sich. Die SMS kam von Karsten: *PK zum Tod des Zehnjährigen um 12:00 Uhr.*

»Außerdem muss ich zur Pressekonferenz wegen des Jungen, der gestern tot in Asker aufgefunden wurde«, beeilte sich Kajsa hinzuzufügen.

»Das ist kein Fall für das politische Ressort«, sagte Geir.

»Nein, aber ich war als Erste am Fundort der Leiche. Ich habe Informationen aus erster Hand und die nötigen Kontakte. Außerdem ist Aksel bei diesem Fall nicht involviert. Um die Beileidsbekundungen von Gudmundsens Freunden und Widersachern kann sich auch jemand anderes kümmern.«

Geir sah sie an. »Okay. Aber du berichtest über Gudmundsens Begräbnis, wenn die Zeit gekommen ist«, sagte er in einem Ton, der keine weitere Diskussion zuließ.

*

Karsten leitete die Pressekonferenz. Der tote zehnjährige Junge hieß Erland Stiansen. Er war beim Fußballtraining gewesen und wollte mit dem Fahrrad nach Hause fahren. Als er zur gewohnten Zeit dort nicht auftauchte, war seine Mutter losgefahren, um ihn zu suchen. Doch ohne Erfolg. Die Eltern hatten Erlands Trainer angerufen, der erklärte, dass Erland mit dem Rad nach Hause gefahren sei, noch ehe die anderen das Training beendet hätten. Daraufhin hatten seine Eltern die anderen Jungen in der Mannschaft sowie weitere Freunde kontaktiert, um nachzufragen, ob er vielleicht bei ihnen sei. Leider hatte ihn niemand gesehen. Und als Erland nach drei Stunden immer noch nicht aufgetaucht war, hatten die Eltern die Polizei verständigt.

»Es wurde eine Suchaktion nach dem Jungen eingeleitet, zuerst entlang der Strecke zwischen Fußballplatz und Wohnort. Danach wurde die Suche mit einem Hubschrauber und Suchhunden ausgeweitet, ebenfalls ohne Ergebnis. Am Sonntagabend dann wurde er wie bereits bekannt von einem Mann gefunden, der seinen Hund ausführte«, sagte Karsten. »Der tote Junge wird jetzt obduziert, um die Todesursache zu klären.«

Karsten atmete ein und blickte auf seine Papiere, ehe er fortfuhr: »Wir gehen von einem Mordfall aus. Wir glauben nicht, dass er am Fundort gestorben ist.«

Wortlos sah Karsten die versammelten Presseleute an, nur das intensive Klicken der auf ihn gerichteten Kameras war zu hören.

Er blickte nicht erneut auf seine Papiere, sondern fuhr fort: »Noch eine Sache: Erland Stiansen hat auf dem Fußballplatz am Solgløtt Senioren- und Pflegeheim trainiert. Wie Sie wissen, hat Ingrid Steffensen – die vor zwei Wochen ermordet wurde – in dieser Einrichtung gearbeitet. Selbstverständlich untersuchen wir, ob es womöglich einen Zusammenhang zwischen den beiden Mordfällen gibt.«

Für gewöhnlich meldete sich Kajsa, wenn auf Pressekonferenzen die Fragerunde eingeleitet wurde. Dieses Mal saß sie einfach nur da, hörte zu und machte sich Notizen, während die anderen Fragen stellten und Karsten antwortete. Ein paarmal huschte sein Blick zu ihr, verharrte kurz und bewegte sich weiter. Er war ein Profi, es sah aus, als ob er eine x-beliebige Journalistin ansah. Kajsa spürte eine Wärme, die sich in ihrer Brust ausdehnte, und nahm ein leichtes Flattern im Bauch wahr.

Sie meldete sich nicht, fühlte sich durchsichtig und hatte Angst, sie würde erröten, wenn sie Karsten eine Frage stellte, und damit die aufmerksamen Blicke der anderen auf sich ziehen.

Etwas später stellte sie sich in die hinterste Reihe der Radio- und Fernsehjournalisten, die separate Interviews mit Karsten führten, und hoffte auf Informationen, die die anderen vielleicht nicht bekommen hatten.

Kajsa wusste nicht, ob sie während des Interviews ihretwegen die Augen auf seinen Krawattenknoten richtete oder ob sie es Karsten einfach leichter machen wollte, indem sie seinen Blick mied.

Als sie fertig war, begann die Kamerafrau von Kanal 4, ihre Ausrüstung zusammenzupacken. Karsten machte eine Kopfbewegung und trat ein paar Schritte beiseite. »Bist du in Eile?«, fragte er Kajsa mit leiser Stimme.

»Nein.«

»Treffen wir uns in zehn Minuten draußen?«, fragte er.

»In Ordnung.«

Kajsa teilte der Kamerafrau mit, sie könne schon zurück zum Sender fahren. »Ich muss hier noch was überprüfen«, sagte sie.

Zehn Minuten später stand sie draußen, als Karsten mit seinem Wagen angefahren kam. Er beugte sich zur Seite und öffnete ihr die Tür. »Spring rein«, sagte er.

Kajsa stieg in den Wagen. »Was ist los?«

»Wann musst du zurück bei der Arbeit sein?«, fragte er.

»In einer Stunde«, erwiderte sie. »Wohin fahren wir?«

»Zu mir nach Hause.«

Abermals wurde sie von einem Gefühl der Wärme durchströmt. Er will mich. Jetzt. Am helllichten Tag, nicht spät in der Nacht, nachdem wir eine oder zwei Flaschen Wein geteilt haben. Mitten in der Arbeitszeit verschwindet er, um mich zu bekommen. Während er seine Uniform trägt.

Karsten warf ihr einen prüfenden Blick zu.

»Willst du?«

»Ja«, sagte sie.

Tape 3
00:11:12

*Ingrid hat mich an meine Mutter erinnert, der gleiche Ausdruck in den Augen, wenn sie mich ansah, als wäre ich widerlich, minderwertig.*
*Sie sagte, sie wisse Bescheid, habe Beweise.*
*Sie hat nicht verstanden, wie stark ich bin, und als sie weinte und um Gnade bat, war es zu spät.*
*Allerdings war sie zäh.*
*Am Ende musste ich rohe Gewalt anwenden.*
*Niemand wird mich aufhalten können.*

Innerhalb von zwei Tagen ging Kajsa zu zwei Beerdigungen.

Die erste fand in der Jar-Kirche in Bærum statt.

Bernt Gudmundsens Familie hatte sich Filmaufnahmen in der Kirche verbeten, allerdings durfte die Presse anwesend sein.

Die große Kirche war dicht gefüllt. Der Ministerpräsident, ehemalige Kollegen aus der Regierung, die Leitung der Christlichen Volkspartei, Vorsitzende anderer Parteien und Kollegen aus dem Storting – auch solche, die die Gelegenheit genutzt hatten, ihm Doppelmoral vorzuwerfen – waren gekommen. Dazu natürlich Freunde und Familie. Die Rede, die seine Frau neben dem Sarg stehend hielt, hinterließ einen starken Eindruck. »Ich werde dich immer lieben und vermissen«, schloss sie.

Auch der Ministerpräsident sprach zu den Anwesenden. Mit warmen Worten beschrieb er Gudmundsen als einen Mann, zu dem er großes Vertrauen gehabt habe, einer, auf den er sich stets habe verlassen können, ein Brückenbauer, der zur Bildung der bestehenden

Koalition wesentlich beigetragen habe. »Anstatt Probleme zu verschärfen, suchte er stets nach Lösungen und zog die Zusammenarbeit dem Streit vor. Bernt Gudmundsen war ein Ehrenmann, den wir sehr vermissen werden«, sagte er.

Die Presseleute hatten die Erlaubnis bekommen, draußen am Eingang zu stehen, während der Sarg, unter anderem von Gudmundsens drei Söhnen, hinausgetragen wurde.

Seine Frau und seine Tochter, das jüngste Kind, folgten mit je einer roten Rose in der Hand. Als der Trauerzug am Pressekorps vorbeiging, blieb Gudmundsens Frau ein paar Sekunden stehen und ließ den Blick über die Journalisten gleiten. Ihre Augen richteten sich auf Kajsa, sie drückten Trauer und eine stille Anklage aus. Das Geräusch der Kameras erfüllte die Stille, alle betrachteten die zierliche Frau.

Kajsa wandte den Blick ab und sah zu Boden. *Jetzt kommt sie zu mir und gibt mir die Schuld,* dachte sie.

Als sie wieder aufsah, war Gudmundsens Frau weitergegangen.

»Was hatte das zu bedeuten?«, flüsterte eine junge Journalistin von *Dagbladet* Kajsa zu.

Kajsa gab keine Antwort, wandte sich von den anderen Presseleuten ab und ging zu ihrem Wagen.

*

Am Tag danach nahm Kajsa an der Trauerfeier für den zehnjährigen Erland Stiansen in der Asker Kirche teil. Die Familie hatte der Presse Aufnahmen ausdrücklich gestattet. Kajsa saß auf der Galerie. Vorn am Sarg hatten seine Eltern und Geschwister Platz genommen. Der Vater hielt ein Baby im Arm, links von ihm saß ein dreizehn oder vierzehn Jahre altes Mädchen, rechts von ihm Erlands Mutter. Sie lehnte den Kopf an die Schulter ihres Mannes und hielt einen etwa fünfjährigen Jungen in den Armen.

In seiner Rede zeichnete der Pastor das Bild eines aktiven Jungen, der verschiedenen Freizeitaktivitäten nachgegangen war: Pfadfinder, Fußball, er hatte im Kinderchor gesungen und Klavier gespielt.

»In Erlands Nähe gab es immer Lachen und Lebendigkeit«, sagte er. »Er konzentrierte sich auf die lustigen Dinge im Leben. Sein fröhliches Gemüt wirkte geradezu ansteckend auf andere.«

Danach trat die ganze Familie an den Sarg. Das kleine Baby war an der Brust des Vaters eingeschlafen. Das älteste Kind, die Tochter, knüllte in der einen Hand ein Taschentuch zusammen und hielt ein Blatt Papier in der anderen. Die Mutter drückte sie an sich, ehe sie sie losließ. Das Mädchen trat ans Mikrofon und blieb mit gesenktem Kopf davor stehen. Alle konnten sehen, wie sehr sie schluckte und sich zusammenriss, um nicht in Tränen auszubrechen. Dann ertönte ihre Stimme, so leise, dass sie kaum zu hören war: »Lieber kleiner Bruder …« Ihre Stimme versagte, und erneut schluckte sie.

Einige in der Kirche schluchzten, andere putzten sich die Nase. »Lieber kleiner Bruder«, wiederholte die Schwester etwas gefasster, »du bist der Beste auf der Welt. Wir haben dich lieb.« Sie warf einen Blick auf den Zettel in ihrer zitternden Hand. »Wir werden dich immer vermissen, und wir werden jeden Tag an dich denken. Ich hoffe, es geht dir gut da oben im Himmel und dass du viele Freunde gefunden hast.«

Sie trocknete ihre Tränen und drehte sich zu dem Organisten um, der an der Treppe zum Altar am Klavier saß. Er nickte aufmunternd und fing an zu spielen, während das Mädchen mit schöner, glockenheller Stimme ein Lied sang:

*Kein Spatz fällt vom Ast,*
*ohne dass Gott davon weiß.*
*Keine Seele ins Totenreich*
*ohne Gottes Herrlichkeit!*
*Keine Blume verblasst,*
*keine Träne verweht,*
*ohne dass Gott davon weiß,*
*Er, der über allem steht.*

Als sie zum Ende gekommen war, gab ihr der Pastor ein großes Herz aus weißen Rosen, das sie zusammen mit einem Schmusetier auf den Sarg legte. Wieder zog die Mutter sie an sich. Der Vater hatte die Wange an den flauschigen Kopf des Babys gelegt und weinte.

Tape 3
00:17:29

*Als Anders heute mit seiner Mutter im Solgløtt war, fiel mir auf, was für ein netter Junge er ist.*
*Genauso, wie ich früher war.*
*Er ist sehr ruhig, macht überhaupt kein Geschrei.*
*Er lacht nicht oft, aber wenn er es tut, dann erhellt sein Lachen das ganze Zimmer.*
*Er ist ein Kind, das alles Schlimme verschwinden lassen kann.*

Seit Erland Stiansens Beerdigung waren drei Tage vergangen. Die Geschichte hatte die Tagesordnung in allen Medien dominiert. Die Ermordung von Ingrid wurde fast nur noch im Zusammenhang mit den Ermittlungen im Mordfall Erland Stiansen erwähnt. Die Medien interessierten sich weiterhin für das Solgløtt, das als verbindendes Element in beiden Fällen galt, wenngleich die Polizei klargestellt hatte, dass sie keinen Zusammenhang zwischen den Fällen feststellen konnte.

So funktionierte das eben bei den Medien: Ein großer Fall wurde heruntergestuft, weil eine neue Story aufgetaucht war. Und die Ermordung Erlands war aktueller und schrecklicher als der Fall Ingrid, weil es sich bei dem Opfer um ein Kind handelte.

An diesem Morgen brachte nur *VG* einen Artikel über Ingrid. In einem Einspalter wurde berichtet, dass Ingrids Tochter und deren Freundinnen vernommen worden waren.

*Nach Informationen von* VG *sucht die Polizei noch immer nach dem Computer der Toten sowie weiteren Besitztümern im Drogenmilieu. Die*

*Polizei wollte weder bestätigen noch ausschließen, dass das Motiv für den Mord dort zu finden ist.*

Kajsa war bei der Arbeit und las vor der Morgenbesprechung die Zeitungen, während sie zwischendurch E-Mails beantwortete. Glaubte die Polizei wirklich, dass Sissel etwas mit dem Mord an ihrer Mutter zu tun hatte? Sie las weiter:

*Ingrid Steffensens Tochter übernachtete zusammen mit zwei Freundinnen in der Nacht von Samstag auf Sonntag bei ihr zu Hause. Sie haben ausgesagt, dass sie am Sonntagabend gegangen seien und den Zug nach Oslo genommen hätten. Nach Informationen von VG stützt sich die Polizei auf die Theorie, dass die hoch geachtete Krankenschwester an jenem Sonntag ermordet worden ist. Eine Person hatte mit ihr Kontakt über Facebook, auch am Sonntag, wobei die Polizei unsicher ist, ob vor oder nach Abreise der Tochter und ihrer Freundinnen.*

*Wenn es Beweise für die Schuld der Tochter und ihrer Freundinnen gäbe, hätte die Polizei sie schon längst festgenommen,* dachte Kajsa.

In der rechten unteren Ecke des Bildschirms wurde der Eingang einer neuen E-Mail verkündet. Gespannt drückte Kajsa auf das Icon. *Verfluchtes Rolltalk,* stand da. Die Nachricht kam von Martin: *Jetzt musste ich fast vierzehn Tage ohne Rolltalk auskommen, endlich ist es repariert.* 😊 *Kommst du vorbei?*

Kajsa antwortete, dass sie nach der Arbeit bei ihm vorbeischauen werde. Selbstverständlich würde er nicht via Facebook schreiben, was er entdeckt hatte, nachdem das Rolltalk plötzlich nicht mehr funktioniert hatte.

Schnell blätterte sie die anderen Zeitungen durch. *Dagbladet* schrieb in einem großen Artikel, dass Erland Stiansens Tod durch Genickbruch verursacht worden sei. Abgesehen davon hatte die Zeitung nicht viel aus der Polizei herausbekommen. In einem Interview erläuterte Karsten zum wiederholten Mal, Erland sei nicht am Fundort gestorben. Allerdings wollte er nicht erklären, weshalb die Polizei sich in diesem Punkt so sicher war.

*Jemand hat ihn zum in Bahnhofsnähe gelegenen Fundort transportiert, und diese Person hat die Antwort auf die Frage, was mit Erland geschehen ist,* dachte Kajsa.

Laut Karsten seien sie im Hinblick auf eine baldige Aufklärung weiterhin optimistisch. Auf die Frage, ob ein Zusammenhang zwischen den beiden Fällen in Asker bestehe, antwortete er, dass es noch immer keinen Grund gebe, dies anzunehmen.

*Sie haben keinen DNA-Treffer oder sonstige übereinstimmende Spuren. Vielleicht haben sie auch nur in einem Fall DNA gefunden,* überlegte Kajsa weiter.

Sie überprüfte die Online-Ausgabe des Lokalanzeigers von Asker und Bærum. Sie hatten große Berichte über die beiden Kriminalfälle in ihrem heimischen Distrikt gebracht. Nun schrieben sie, die Polizei habe mehrere bekannte Gesichter aus dem Bahnhofsmilieu in Asker zur Vernehmung im Fall Erland einbestellt.

Kurz bevor Kajsa am Nachmittag aufbrechen wollte, hielt die Polizei eine weitere Pressekonferenz ab, wo darüber informiert wurde, dass Erland in den letzten Wochen stets früher als die anderen Spieler vom Fußballplatz beim Solgløtt losgefahren sei. Darüber hinaus habe er seine Eltern angelogen und erzählt, das Training würde eine halbe Stunde länger dauern. Dies gab der Polizei Grund zu der Annahme, dass Erland sich jeden Dienstag und jeden Freitag über dreißig Minuten an einem Ort aufgehalten hatte, von dem niemand etwas wissen sollte.

Bevor er allein vom Training wegfuhr, hatte er den anderen Mitspielern gesagt, er habe eine Verabredung.

Die Polizei suchte nach Zeugen, die Erland dienstags oder freitags zwischen halb sieben und halb acht gesehen hatten.

*

Nachdem Kajsa zu Abend gegessen hatte, wollte sie die Kinder mit ins Solgløtt nehmen. Allerdings hatten Thea und Anders keine Lust.

»Das ist so langweilig«, sagte Thea.

»Was fehlt Oma eigentlich?«, fragte Anders. »Sie ist immer so abwesend.«

Kajsa bestand jedoch darauf, dass sie mitfuhren. Sie sollten schließlich ihre Großmutter nicht vergessen.

Sie waren gerade angekommen, als Sturla in Bibbis Zimmer trat. »Wollt ihr mich begleiten, wenn ich die Medikamente austeile?«, fragte er Anders und Thea. Es war nicht schwer, sie zu überreden.

»Falls ich nicht hier bin, wenn ihr zurückkommt, dann bin ich bei Martin«, erklärte Kajsa.

»Was haben Sie und Martin eigentlich für Geheimnisse?«, fragte Sturla und drehte sich in der Türöffnung zu ihr um.

»Gar keine«, entgegnete Kajsa lächelnd. »Wir sind nur Freunde.«

»Ja, Besuch tut ihm gut«, sagte Sturla. »Er ist viel allein. Er braucht Stimulation, es geht leider langsam, aber sicher bergab mit ihm«, fügte er hinzu und ließ die Kinder vorausgehen.

Wie unsensibel er ist, dachte Kajsa. Martin war sehr froh, sie zu sehen, und fing sofort an, etwas auf seinen Bildschirm zu schreiben.

»Jetzt bin ich aber gespannt«, sagte Kajsa. »Was hast du mir wegen des defekten Geräts nicht erzählen können?«

Martin lächelte und schrieb weiter: *Das Notizbuch war weg.*

»Wann?«, fragte Kajsa.

*Am letzten Freitag, als Ingrid hier war, hat sie sich Notizen auf einem*

*Zettel gemacht. Hat sie das Buch verloren? Hat jemand es gefunden? An sich genommen? War sie deshalb so nervös und unleidlich?*

»Hast du sie gefragt, warum sie es nicht dabeihatte?«

*Hab nicht daran gedacht.*

»Jemand hat es womöglich und weiß, was drinsteht«, sagte Kajsa nachdenklich.

*Und weiß, was ich weiß.* Martin blickte sie über den Rand seiner Brille hinweg an.

»Tatsächlich weiß irgendjemand vielleicht sogar mehr als du, weil wir keine Ahnung haben, was in dem Notizbuch steht.«

*Trotzdem …,* schrieb Martin.

Kajsa verstand, was er meinte. Noch ein Grund, Angst zu haben.

Eine Weile saßen sie schweigend da. Kajsa wusste nicht, was sie sagen sollte. Martin hörte auf zu schreiben, saß bloß da und starrte vor sich hin.

Als Kajsa die Kinder auf dem Gang hörte, stand sie auf. »Schick mir eine Mail, wenn irgendwas sein sollte«, sagte sie. »Ich checke ständig meine Post.«

Martin sah sie nicht an.

Ehe sie den Wagen startete, schickte sie Karsten eine Mail. *In der Woche, bevor sie ermordet wurde, hatte Ingrid ihr Notizbuch nicht dabei.* Was das zu bedeuten hatte, überließ sie seiner Kombinationsfähigkeit. *Danke,* schrieb er zurück. Mehr nicht.

Tape 4
00:00:12

*Einer der Patienten, Kåre heißt er, ist unerträglich; ein Besserwisser, der sich aufführt, als wäre er der Eigentümer vom Solgløtt.*
*Wie er sich an Bibbi heranmacht, er bringt sie zum Lachen wie einen verliebten Teenager.*
*Ekelhaft.*
*Kåre und Bibbi erinnern mich an Onkel Arne und meine Mutter.*

»Ihre Mutter ist einfach total süß!« Lill, eine junge Pflegehelferin, die manchmal zusätzliche Schichten im Solgløtt übernahm, stand plötzlich am Tisch bei Kajsa und Hanne. Die beiden hatten sich verabredet, um nach der Arbeit ein Glas Wein zu trinken.

»Bibbi und Kåre sind wie zwei Teenager, so verliebt ineinander!«, sagte Lill voller Enthusiasmus. »Und wissen Sie was? Als ich neulich mal zu Bibbi hineinwollte, lag Kåre bei ihr im Bett! Ist es nicht schön, dass man trotz hohen Alters die Liebe finden kann?« Lill schwankte leicht, beugte sich über den Tisch und hielt sich an der Kante fest.

Kajsa wusste nicht, was sie darauf erwidern sollte.

»Also, die haben nichts angestellt, das dürfen Sie jetzt nicht glauben. Nein, sie haben bloß dicht nebeneinandergelegen, und er hat ihr den Kopf gestreichelt.«

»Was Sie nicht sagen«, entgegnete Kajsa und sah Hanne an, die nachsichtig lächelte.

»Ja, ich dachte, ich erzähle es Ihnen, obwohl Røren das ja nicht gefällt. Also, ich finde das schön. Und ich dachte, Sie würden sich freuen, das zu hören, denn Ihre Mutter kann ja ziemlich unruhig werden. Manchmal schreit sie und beträgt sich so, dass es kaum auszuhalten ist.«

Kajsa hatte kein Bedürfnis, ein Gespräch darüber anzufangen, wie es ihrer Mutter mit der jungen Pflegehelferin erging, aber Lill ließ sich nicht bremsen. Als sie den Mund öffnete, fragte Kajsa: »Und wie geht es Ihnen sonst im Solgløtt?«

»Nicht so besonders«, erwiderte Lill.

»Und wieso?«, fragte Kajsa.

»Nein, es ist irgendwie ... was soll ich sagen? Irgendwie so eine gedrückte Stimmung.«

»Das mit Ingrids Ermordung war ja auch ziemlich bedrückend«, sagte Kajsa.

»Ja, doch ... Aber diejenigen, die hier arbeiten, scheinen einander ja geradezu ... zu beobachten.«

»Inwiefern?«

»Es gibt viel Getuschel beim Personal. Das Arbeitsmilieu im Solgløtt ist nicht besonders gut, das muss ich leider sagen.« Lill beugte sich noch etwas weiter über den Tisch. »Ich bin nicht so blöd, wie die alle glauben«, sagte sie mit leicht schmollender Miene.

»Ach ja?« Kajsa blickte Lill direkt an. Darüber wollte sie mehr erfahren.

»Ja, Røren zum Beispiel. Sie müssen zugeben, dass er etwas speziell ist, mit seiner Handarbeit und allem.«

»Ja, doch ... vielleicht.«

Lill kam noch ein Stück näher und flüsterte: »Ich glaube, die anderen haben Angst vor ihm. Rakel, zum Beispiel, sie ist ja eine kleine Mimose, nervös, hat immer Angst, was falsch zu machen, und blickt sich ständig um.«

»Und Tora Cappelen?«

»Die Grantlerin? Manchmal ist sie kaum wiederzuerkennen. Wenn Røren in der Nähe ist, dann verstellt sie sich.«

»Wie denn?«

»Sie schmeichelt ihm, echt ekelhaft.«

»Und Sturla?«

»Der Schönling? Er tut so, als ob nichts wäre, aber wenn Røren in der Nähe ist, wirkt er ziemlich nervös.«

Die junge Pflegehelferin nahm einen Schluck von ihrem Bier, blickte in die Ferne und legte dann Kajsa eine Hand auf die Schulter. »Dass ich Sie mal kennenlernen würde. Wo Sie doch diesen schrecklichen Mörder überlebt haben. Und nicht nur das: Sie arbeiten auch noch im Fernsehen!«

Sie legte den Arm um Kajsa und drückte sie an sich. Kajsa dachte: Solgløtt erinnert mich an das Pflegeheim in Orkdal, wo alle Angst vor Nesset hatten. Hier haben alle Angst vor Røren.

*Worüber hatten sich Ingrid und Røren nur gestritten?*

Tape 4
**00:06:05**

*Ich musste beinahe lachen, als ich heute Morgen das Radio eingeschaltet habe.*
*Es war mitten in der Morgenandacht, und der Pastor sagte: »Niemand kennt den Tag oder die Stunde, mit Ausnahme des Herrn.«*
*Und mir, dachte ich.*
*Gott und ich …*

Kajsa drückte mit einer Hand vorsichtig die Tür zum Zimmer ihrer Mutter auf. In der anderen hielt sie die Kamera. Sie wollte Bibbi nicht wecken, falls sie schlief. In letzter Zeit schlief sie viel. Mehrere Wochen hatte Bibbi der Mutter geähnelt, die sie gewesen war, bevor sie ins Pflegeheim umzog; die Freude und das Lachen waren zurückgekommen, nachdem sie und Kåre dicke Freunde geworden waren. Aber dann waren die Gleichgültigkeit, die Apathie, die zusammengesunkene Körperhaltung zurückgekehrt. Ganz plötzlich, von einem Tag auf den anderen. Als ob jemand ihr etwas verabreicht hätte, dachte Kajsa.

Sie durchfuhr ein kleiner Schreck, als sie sah, dass das Zimmer ihrer Mutter leer war. Auf einmal hörte sie das Geräusch von fließendem Wasser und Stimmen aus dem Badezimmer. Vorsichtig trat Kajsa näher und öffnete die Badezimmertür.

»Kannst du nicht still sein?«, hörte sie eine Frau sagen. Ihre Stimme klang verzweifelt. Kajsa erstarrte mitten in der Bewegung und blieb an der Tür stehen. Sie hörte ihre Mutter. »Nein, nein … nicht. Ich will nicht!« Dann wieder die andere Stimme, die wütend klang: »Doch! Du musst!«

Kajsa drückte die Tür einen Spalt weiter auf, so dass sie gerade den Kopf und die Kamera hindurchstecken konnte.

Ihre Mutter saß nackt auf einem weißen Duschstuhl. Neben ihr stand Rakel Muri, die eine dünne gelbe Plastikschürze sowie Schuhüberzieher trug. Bibbi umklammerte die dünnen Armlehnen und versuchte aufzustehen, doch Rakel hatte ihr die Hände auf die Schultern gelegt und drückte sie wieder zurück auf den Stuhl. Es war lange her, dass Kajsa ihre Mutter nackt gesehen hatte. Die Brüste waren zwei dünne Fladen, der Rest des Körpers bestand aus Haut und Knochen, keine Muskeln, kein Fett. Sie hatte die Augen geschlossen, Shampoo und Wasser liefen ihr über das Gesicht, zwischendurch öffnete sie den Mund, rang nach Atem, stöhnte laut.

»Aber Bibbi, du musst dich doch waschen«, sagte Rakel. »Wir sind gleich fertig.« Ihre Stimme klang seltsam belegt.

Kajsa stand stocksteif da und richtete die Kamera auf die beiden Frauen. Dann fasste sie sich ein Herz und stieß die Tür ganz auf. Rakel merkte es nicht, sie stand mit dem Rücken zu ihr.

»Was ist denn hier los?«, sagte Kajsa.

Rakel zuckte zusammen und drehte sich mit dem Duschkopf in der Hand abrupt um, so dass das Wasser direkt vor Kajsas Füßen auf den Boden spritzte. Sie wich einen Schritt zurück.

»Tja … Ihre Mutter, sie wollte nicht duschen«, sagte sie und blickte Kajsa verängstigt an.

»Ich helfe Ihnen«, sagte Kajsa und legte die Kamera auf den Waschtisch.

Plötzlich schrie Rakel: »Haben Sie das gefilmt? Das dürfen Sie nicht!« Dass sie plötzlich die Stimme hob, war äußerst ungewöhnlich, wo sie doch sonst immer so still und verkrampft wirkte. Das Wasser spritzte aus dem Duschkopf auf den Fußboden. Kajsas Mutter erhob sich halb, sank dann aber wieder zusammen. Mit der Hand, in der sie den Duschkopf hielt, stützte Rakel sich an dem Duschstuhl ab und bedeckte mit der anderen ihre Augen. »Ich kann nicht mehr, ich halte das nicht mehr aus«, sagte sie und fing an zu weinen.

Kajsa trat zu ihr, nahm ihr den Duschkopf aus der Hand – das Wasser war eiskalt. Hatte sie das nicht gemerkt? Kajsa ließ warmes Wasser hinzukommen und spülte die letzten Shampooreste aus den Haaren ihrer Mutter. Dann nahm sie ein Handtuch, trocknete Bibbi das Gesicht und den Brustbereich ab, zog sie hoch und hielt sie fest, während sie ihr über Rücken und Hintern fuhr. Dann legte sie ihr den Morgenmantel um und brachte sie ins Bett. Sie breitete ein kleines Handtuch auf dem Kopfkissen aus und deckte ihre Mutter zu. Um die Haare würde sie sich später kümmern. Dann ging Kajsa zurück ins Bad, wo Rakel immer noch stand und weinte.

»Was ist denn?«, fragte sie und legte ihr eine Hand auf den Arm.

»Ich bin … nur so furchtbar erschöpft. Ich schaffe es nicht mehr, hier zu arbeiten, ich bin völlig fertig, ich kann nicht mehr.«

»Vielleicht sollten Sie mit einem Arzt sprechen, sich krankschreiben lassen, eine Auszeit nehmen«, schlug Kajsa vor.

»Und einfach nach Hause gehen?«, sagte Rakel.

»Ja?«

»Nein, das will ich nicht. Ich kann das nicht.«

»Aber wieso nicht?«

Rakel fing wieder an zu weinen. »Ich habe überhaupt kein Leben, nur das hier«, sagte sie und breitete die Arme aus. »Aber was für ein Leben ist das? Ich komme jeden Tag hierher und sehe, wie ich selbst eines Tages enden werde.«

»Setzen Sie sich in den Sessel am Fenster, meine Mutter schläft jetzt«, sagte Kajsa. »Setzen Sie sich einfach hin und ruhen sich aus.«

Kajsa holte Kaffee und setzte sich dann zu Rakel.

Die Pflegerin erzählte, dass sie allein lebe, vor mehreren Jahren

Witwe geworden sei und keine Kinder habe. Über zwanzig Jahre habe sie mit alten Menschen gearbeitet. Ursprünglich habe sie das gern getan, habe das Gefühl gehabt, eine wichtige Aufgabe zu übernehmen.

»Aber in den letzten Jahren ist das einfach immer sinnloser geworden. Patienten in schlechtem Zustand, schwere körperliche Arbeit, immer weniger Ressourcen. Uns bleibt ja gar keine Zeit für echte Betreuung und Fürsorge. Aber das sollte doch im Mittelpunkt stehen, oder etwa nicht?«, fuhr sie fort und sah Kajsa mit rot geränderten Augen an. »Jetzt ist das hier ein Ort, wo alte Menschen aufbewahrt werden. Ihr Leben hat keinen Wert und keinen Inhalt.«

»Und wie ist die Stimmung bei den anderen?«, fragte Kajsa.

Ohne zu antworten, stand Rakel abrupt auf. »Ich kann hier nicht sitzen und nichts tun«, sagte sie und trat rasch auf die Tür zu. »Ich muss noch mehrere andere Patienten duschen.«

Bibbi schlief immer noch. Kajsa ließ sich in den Sessel neben dem Bett fallen. In letzter Zeit war öfter eine Erinnerung aus der Kindheit aufgetaucht, aus der Zeit, als sie an der Küste in Sunnmøre gelebt hatten. Die Mutter trug ein rotes Sommerkleid mit weißen Blumen. Und roten Lippenstift. Keine von den anderen Müttern auf der Insel benutzte Lippenstift. Kajsa stand mit ihr am Gartentor neben dem duftenden Jasmin und hielt sie an der Hand. Sie hatten freien Ausblick über die Felder, auf das Meer, und warteten darauf, dass der Vater nach Hause kam. Er war Arzt, arbeitete überall in der Gegend und fuhr mit dem Boot zwischen den Inseln umher. Damals hatte sie nie darüber nachgedacht, aber jetzt – als Erwachsene – begriff sie, dass die Angst ihrer Mutter vor dem Meer die kleine Familie veranlasst hatte, nach Asker umzuziehen, woher Bibbi stammte.

Sie hatte etwas Bedrohliches gespürt, als sie an jenem Tag mit der Mutter am Gartentor gestanden hatte. Nicht weil das Wetter schlecht gewesen war oder weil die Mutter ihrer Angst Ausdruck verliehen hatte. »Jetzt kommt er bald, du wirst schon sehen«, hatte Bibbi gesagt und zum Bootshaus auf dem Ebbestreifen hinausgespäht. Nein, es war der Ausdruck der Erleichterung in ihrem Gesicht, als der Vater endlich kam. Schon als Kind hatte Kajsa etwas gespürt – ohne das Verständnis einer Erwachsenen gehabt zu haben, ohne die Worte zu kennen, die das Gefühl hätten vermitteln können. Sie sah die hektischen roten Flecken auf den Wangen ihrer Mutter und hörte ihre veränderte Stimme, als sie schließlich sagte: »Da ist er! Komm!« Zusammen liefen sie hinunter zum Meer, was die einheimischen Frauen nie gemacht hätten. *Bibbi ist auf der Insel ein Paradiesvogel gewesen,* dachte Kajsa jetzt.

Es war eine schöne Kindheitserinnerung, doch mittlerweile war der Kontrast zwischen der Frau im roten Kleid und der Frau im Bett so groß geworden, dass Kajsa der Gedanke daran schmerzte.

Sie stand auf und ging hinaus. Das Ehepaar – das sich oft zusammen im Gang aufhielt und das Kajsa nicht näher kannte – saß an einem kleinen Tisch und trank Kaffee. Der Mann war hier Patient im Pflegeheim. »Du musst den Mund aufmachen«, sagte die Frau gereizt, während sie versuchte, ihm beim Essen eines Kekses behilflich zu sein. »Nein, du versuchst es ja erst gar nicht. Ich kann dich nicht füttern, wenn du es nicht versuchst, das musst du doch verstehen!« Ihre Stimme klang hart, resigniert und vorwurfsvoll. Kajsa war schon aufgefallen, dass sie ihn ständig schalt. Wie konnte sie nur so unsensibel sein? Oder war es nur ihr Schmerz, dem sie auf falsche Weise Ausdruck verlieh?

Kajsa betrat Martins Zimmer. Sie erwartete, ihn vor dem Fernseher in seinem Rollstuhl anzutreffen, aber er lag im Bett im Schlafzimmer. Kajsa sah den Rücken von Erle, seiner Frau. Sie saß neben ihm. Kajsa wollte nicht stören, doch als sie sich umdrehte, registrierte Erle die Bewegung. Sie erhob sich und kam in das kleine Wohnzimmer. Sie sah traurig aus.

»Hallo, Kajsa«, sagte sie.

»Hallo. Ist was passiert?«

»Martin hatte einen Schwächeanfall.«

»Wieso das denn? Was ist geschehen?«

»Wir sind gerade aus dem Krankenhaus zurückgekommen. Er hat nicht reagiert, als Mona vorgestern kam, um ihm einen Film zu bringen, den er gern sehen wollte.«

»Und was sagen die Ärzte?«

»Dass er sich in einem komatösen Zustand befindet. Sein Herz schlägt, er atmet selbstständig, und die inneren Organe funktionieren. Sie wissen nicht, ob er je wieder aufwacht.«

»Konntest du irgendwie Kontakt zu ihm aufnehmen?«

»Nein, aber die Ärztin meinte, dass ich mit ihm reden kann und er mich hört.«

»Aha?«

Erle sah Kajsa gedankenverloren an. »Ich brauche etwas frische Luft. Ich weiß, dass er dich gernhat. Kannst du ein wenig bei ihm bleiben? Und mit ihm reden? Nur ein paar Minuten.«

Erle tat Kajsa furchtbar leid. Die sonst so zielstrebige und gepflegte Frau war verschwunden. Kajsa hatte sich oft gefragt, woher sie nur die Energie nahm. Doch die Frau, die jetzt vor ihr stand, war blass und niedergeschlagen.

Kajsa legte ihr eine Hand auf den Arm. »Es war nicht deine Schuld.«

»Was denn?«

»Das mit dem Unfall. Martin hat gesagt, es sei nicht deine Schuld.«

»Hat er dir das gesagt?« Erles Augen wurden feucht.

»Ja.«

Erle gab keine Antwort, drehte sich um und ging. Kajsa blieb im Wohnzimmer stehen und spähte zu Martin hinein. Was sollte sie ihm sagen? Wie sollte sie mit ihm reden? War womöglich das geschehen, was er befürchtet hatte? Oder gab es eine natürliche Erklärung?

Leise trat sie ins Schlafzimmer und stellte sich ans Bett. Das Kopfende war leicht angehoben, er lag mit geschlossenen Augen auf dem Rücken. Sie konnte ihn schwach atmen hören. Kajsa streckte die Hand aus und nahm seine Hand, drückte sie behutsam. Sie war kalt.

»Hallo, Martin. Ich bin's, Kajsa.«

Keine Reaktion.

Was sollte sie sagen?

»Die Ärztin meint, du könntest mich hören ... Ich denke ständig an dich, weißt du.«

Eine winzige Bewegung in seinen Augenwinkeln, kaum wahrnehmbar. Kajsa beugte sich über ihn. »Kannst du mich hören, Martin?« Da war es wieder. Seine Augen waren weiterhin geschlossen, aber es gab die Andeutung einer Bewegung. »Martin?«

Abermals eine Bewegung und ein winziges Zucken in der Wange. Sie wartete ab. Sagte mehrmals seinen Namen, aber mehr passierte nicht.

Kajsa trat ans Fenster. Martin hatte Ausblick auf den Parkplatz und den Sportplatz, wo Erland beim Training gewesen war. Jetzt fand dort ein Fußballspiel statt, ein paar Elternpaare standen an der Seitenlinie und feuerten ihre Kinder an. Die eine Mannschaft kam aus Asker, Kajsa erkannte die schwarz-weißen Trikots.

Auch Erland hätte dort unter lautem Geschrei und Gelächter umherrennen sollen, während seine Eltern ihn anfeuerten, ihn lobten, wenn er ein Tor schoss, und ihn trösteten, wenn er stürzte und sich wehtat.

Erle lief mit vor der Brust verschränkten Armen den Gehsteig entlang. Ihre ganze Gestalt kam Kajsa geschrumpft vor.

Tape 4
**00:10:03**

*Die meisten halten den Tod für etwas Schlimmes;*
*Schmerz, Leid und Trauer.*
*Sie begreifen nicht, dass der Tod manchmal das Beste ist,*
*was passieren kann.*
*Manchmal ist er auch einfach nur dringend notwendig.*
*Ich selbst habe keine Angst vor dem Sterben.*
*Ich glaube, es wird eine Erleichterung sein.*

Das Rechtsmedizinische Institut befindet sich im Rikshospital, an der Endhaltestelle der Straßenbahn. Kajsa passierte die Eingangstür und kam in ein Treppenhaus mit Aufzügen. Auf einem Schild über der Tür genau gegenüber stand: *Rechtsmedizinisches Institut.* Im selben Moment kam ein Mann heraus und reichte ihr die Hand. »Kajsa Coren?«, fragte er.

»Ja, hallo, danke, dass ich vorbeikommen durfte«, entgegnete sie.

»Nils Størks-Eriksen«, stellte er sich vor. »Wollen Sie mich in den Obduktionssaal begleiten?« Er sah sie fragend an.

Kajsa zögerte.

»Da liegt zurzeit keine Leiche«, sagte er und lächelte mitfühlend. »Wir sind für heute schon fertig.«

»Okay, dann komme ich mit«, sagte sie und erwiderte sein Lächeln. Sie hatte nicht die geringste Lust, bei einer Obduktion zugegen zu sein.

Sie liefen die Treppe hinunter. Er zog eine Karte durch das Lesegerät an der Tür. Sie gelangten in einen Vorraum, er schloss die Tür hinter sich, bevor er abermals seine Karte einsetzte und damit die nächste Tür öffnete. Sie kamen in einen Gang mit jeweils zwei Türen auf beiden Seiten. POLIZEI stand auf einem Schild. Kajsa spähte hinein und sah, dass es sich um ein Büro handelte. Størks-Eriksen ging geradeaus weiter in den Obduktionssaal.

»Hier sind die Obduktionstische«, sagte er und zeigte auf zwei große Stahltische.

»Wozu dienen die da?«, fragte Kajsa und deutete auf zwei kleinere Tische zwischen den Obduktionsbänken.

»Das sind die Seziertische. Wenn wir eine Leiche öffnen, werden die Organe nach einem bestimmten Muster entnommen. Wir legen sie auf diese Tische, wenn wir Proben entnehmen.«

Er hielt eine längliche Schale hoch. »Dann legen wir die Proben hier hinein und geben Formalin hinzu.«

»Was kann man mithilfe solcher Proben herausfinden?«

»Ich kann zum Beispiel einen Herzinfarkt diagnostizieren, den ich bei einer Untersuchung des Herzens mit bloßem Auge nicht sehen könnte«, erklärte Størks-Eriksen. »Sehen Sie die da?« Er zeigte auf eine Waage, die auf einer Arbeitsplatte an der Wand stand. »Die verwende ich, um das Gewicht des Herzens und anderer Organe zu bestimmen. Ich weiß, wie viel die im Verhältnis zu Alter und Körpergewicht in etwa wiegen sollten. Wenn beispielsweise das Herz zu viel wiegt, dann stimmt irgendwas nicht damit.«

»Kommt das Herz dann später wieder zurück in den Körper?«

»Ja.«

»Und das Gehirn?«

»Ehrlich gesagt nicht.«

»Und wieso nicht? Hat das Gehirn etwa keinen symbolischen Wert, so wie das Herz?«

»Doch, das schon. Aber wenn wir ein Gehirn gründlich untersuchen wollen, dann muss es einige Wochen in Formalin aufbewahrt werden. Dann haben die meisten Begräbnisse ja schon stattgefunden. Wir benötigen ganz dünne Scheiben, die wir uns unter dem Mikroskop anschauen. Das kann man mit einem frischen Gehirn nicht machen.«

*Frisches Gehirn? Was für ein seltsamer Ausdruck,* dachte Kajsa.

»Wenn die Angehörigen es allerdings wünschen, können sie es später ausgehändigt bekommen, um es dann mit der Leiche zu begraben«, fügte Størks-Eriksen hinzu.

*Er redet über sein Fach, als handele es sich um Wirtschaft oder Statistik und nicht um tote Menschen,* dachte Kajsa. »Wie lange arbeiten Sie schon hier?«, fragte sie.

»Siebzehn Jahre«, erwiderte er. »Und jetzt wollen Sie wahrscheinlich wissen, wie ich das aushalte«, fügte er mit einem schiefen Lächeln hinzu.

»Ja«, sagte Kajsa. »Das werden Sie wohl öfter gefragt, oder?«

»Ja. Nein, was soll ich sagen? Ich finde eigentlich, dass es in vielerlei Hinsicht schlimmer war, als Internist zu arbeiten, was ich früher gemacht habe. Da musste ich mich mit Patienten und Angehörigen auseinandersetzen – auch dann, wenn ich nichts für die Patienten tun konnte. Das brauche ich jetzt nicht mehr. Hier ist es hingegen am schlimmsten, dass es niemals ein Happy End gibt. Das Schlimmste ist schon eingetreten, und ich kann nichts tun, um das zu verhindern. Es gibt hier keine Heilung.«

»Wann werden Sie eingeschaltet, um einen Todesfall zu untersuchen?«

»Wenn jemand plötzlich und unerwartet stirbt.«

»Wie meinen Sie das?«

»Wenn jemand, der anscheinend gesund war, plötzlich tot aufgefunden wird.«

»Wie etwa auf einer Skitour?«

»Ja, zum Beispiel.« Størks-Eriksen musterte sie eingehend.

Sie erzählte nicht, dass ihr Vater auf diese Weise gestorben war. War er obduziert worden? Hatte er tot auf einem Seziertisch gelegen? Sie wusste es nicht, war damals erst fünfzehn gewesen. »Ein unverhoffter Todesfall ist also das Gleiche wie ein verdächtiger Todesfall?«, fuhr sie fort.

»Ja. Wenn jemand plötzlich grundlos verstirbt, muss das nicht unbedingt verdächtig sein, aber es ist eben unerwartet. Da bittet mich die Polizei, eine Erklärung zu finden, damit es sich nicht länger um einen verdächtigen Todesfall handelt.«

»Wie viele Patienten aus Pflegeheimen werden hier zum Beispiel obduziert?«

»Ähm ...« Størks-Eriksen hob den Kopf und schaute zur Decke. »Aus Pflegeheimen? Das kann ich nicht genau sagen.«

»Kommt es denn vor?«

»Tja, vielleicht einmal im Jahr? Jedenfalls nicht öfter.«

»Wie gehen Sie vor, wonach suchen Sie, wenn Sie einen unerwarteten Todesfall auf dem Tisch haben?«

»Zuerst erfolgt eine sehr genaue äußere Untersuchung. Ich dokumentiere, wie der Körper aussieht. In der Regel haben die Kriminaltechniker die bekleidete Leiche zuvor schon untersucht.«

»Sie halten zum Beispiel nach Einstichen Ausschau?«

»Ja, wobei die oft nicht leicht zu finden sind.«

»Würden Sie den Einstich eines Insulinpens bemerken?«

»Kaum. Da müsste man schon genau danach suchen, aber auch dann ist so etwas nicht unbedingt leicht zu finden. Besonders intramuskuläre Nadeleinstiche verschwinden schnell.«

*Genau,* dachte Kajsa. *Insulin wird unverschlossen aufbewahrt und ist in einem Pflegeheim leicht zugänglich, weil viele einen altersbedingten*

*Diabetes haben.* Sie wollte Størks-Eriksen gerade danach fragen, als er die Hand ausstreckte und sie weiterlotste. »Wollen Sie den Kühlraum sehen?«

»Ja, natürlich«, erwiderte Kajsa, dachte aber gleichzeitig, dass nichts daran natürlich war.

Størks-Eriksen trat auf eine große weiße Tür zu und öffnete sie. »Wir brauchen nicht ganz hineinzugehen«, sagte er. »Es ist kalt.«

Kajsa nickte dankbar. Sie spähte hinein und erwartete, eine lange Reihe mit Klapptüren zu sehen, wie sie es aus dem Fernsehen kannte. Stattdessen blickte sie unmittelbar auf ein paar Stahlregale, in denen sechs oder sieben Leichen lagen, einige eingehüllt in weiße Laken, andere in weißes Plastik eingeschlagen. Zwei davon mussten Kinder sein. Auf der Leiche direkt vor ihr lag ein schwarzer Plastiksack. Er war oben offen, Kajsa konnte etwas Türkises erkennen, vermutlich eine Jacke. Eine Frau; die Tote war sehr wahrscheinlich eine Frau.

Kajsa beugte sich vor. Ein kleiner Kindersarg stand oben auf dem Regal, kaum mehr als einen halben Meter lang. Ein Baby, das obduziert werden sollte. War es ermordet worden? Handelte es sich um einen unnatürlichen Tod? Einen verdächtigen Todesfall? Jede der Leichen hatte eine Geschichte. *Und irgendwo sitzt jetzt jemand und weint über die Frau, das Baby, die beiden Kinder,* dachte sie.

»Werden Sie einige davon obduzieren?«, fragte sie Størks-Eriksen.

»Nein, die hier gehören zum Krankenhaus. Wir teilen uns die Räumlichkeiten«, erklärte er.

Kajsa war erleichtert. Das bedeutete immerhin, dass keines der Kinder misshandelt oder umgebracht worden war.

Størks-Eriksen schloss die Tür zum Kühlraum wieder.

»Mein Büro ist im ersten Stock, aber wir können uns gern hier hineinsetzen«, fuhr er fort und betrat den Raum mit dem Polizeischild neben der Tür. Ein Mann steckte den Kopf zur Tür herein. »Ich gehe jetzt«, sagte er und nickte Kajsa freundlich zu.

»Er ist Präparator«, erklärte Størks-Eriksen. »Die holen die Leiche ab und bereiten sie vor, die Drecksarbeit sozusagen.«

Kajsa schaute auf ihren Block. Sie hatte sich mehrere Dinge notiert, nach denen sie fragen wollte, und kam direkt zur Sache: »Wie würden Sie einen Menschen umbringen, sagen wir mal, eine ältere Person in einem Pflegeheim?«

Størks-Eriksen sah wieder zur Decke. »Am einfachsten wäre es, der Person etwas Weiches auf Mund und Nase zu drücken.«

Kajsa sah ihn nachdenklich an und dachte: Der Einstich verschwindet, Insulin ist leicht zugänglich und wird nicht eingeschlossen. »Wie wäre es mit einer Überdosis Insulin?«

»Hm ... keine dumme Idee.«

»Wieso?«

»Insulin lässt sich leicht verabreichen und ist bei einer Obduktion so gut wie unmöglich nachzuweisen.«

»Unmöglich?«

»Viel Insulin verursacht niedrigen Blutzucker. Das ist aber auch der Normalzustand nach dem Tod, weil der Blutzucker rasch absinkt.«

»Sie würden also nicht stutzig werden, wenn der Blutzucker bei einer Leiche niedrig ist?«

»Genau.«

»Aber würde die Person nicht reagieren, bevor der Tod eintritt? Würde sich jemand mit einer Überdosis Insulin nicht seltsam aufführen?«

»Doch, aber ein älterer Mensch, der ohnehin schon schwach und dann vielleicht noch etwas verwirrter ist? Das würde einem nicht unbedingt auffallen. Außerdem würde eine Überdosis bei so einem Menschen sehr schnell wirken.«

»Und bei gesunden Menschen?«

»Die könnten daran natürlich auch sterben.«

»Wie viel Insulin ist eigentlich in so einem Pen?«

»Mhm, lassen Sie mich nachdenken, mit so was hatte ich seit Langem nichts zu tun, ich glaube aber, dass da bis zu sechzig Einheiten in so einem Pen sind.«

»Ist das viel?«

»Ja, allerdings«, sagte Størks-Eriksen und lächelte. »Jedenfalls genug, um Sie umzubringen.«

Kajsa unterstrich auf ihrem Block das Wort Insulin zweimal und stand dann auf.

»Vielen Dank. Sie waren mir eine große Hilfe«, sagte sie und streckte die Hand aus.

»Keine Ursache.«

Zusammen traten sie wieder in den Vorraum, passierten die Schleuse und gingen ins Erdgeschoss hinauf. Mitten auf der Treppe blieb Kajsa stehen.

»Wenn eine Person mit gebrochenem Genick bei Ihnen auf dem Tisch liegt und die Umstände nicht ganz klar sind, wonach würden Sie dann suchen?«

Der Pathologe lächelte nachsichtig. »Fragen Sie mich jetzt, ob ich den Jungen aus Asker obduziert habe?«

»Nein«, sagte Kajsa und lächelte ebenfalls, »jedenfalls nicht direkt.«

»Ich kann solche konkreten Fälle natürlich nicht kommentieren.«

Kajsa konnte sich nicht bremsen. »Sie haben ihn also untersucht?«

»Das habe ich nicht gesagt. Aber wenn ich mich ganz allgemein äußern sollte, dann würde ich – wie schon gesagt – erst eine gründliche äußere Untersuchung des Körpers vornehmen und nachschauen, ob es beispielsweise blaue Flecken oder Kratzer gibt. Danach würde ich mir den Hals vornehmen, überprüfen, ob Blutungen an der Vorderseite des Halswirbels vorhanden sind, und dann eine gründliche Untersuchung der Wirbelsäule durchführen. Verletzungen von C5 und aufwärts können tödliche Folgen haben.«

»Können Sie denn herausfinden, ob jemand an dem Ort gestorben ist, wo er gefunden wurde?«, fragte Kajsa und dachte, dass sie jetzt tatsächlich von Erland sprach.

»Ja, ausgehend von den Totenflecken können wir das bis zu einem gewissen Grad.«

»Blaue Flecken, genau. Aber ...«, Kajsa überlegte, »solche Flecken ... bilden die sich unmittelbar oder erst nach einer Weile?«

»Sie fragen, ob die Leiche bewegt werden kann und die Totenflecken dort entstehen können, wo die Leiche hingelegt wurde?«

»Ja.«

»Wenn die Leiche Pi mal Daumen innerhalb der ersten zwölf Stunden bewegt wird, würden sich die Totenflecken am Körper dort bilden, wo die Leiche abgelegt wurde.«

»Aber das muss dann spätestens nach etwa zwölf Stunden nach Eintritt des Todes geschehen?«

»Richtig.«

Kajsa notierte: *Erland, Totenflecken stimmen nicht mit Position der Leiche am Fundort überein.* Er wurde woanders hingebracht, lange nachdem er tot war. Wo befand er sich, bevor er zum Fundort beim Bahnhof Asker gebracht wurde?

*

Kajsa blieb vor dem Eingang des Rechtsmedizinischen Instituts stehen und atmete die frische Luft ein. Die Straßenbahn hielt an der Haltestelle, die Menschen setzten sich in Bewegung und stiegen ein. Es war Freitagnachmittag, sie konnte den Fahrgästen die Vorfreude ansehen: Endlich Wochenende, und die Sonne schien. 19. April. Frühling. Kajsas Blick schweifte über die hellgelbe Fassade des Rikshospital, die in der Nachmittagssonne einen zartrosa Schimmer angenommen hatte. Dort drinnen lagen Menschen und kämpften um ihr Leben – mit oder ohne Erfolg. Im Keller lagen die, die bereits verloren hatten. Sie schüttelte sich und ging zum Parkplatz.

*Insulin,* dachte sie. *Insulinpens, unerlaubt aufbewahrt in Martins Zimmer.* War es so einfach? Bei der Obduktion unmöglich aufzuspüren, ein niedriger Blutzuckerspiegel sei normal nach Eintritt des Todes, hatte Størks-Eriksen gesagt. Eine unsichtbare Mordwaffe.

*Unmöglich aufzuspüren, bedeutet unmöglich zu beweisen,* dachte Kajsa resigniert. *Ein Mörder kann jede Menge Menschen umbringen und damit davonkommen.*

Sie sah auf die Uhr. Fünf vor halb vier. Sie zog ihr Handy hervor und schickte Karsten eine SMS: *Im Sosialen jetzt gleich?* Die Antwort ließ nur zwanzig Sekunden auf sich warten. *Ja!*

Sie rief Aksel an. Er saß im Auto, war auf dem Weg nach Hause. Er fragte nicht nach, als sie sagte, dass sie später käme.

Karsten saß hinten an der Ziegelwand. Kajsa hängte ihre Jacke auf und kam gleich zum Punkt: »Ich weiß, was passiert ist.«

Karsten lachte. »Ach ja? Was denn?«

»Ingrid war einem Mörder auf der Spur, der Patienten mit Insulin umbrachte. Deswegen wurde sie ermordet.«

»Wirklich?« Karsten lächelte und schüttelte leicht den Kopf. »Du hast sogar die Mordmethode gefunden? Und hast du auch weitere Leichen entdeckt?«

»Du glaubst mir nicht«, erwiderte sie und drehte gereizt den Kopf zur Seite.

»Okay. Lass hören, was du zu sagen hast.« Sein Lächeln war entwaffnend.

Kajsa berichtete, was sie über die Lagerung von Medikamenten herausgefunden hatte. »Das ist das Motiv für Ingrids Ermordung. Sie wusste etwas und war jemandem auf den Fersen.«

»Also, das mit der Aufbewahrung von Medikamenten haben wir natürlich gründlich untersucht. Falls Betäubungsmittel abhandengekommen wären, hätte das natürlich ein Motiv sein können. Aber dafür gibt es keine Beweise. Es ...«

Kajsa unterbrach ihn und erzählte von ihrem Besuch im Rechtsmedizinischen Institut. »Insulin«, sagte sie und nickte, »ist kein Betäubungsmittel und wird daher auch nicht verschlossen. Aber es ist nicht ungefährlich.«

»Aber du hast doch keine Beweise, da ...«, setzte Karsten an.

Abermals unterbrach sie ihn. »Und was ist mit unerlaubter Aufbewahrung?«

»Was meinst du?«

»In Martins Kühlschrank liegen mehrere von diesen Insulinpens. Wer auch immer hat Zugang dazu.«

»Ach ja?«, sagte Karsten nachdenklich. »Tatsächlich?«

Kajsa rieb sich ermattet die Augen. »Ich habe übrigens heute noch etwas anderes erfahren.«

»Nämlich?«

»Totenflecken«, sagte sie. »Ingrid starb da, wo sie gefunden wurde, auf dem Esstisch. Aber im Fall Erland stimmen die Totenflecken nicht mit dem Fundort der Leiche überein, er muss also mehr als zwölf Stunden woanders gelegen haben.«

»Hm ... kein Kommentar«, sagte Karsten und fuhr dann fort:

»Wollen wir was zu essen bestellen?« Er hielt inne. Sie gab keine Antwort, er sah aus dem Fenster. Dann richtete er den Blick wieder auf sie und sagte: »Oder …«

»Oder?« Sie wartete, doch er sagte nichts mehr. »In Ordnung«, fuhr sie fort, »ich nehme oder.«

Schweigend fuhren sie zu seiner Wohnung. Als sie eintraten, fragte er: »Kaffee?«, und hängte seine Lederjacke auf. »Wann musst du wieder los?«

»In zwei Stunden«, erwiderte sie und reichte ihm den Mantel.

»Gut.« Er ging in die Küche und schaltete den Wasserkocher ein, sie blieb an der Tür stehen und musterte ihn, während er Kaffee in die Presskanne gab. Dann kam er zu ihr, legte ihr die Hände auf die Hüften und zog sie an sich. Nicht schnell, sondern ganz sanft. Sie drehte ihm das Gesicht zu, und er küsste sie. Seine Lippen berührten die ihren nur ganz leicht.

*

Als sie später in seinen Armen lag, fragte er: »Insulin?«

»Ja.«

Karsten antwortete nicht.

»Ich glaube …«, fuhr sie fort.

Er fiel ihr ins Wort. »Es reicht nicht, etwas zu glauben. Ich muss es wissen.«

»Ja, aber Insulin, das nicht verschlossen aufbewahrt wird? Jeder hätte …«

»Ich weiß.«

»Habt ihr mit den Angestellten gesprochen? Mit Martin – bevor er diesen Schwächeanfall bekam?«

»Ja.«

»Und was sagen die?«

»Kein Kommentar«, sagte er und grinste.

»Aber ... «

Er schmunzelte. »Kein Kommentar.«

»Aber fürchten sich die Angestellten vor Røren?«

»Jetzt hör schon auf, ich kann dir nicht mehr sagen. Das weißt du genau.«

»Es ähnelt dem Nesset-Fall.«

»Dem Nesset-Fall?«

»Ja, solltest du mal lesen, dann begreifst du, was ich meine. Røren ähnelt Nesset ganz gewaltig. Und religiös ist er auch. Was ist mit Mitleid als Motiv? Das gab Nesset damals an. Ich schätze mal, Røren ist demütig und untertänig, wenn ihr ihn vernehmt?«

Karsten lachte. »Was bist du denn jetzt? Hobbypsychologin?«

»Ja«, konnte sie gerade noch sagen, ehe er sie wieder in seine Arme zog.

Tape 4
00:14:41

*Meine Großmutter ist gestorben, als ich sieben war.*
*Lange hatte ich sie für einen guten Menschen gehalten, denn ich weiß noch, wie sie mich an sich gedrückt hat.*
*Aber das kann sie nicht gewesen sein.*
*Wir wohnten ja im selben Haus, also hat sie über alles Bescheid gewusst.*
*Warum hat sie nichts dagegen unternommen?*

Als Kajsa nach Hause kam, war es still im Haus, obwohl es erst Viertel nach zehn war. Aksel ging oft früh schlafen, aber doch nicht *so* früh?

Sie trat hinaus auf die Terrasse. Es war windig, aber es regnete nicht. Sie warf einen Blick aufs Thermometer. Zehn Grad. Noch immer kalt, aber es wurde jetzt besser. Mitte April. Die beste Zeit. Sie hoffte, dass es bald wieder regnen würde, sie sehnte sich nach richtigem Regenwetter.

Wie immer holte sie den Pelz und die Wolldecke, schaltete den Heizstrahler ein, legte die Kissen auf das Sofa und setzte sich in ihre Ecke, das Gesicht der Landschaft zugekehrt.

Karstens Hände lagen noch immer schwer auf ihren Hüften.

»Sitzt du hier?«

Sie fuhr zusammen, als sie Aksels Stimme hörte. »Ja«, sagte sie. Sie fühlte sich wie auf frischer Tat ertappt.

»Ich … ich …«, sagte er und stand einfach nur da.

»Was ist los?«, fragte sie freundlich.

»Kannst du reinkommen?«, fragte er.

»Sicher«, erwiderte sie, erhob sich, ging hinter ihm her und setzte sich auf das Sofa.

Sie schaute ihm ins Gesicht. Er sah ernst aus, wich ihrem Blick aus, fuhr mit den Händen über den Rand des Couchtisches. »Was ist los?«, fragte sie noch einmal, und ein Kälteschauer überlief sie. Er weiß von mir und Karsten. »Stimmt etwas nicht?«, fragte sie laut und dachte: Jetzt kommt's!

»Ich ... ich habe mir überlegt ...« Sein Zeigefinger strich wieder über die Tischkante. Seine Augen hatten einen düsteren Ausdruck.

*Er weiß es,* dachte Kajsa.

»Ich habe mir eine Wohnung in Gullhella gemietet«, sagte er.

»Was? Weshalb?«, stammelte sie.

»Ich kann so nicht weitermachen«, sagte er, stand auf und lief ruhelos im Zimmer hin und her.

»Wie ... was meinst du mit so?«

»Ich muss jetzt an mich selbst denken, Kajsa.«

»Aber du kannst doch nicht einfach weggehen, wir müssen versuchen ... wir müssen ...«

»Ich habe es versucht, Kajsa«, sagte er mit harter Stimme. »Ich habe es wirklich versucht, aber ich komme nicht an dich ran. Du weichst mir aus.«

»Ich weiche dir aus? Ich ...«

Er fiel ihr ins Wort: »Weißt du, dass du mir noch immer nicht erzählt hast, was während deiner Entführung passiert ist? Das ist jetzt drei Jahre her, und du hast noch immer nicht darüber gesprochen.«

»Das habe ich, Aksel. Ich habe erzählt, wie ...«

Wieder unterbrach er sie: »Ja, du hast mir die Tatsachen geliefert, aber nichts darüber gesagt, worüber ihr gesprochen habt, was er dir erzählt hat, wie er dich faktisch, faktisch ...«, stammelte er, »manipuliert hat. Und vor allem: Wie hat er sich verhalten? Hat er dich bedroht, war er gewalttätig, war er in dich verliebt?«

»Das willst du wissen?«

»Ja.«

»Aber warum hast du nicht gefragt?«

»Weil die Initiative von dir kommen muss. Du musst darüber sprechen wollen.«

Kajsa gab keine Antwort. Aksel hatte recht. Sie hatte ihm verschwiegen, was der Kidnapper ihr erzählt, wie der Schmerz aus seiner Kindheit und Jugend sich auch in ihr festgesetzt hatte. Sie schaffte es nicht, alle Einzelheiten vor Aksel auszubreiten.

Kajsa hatte das Gefühl, in diesen drei Jahren weit gekommen zu sein. Sie selbst. Aber nicht sie beide, sie und Aksel.

*Wir haben einander verloren.*

Nun sah sie Aksel an und sagte: »Wir können eine Paartherapie machen, wie du vorgeschlagen hast.«

Aksel fuhr sich müde mit der Hand übers Gesicht. »Das ist zu spät, jetzt geht es um mich. Um mein Leben. Nicht um dich, Kajsa.« Er klang abweisend. Das provozierte sie.

»Ja, klar! Endlich hast du das kapiert, Aksel!«, erwiderte sie wütend.

Zuerst hatte sie sich wie gelähmt gefühlt. Jetzt überkam sie die Verzweiflung. »Es geht nicht um das, was mit mir passiert ist. Das ist nicht meine Schuld!«, sagte sie mit lauter Stimme. »Ständig strahlst du Unzufriedenheit aus. Du bist abwesend und verschlossen. Ich frage mich die ganze Zeit, was passiert ist, warum du immer so unzufrieden bist.«

»Kajsa ... ich habe es so satt, immer nur kritisiert zu werden. Nichts, was ich tue ...«

»Jetzt hörst du mir zu! Denn vielleicht hast du recht. Vielleicht geht es dir einfach nicht gut, hast du keinen Grund zu lächeln. Aber wie zum Henker hätte ich das wissen sollen? Wenn du nichts sagst. Wenn du nicht ...«

»Hör auf!«

»Hör auf?« Kajsa sprang vom Sofa auf und ging auf Aksel zu. Sie hob den Zeigefinger. »Nein, ich habe nicht vor, aufzuhören. Es wird Zeit, zu sagen, was Sache ist. Warum will ich lieber die Kinder bei mir im Bett haben als dich?« Kajsa baute sich breitbeinig vor Aksel auf und zeigte auf ihn. »Soll ich dir sagen, weshalb? Weil ich keine Lust habe.« Sie bohrte ihm den Finger in die Brust.

»Schluss jetzt, Kajsa!« Aksel trat einen Schritt zurück und sah sie wütend an. »Ich lasse es mir nicht gefallen, dass du so mit mir redest. Mit jedem Tag wird es schlimmer. Nichts, was ich tue, ist gut genug für dich, du quengelst die ganze Zeit, und wenn ich mir alle Mühe gebe, kommt von dir nur Kritik. Ich ertrage das nicht mehr. Also halt die Klappe!«

»Nein, ich habe nicht vor ...« Kajsa richtete ihren Zeigefinger jetzt auf sein Gesicht.

Aksel schob ihre Hand weg. »Hast du nicht gehört, was ich gesagt habe? Ich ziehe aus. Dazu gibt es nichts mehr zu sagen. Nicht jetzt. Ich kann einfach nicht mehr!«

»Ja, dann zieh eben aus! Aber gib mir nicht die ganze Schuld. Was passiert ist, wird mich für immer prägen. Dieses Haus wird mich immer an das erinnern, was geschehen ist. Dass jemand so einfach ...« Fast kamen ihr die Tränen, dann aber wurde sie wieder laut: »Dass jemand einfach hier eindringen und mich entführen konnte. Aber ich habe mich weiterentwickelt, Aksel. Ohne dass du mich behandeln durftest. Liegt da das Problem? Ist diese Niederlage zu groß für den bekannten Psychiater Aksel Coren?«, schleuderte sie ihm mit einer bis zum Rand mit Sarkasmus gefüllten Stimme ins Gesicht.

Aksel blickte sie düster an, kehrte ihr den Rücken zu und ging. Kajsa konnte ihre Wut nicht mehr beherrschen. Sie lief hinter ihm her und packte ihn am Arm. »Du kannst nicht einfach gehen!«

Aksel riss sich zornig los. »Doch, das kann ich! Ich lasse mir das nicht mehr gefallen!«

»Und ich lasse es mir nicht gefallen, dass du einfach eine Wohnung mietest, beschließt, auszuziehen, alles in die Wege geleitet hast – ohne mir etwas zu sagen!« Sie wurde immer lauter, sie spürte, wie ihr die Tränen kamen, vermischt mit einem Zorn, den sie nicht unter Kontrolle hatte.

Sie hob den Arm, dachte nicht nach, sie schlug zu und traf Aksel hart am Kinn.

Sie bereute es sofort, als sie den Ausdruck in seinen Augen sah.

Aksel griff sich mit der Hand ans Kinn, seine Augen waren erfüllt von einer Mischung aus Ungläubigkeit, Entsetzen und etwas, das an Abscheu erinnerte. Sein Mund stand offen. Er sah aus, als wolle er etwas sagen, aber dann machte er auf dem Absatz kehrt und ging.

Kajsa wollte ihm hinterherrufen, ihn zwingen, zu reden, mehr zu erklären, sie wollte um Entschuldigung bitten, sie wollte ihn anflehen, ihr zu verzeihen. Aber sie blieb einfach stehen. Er ging die Treppe zum Keller hinab, wo er allein schlief, wie lange schon? Wochen? Monate?

Alle Kräfte hatten sie verlassen. Sie ließ sich auf das Sofa fallen und schloss die Augen.

Tape 4
00:26:06

*Ich denke viel darüber nach, was mit mir los war, weshalb mich niemand leiden konnte, als ich klein war.*
*Wo ich doch immer so fügsam und brav war.*
*Vielleicht ist es einfach so, dass manche Kinder Signale aussenden, die dafür sorgen, dass alle nur gemein zu ihnen sein wollen?*

Kajsa hielt bei dem letzten Haus in der Sackgasse, dicht am Zaun, und durchquerte einen Carport. Dort standen mehrere Fahrräder, eines davon gehörte sicher Erland. Sie stieg eine Holztreppe hoch und betätigte eine Türklingel. Im Blumenbeet neben der Treppe bahnten sich gerade die ersten Tulpenspitzen ihren Weg aus dem Erdreich.

Neben der Tür hing ein rotes Holzschild mit den Namen aller Familienmitglieder, umkränzt von Sommerblumen. Sie sah auf die Uhr. Noch eine halbe Stunde, bis der Kameramann kommen würde. Gut so, denn sie wollte zuerst ohne Kamera mit Erlands Eltern sprechen.

Zwei Wochen waren vergangen, seit er beim Bahnhof Asker tot aufgefunden worden war. Die Polizei hatte seither mehrere Pressekonferenzen über den Fall abgehalten, aber sie hatten wenig Neues zu berichten gehabt. Immer wieder baten sie die Öffentlichkeit um Mitwirkung. Sie wollten keine Einzelheiten nennen, aber sie waren ganz sicher, dass er nicht an der Fundstätte ermordet worden war. Sie konnten noch immer einen Unfall als Todesursache nicht ausschließen. Nach wie vor gab es keinerlei Hinweise darauf, dass es sich um einen sexuellen Übergriff handelte. Es war deutlich, dass die Ermittlungen auf der Stelle traten.

Die Kriminalreporter von Kanal 4 hatten über deren Anwalt versucht, ein Interview mit Erlands Eltern zu bekommen – wie übrigens die Kriminalreporter in allen großen Redaktionen –, aber bisher hatten die Eltern das energisch abgelehnt.

Da die Hoffnung auf rasche Aufklärung schwand, würden Erlands Eltern ihre Entscheidung vielleicht noch einmal überdenken.

Die Chefin der Kriminalabteilung von Kanal 4, Mette Helleland – eine gute Freundin von Kajsa –, hatte sie gefragt, ob sie Kontakt zu den Eltern aufnehmen könnte. »Du kannst Leute doch so gut überreden«, hatte Mette gesagt. »Kannst du nicht mal bei ihnen vorbeischauen, mit ihnen sprechen?«

Deshalb hatte Kajsa eines Tages auf der Heimfahrt einfach bei ihnen geklingelt. Sie wussten noch immer nicht, ob sie interviewt werden wollten, aber sie waren nicht vollkommen abweisend, und einige Tage später hatte Erlands Vater bei Kajsa angerufen, und sie hatten einen Interviewtermin vereinbart.

Der Vater öffnete die Tür. Er reichte Kajsa höflich die Hand und bat sie herein. Sie betrat einen kleinen, mit Schuhen und Mänteln übervollen Flur. Sie legte ihren Mantel über einen Stuhl und folgte dem Vater ins Wohnzimmer.

Erlands Mutter saß auf dem Sofa und stillte das Baby. »Hallo«, flüsterte sie, sicher, um das Kind an ihrer Brust nicht zu stören. Aber im Raum hing eine traurige Stille, die das Flüstern natürlich erscheinen ließ. Kajsa schaute sich im Zimmer um. Auf dem Wohnzimmertisch lagen Stapel von zusammengefalteter Wäsche, Unterhosen, Hosen, Pullover, Handtücher. An der einen Wand stand eine Kommode mit einem Bild von Erland, neben einer Vase mit frischen Blumen und einer brennenden Kerze. Erland lächelte unbeschwert in die Kamera. In der Küche entdeckte sie Erlands ältere Schwester, die in der Kirche gesungen hatte. Die Schwester blickte Kajsa an, wandte sich dann aber ab, ohne zu grüßen.

Der Vater wies auf einen Stuhl, und Kajsa setzte sich vorne auf die Kante und dachte: *Was soll ich sagen? Es gab keine passenden Worte.* Der Vater ging hinaus in die Küche und kam mit Bechern und einer Thermoskanne zurück. Er schenkte Kajsa ein, fragte, ob sie Milch wolle. Sie schüttelte den Kopf und dankte, als er ihr den Becher reichte.

Das Baby ließ die Brust los und blickte mit zufriedenem Lächeln zur Mutter hoch. Die Mutter – sie hieß Bodil, wie Kajsa dem Schild an der Haustür entnommen hatte – schob einen Finger in die kleine Hand. Bodil lächelte ein kleines, trauriges Lächeln für das Baby, das ihren Finger energisch packte. Dann hob sie den Kleinen hoch, legte ihn an ihre Schulter und streichelte seinen Rücken. So blieb sie sitzen, streichelte ihn mit geschlossenen Augen, sagte aber nichts.

Der Vater räusperte sich. »Also, wir … wir haben gedacht, es bringt vielleicht etwas, wenn wir selbst an die Öffentlichkeit gehen, um Tipps bitten, wenn wir … ja, appellieren …«, sagte er und starrte auf seine Hände.

»Genau hier habe ich auch mit Erland gesessen«, unterbrach die Mutter ihn und öffnete die Augen. »Haben Sie Kinder?«, fragte sie und sah Kajsa an.

»Ja«, flüsterte Kajsa.

»Wie alt?«

»Sieben und zehn.«

»Mädchen? Jungen?«

»Von jedem eins.«

»Zehn Jahre alt? Der Junge?«

»Ja.«

»Ein Junge, so alt wie Erland«, stellte die Mutter fest.

»Ja.«

»Wie wäre es für Sie, ihn zu verlieren ... wie heißt er?«

»Anders.«

»Wie wäre es für Sie, Anders zu verlieren, was meinen Sie?«

Kajsa wusste nicht, was sie antworten sollte. Sie erwiderte Bodil Stiansens Blick. Sie wich nicht aus, ihre Augen bohrten sich in Kajsas. Sie stellte diese Frage nicht, um Konversation zu machen, sie verlangte eine Antwort.

»Ich ... das ... « Kajsa ließ ihren Blick zu dem Baby wandern, das jetzt zufrieden auf dem Schoß der Mutter saß und Kajsa ansah, als ob es ebenfalls auf eine Antwort wartete. »Es wäre nicht zu ertragen«, sagte sie schließlich.

»Wir dachten, dass ... «, begann der Vater, doch abermals wurde er von der Mutter unterbrochen.

»Wie wäre es, wenn Anders zum Training ginge oder zu einem Freund und nicht nach Hause käme?« Diesmal wartete sie die Antwort nicht ab, sondern redete weiter. »Sie würden zuerst auf die Uhr schauen und denken, dass er jetzt zu Hause sein müsste. Dann würde vielleicht noch eine halbe Stunde vergehen, und Sie würden anfangen, sich Sorgen zu machen, denken, dass ihm das gar nicht ähnlichsieht, aber Sie würden noch immer glauben, dass er sich nur verspätet, dass er nicht auf die Zeit geachtet hat. Dennoch würden Sie immer wieder auf die Uhr schauen. Nach und nach denken Sie, dass das doch nicht stimmen kann, und mit der einsetzenden Angst, dass vielleicht etwas passiert ist, ziehen Sie schließlich los, um ihm entgegenzugehen. Sie finden ihn nicht. Dann rufen Sie bei seinen Freunden an, versuchen, Ihre Stimme ganz normal klingen zu lassen, während Ihr Herz so sehr hämmert, dass Sie kaum atmen können. Die Freunde sagen, er sei allein losgegangen. Vor ihnen. Vor vielen Stunden. Und nun begreifen Sie: Etwas muss passiert sein. Sie hoffen trotzdem, dass es eine Erklärung gibt. Erst wenn die Polizei kommt und in ihren Uniformen vor der Tür steht, wie ein Fremdkörper in Ihrem eigenen Haus, begreifen Sie, dass es stimmt. Etwas ist passiert, und diese Erkenntnis explodiert in Ihnen.«

Sie hielt für einige Sekunden inne. Kajsa merkte, wie der Schmerz der Frau nach ihr griff. Dann redete Bodil weiter:

»Was glauben Sie, was es für ein Gefühl ist, in die Nacht hinauszugehen, wenn es dunkel und kalt ist, und zu denken, dass Ihr Kind irgendwo dort draußen ist? Sie denken: Jemand kann ihm etwas getan haben. Sie denken an Artikel über Pädophile, an die grauenhaftesten Übergriffe. Sie denken: Wird ihm etwas angetan, während ich hier zu Hause sitze? Und am Ende denken Sie das Undenkbare: Ist er tot? Hat ihn jemand umgebracht? Ja, er ist tot, denken Sie, als die Morgendämmerung heraufzieht.«

Sie zog sich das Spucktuch des Babys von der Schulter und wischte sich über die Augen. Es war ganz still im Zimmer. »Aber Sie klammern sich noch immer an die Hoffnung, dass die Polizei ihn finden wird. Und dann … dann kommen sie und sagen, sie haben ihn gefunden. Er kommt nie wieder nach Hause.«

Der Mann setzte sich neben seine Frau auf das Sofa und legte den Arm um sie. Er sah Kajsa an. »Wir dachten, wenn wir …«

Aber seine Frau unterbrach ihn ein weiteres Mal. »Warum Erland?«, fragte sie. »Warum *mein* Kind? Wer hat das getan? Was ist passiert?« Die Fragen strömten nur so aus ihr heraus. Sie wurde lauter. »Wissen Sie, es ist unmöglich, ohne Antwort weiterzuleben. Ich muss es wissen. Unbedingt! Ich habe noch drei Kinder … ich …« Ihre Augen saugten Kajsa in den Schmerz hinein, aber dort war noch etwas anderes, Verbissenheit, eine stille Wut, Empörung.

*Und das wird sie retten,* dachte Kajsa.

»Vielleicht war es ein Unfall?«, sagte sie laut und dachte, dass das auch kein Trost wäre. Nicht jetzt. Aber sie verstand das Bedürfnis der Mutter, es erfahren zu wollen, und wenn es ein Unfall gewesen war, konnte dieser kleine Fetzen von etwas bei der Trauerarbeit benutzt werden. Dann hatte zumindest niemand aus Bösartigkeit Erlands Tod verschuldet.

»Ja, vielleicht«, schaltete sich der Vater ein. »Vielleicht war es ein Unfall? Die Polizei weiß nicht mit Sicherheit ...«

»Aber jemand hat ihn tot dahingeschafft, wo er gefunden wurde! Warum kann der, der es weiß, nicht sagen, was passiert ist?«, widersprach die Mutter heftig.

»Das hilft ja wohl alles nichts!« Die Stimme von Erlands älterer Schwester durchschnitt die Luft. Sie stand in der Küchentür, ihre Arme hingen ihr an der Seite herunter, die Hände waren zu Fäusten geballt. »Erland kommt nicht zurück! Warum müsst ihr die ganze Zeit darüber reden?!«, schrie sie und stürzte hinaus. Sie konnten ihre Schritte auf der Treppe zum ersten Stock hören, dann wurde eine Tür zugeschlagen. Der Vater lief hinterher.

In diesem Moment öffnete sich die Haustür und eine Jungenstimme rief: »Hallo! Ich bin wieder da!«, und gleich darauf stand der fünf oder sechs Jahre alte Sohn in der Tür.

»Wer ist das?«, fragte er und setzte sich neben seine Mutter, während er Kajsa ansah.

»Sie ist Journalistin«, sagte die Mutter.

»Was will sie hier?«

»Sie wird im Fernsehen von Erland erzählen, die Leute bitten, die vielleicht etwas darüber wissen, es der Polizei zu erzählen«, sagte die Mutter und strich ihm über die Haare.

»Warum das denn?«

»Na ja …« Die Mutter zögerte mit der Antwort. »Wir möchten doch wissen, wie Erland gestorben ist«, sagte sie schließlich.

»Spielt das denn eine Rolle?«, fragte er. »Er ist ja trotzdem tot.« Der Junge stand auf. »Kann ich in mein Zimmer gehen und Nintendo spielen?«, fragte er und sah seine Mutter bittend an. Sie nickte.

»Es gibt unterschiedliche Arten, damit umzugehen«, sagte sie. Ihre Augen waren traurig, sie schaute ihrem Sohn hinterher. »Erland war ein ruhiges, ein stilles Kind, machte nie Ärger, so tüchtig«, sagte sie. »Sehr intelligent, reif. Schon als ganz kleines Kind. So unendlich gut … nur gut«, sagte sie und fuhr dem Baby, das auf ihrem Schoß eingeschlafen war, mit dem Zeigefinger über die Wange. Das Baby schlug die Augen auf und schaute mit zahnlosem Lächeln zu ihr hoch.

*

Eine Stunde später waren Kajsa und der Kameramann mit den Aufnahmen fertig. Während er seine Ausrüstung ins Auto brachte, blieb Kajsa im Flur stehen und sprach mit den Eltern.

»Es war eine sehr schöne Beerdigung«, sagte Kajsa.

»Wir gehen samstags zu seinem Grab«, sagte die Mutter. »Wenn wir im Café gewesen sind. Wir sind immer am Samstagvormittag ins Café gegangen, das machen wir auch weiterhin so, für die anderen Kinder soll alles bleiben wie bisher.«

»Beim ersten Mal war das sehr schwer«, erzählte der Vater. »Wir haben ja gemerkt, dass die Leute uns ansahen, nicht wussten, wie sie sich verhalten sollten.«

»Danach gehen wir zu Erland«, fügte die Mutter hinzu. »Da liegen dann immer Blumen, die andere – Menschen, die wir nicht kennen – auf das Grab gelegt haben. Blumensträuße, eine weiße Rose.«

»Die Rose legt jeden Freitag jemand dort hin«, sagte der Mann.

»Woher weißt du das?«, fragte die Frau.

»Ich schaue freitags nach der Arbeit am Grab vorbei und räume alles weg, was verwelkt ist, damit es schön ist, wenn wir am nächsten Tag alle hingehen und neue Blumen bringen.«

Bodil Stiansen drehte sich zu ihrem Mann um. »Bist du auch an anderen Tagen bei Erland?« Sie hob die Hand und streichelte seine Wange.

Er gab keine Antwort, nahm nur ihre Hand.

Es war ein privater Augenblick, es war ihnen egal, dass Kajsa in dem engen Flur dicht neben ihnen stand.

*Zwischen den beiden gibt es eine Wärme,* dachte Kajsa, *eine Wärme, die sie durch die Tage und Nächte tragen wird.*

*

»Wir fahren zum Friedhof«, sagte Kajsa zu dem Kameramann, als sie vor dem Haus stand. »Wir müssen etwas über die vielen Blumen bringen, die andere auf das Grab legen.«

»Ich hab in einer halben Stunde Feierabend«, sagte er abweisend.

»Kannst du nicht eine oder zwei Überstunden machen?«

»Nie im Leben.«

Kajsa rief in der Redaktion an und bat um einen neuen Kameramann. Dann fuhr sie mit ihrem eigenen Wagen zum Friedhof von Asker.

Sie hielt auf dem Parkplatz vor der Kirche. Sie kannte sich dort aus, auch ihr Vater war hier begraben. Erlands Grab lag in einem anderen Teil. Sie sah die weiße Rose schon aus der Ferne; sie lag auf dem Grabstein. Das Grab war mit Stauden bepflanzt, und in einer Vase standen verhältnismäßig frische rote Rosen; vor dem Grabstein lagen mehrere Sträuße. *Vielleicht von den Kindern aus Erlands Klasse,* dachte Kajsa. In den Grabstein, der aussah wie ein großer, vom Strand herbeigeschaffter Findling, war das Bild von Erland eingelassen, das auch zu Hause bei den Eltern gestanden hatte. Eine Weile betrachtete sie es und dachte darüber nach, wie widersprüchlich es wirkte, dass ein Bild als Ausdruck solcher Lebensfreude zum Symbol für einen unbeschreiblichen Schmerz werden konnte.

Ein Mann in einem Overall war in der Nähe mit irgendetwas beschäftigt. Sie ging zu ihm, stellte sich vor und sagte, sie habe soeben die Eltern interviewt. »Sie möchten wissen, wer jeden Freitag die weiße Rose dort hinlegt«, sagte sie und zeigte zum Grab hinüber.

»Ach ja?«, sagte der Mann und richtete sich auf.

»Wissen Sie etwas darüber?«

»Nein ...«, sagte er und rieb sich das Kinn. »Freitags?« Er nahm die Mütze ab und strich sich die Haare zurück, dann setzte er die Mütze wieder auf. »Ich bin hier am vorigen Freitag kurz vor Feierabend vorbeigegangen, da lag dort keine Rose.«

»Haben Sie alles so gut im Blick?«, fragte Kajsa überrascht.

»Tja, ja, ich kümmere mich um die Gräber, es ist sozusagen mein Job, hier alles im Auge zu behalten. Und das mit Erland ist ja schon etwas Besonderes.«

»War denn sonst niemand hier?«

»Nein ... nicht genau hier.«

»Wen haben Sie gesehen?«

»Nur einen Mann, ein Stück weiter weg«, sagte er und wies hinüber. »Vielleicht hatte er eine Rose in der Hand? Mmh, ich bin nicht sicher.«

»Wie sah er aus?«

»Na ja ... ich weiß nicht. Er war zu weit weg.«

»Wie war er angezogen?«

»Dunkel, glaube ich, Hose, schwarze Jacke oder Pullover, Kapuze auf dem Kopf.«

»Sie haben sein Gesicht nicht gesehen?«

»Nein.«

»Groß, klein?«

»Tja, gute Frage. Groß, denke ich.«

»Was hat diese Person denn gemacht?«

»Ist hier hinübergegangen, glaube ich.«

»Hierher.«

»Also, jedenfalls in diese Richtung.«

Während sie auf den Kameramann wartete, ging Kajsa zum Grab ihres Vaters. *Zutiefst vermisst,* war zuunterst in den Stein eingemeißelt.

Bald wird Mamas Name auch dort stehen.

Sie beugte sich vor, fuhr mit der Hand über den Grabstein, wischte Staub weg, wie sie es immer machte. Dann richtete sie sich auf und schaute sich auf dem Friedhof um. Tod. Nur Tod, überall. Der Vater. Ingrid. Erland. Tote Körper in kalten Stahlregalen im Rechtsmedizinischen Institut. Frau Albertsen. Der Mann am Fenster, all diejenigen im Pflegeheim, die darauf warten zu sterben. Alle werden sterben. Mama wird sterben. Ich werde ebenfalls sterben.

*Nein, Kajsa, nein.* Sie konnte Aksels Stimme hören. »Nicht der Tod. Das Leben, Kajsa!«, hatte er immer mit froher, eindringlicher Stimme gesagt.

»Aber«, hatte sie eingewandt, »mit jedem Tag, den ich lebe, ist mein Leben einen Tag kürzer.«

Dann hatte er die Arme um sie gelegt und gesagt: »Mit jedem Tag, den du lebst, füllst du dein Leben mit Bedeutung, für dich, für mich, für die Kinder, für andere.«

Wann hatte er aufgehört, sie in den Arm zu nehmen? Oder hatte sie aufgehört, ihn in den Arm zu nehmen?

Sie entdeckte den Kameramann, der mit der Kamera auf der Schulter auf sie zukam. Sie winkte.

*Ich sehe sicher froh aus. Eine frohe Frau, die auf einem Friedhof winkt.*

## Tape 5
## 00:00:13

*Als ich auf Kanal 4 den Bericht gesehen habe über die Blumen auf dem Grab, über die weiße Rose, habe ich endgültig begriffen, wie viel ich erreicht habe, wie stark ich geworden bin, wie viel Macht ich habe.*
*Ganz Norwegen hat von der Rose erfahren, aber niemand kennt mich. Die Polizei wird mich niemals finden, aber ich werde trotzdem erzählen, was geschehen ist.*

Schon fünf Tage nachdem er Kajsa über seinen Entschluss informiert hatte, zog Aksel aus. Sein Kumpel Kjell half ihm. »Lass ihm ein bisschen Zeit, dann kommt er schon zurück«, flüsterte Kjell, als er mit einem großen Karton in den Händen an ihr vorbeiging. »Wir Männer brauchen auch Zeit, um klar zu sehen, nachzudenken, eine Auszeit zu nehmen. Ihr gehört zusammen«, fügte er hinzu.

Es war nicht leicht gewesen, den Kindern zu erzählen, dass Papa ausziehen würde.

»Warum denn?«, fragte Thea.

»Lasst ihr euch scheiden?«, wollte Anders wissen.

Sie hatten versucht, es so gut wie möglich zu erklären. Kajsa redete die ganze Zeit in Wir-Form, als wäre es etwas, über das sie und Aksel sich geeinigt hätten.

Kajsa war überrascht darüber, dass er so schnell auszog, sie hatte gedacht, er werde Zeit brauchen, um alles zu arrangieren. Aber die Wohnung, eine teilmöblierte Sockelwohnung in Gullhella, war einzugsbereit. Aksel nahm nicht viel mit, nur einige Möbel aus dem Kellerraum und seinem Arbeitszimmer. Die Wohnung besaß drei

Schlafzimmer, und er hatte schon Betten für die Kinder gekauft, so dass jedes sein eigenes Zimmer bekam.

Er hatte für alles gesorgt.

»Du hast dir das schon lange überlegt?«, fragte sie, als er aufbruchsbereit in der Tür stand. Sie hatten die Kinder gemeinsam ins Bett gebracht, jetzt schliefen die beiden.

»Ja, eine Weile«, antwortete er.

»Aber warum hast du nichts gesagt?«

»Ich habe mehrmals versucht, mit dir zu reden. Das ist es doch gerade, Kajsa, du hörst nicht zu oder willst nicht zuhören.« Seine Stimme klang ungewohnt brüchig. Er sah sie nicht an. »Ich muss los«, sagte er und lief die Treppe hinunter, noch immer ohne sie anzusehen. »Bis dann.«

Sie wollte um Entschuldigung bitten, weil sie ihn geschlagen hatte. Das sollte sie wirklich, es wäre das einzig Anständige. Sie müsste für so vieles um Entschuldigung bitten, für mehr, als ihr klar war. Aber sie brachte kein Wort heraus.

Sie blieb stehen und schaute dem Auto hinterher, bis es hinter der Kurve verschwunden war.

Wie sollte sie das alles schaffen? Die nächste Woche würden die Kinder bei Aksel verbringen, und sie wäre dann allein im Haus. Dabei hatte sie immer Angst vor dem Alleinsein gehabt, war nur einige wenige Male allein im Haus gewesen, seit sie hergezogen waren. Beim letzten Mal, als Aksel mit den Kindern zelten gewesen war, war sie im Schlaf aus ihrem eigenen Haus entführt worden.

Sie legte sich zwischen Anders und Thea ins Doppelbett, drehte sich auf den Rücken, mit einer Hand auf jedem Kind. Wie sollte sie nun ihren Alltag in den Griff bekommen? Ab und zu hatte sie lange Schichten, dann arbeitete sie eine Woche lang bis neunzehn, in der folgenden Woche bis zweiundzwanzig Uhr. Dann konnten die Kinder nicht bei ihr sein. Aksel hatte ihr keine Lösung anzubieten, sie musste selbst eine finden. Vielleicht konnte sie es einrichten, dass sie nicht zwei Wochen hintereinander bis spätabends arbeiten musste?

Sie mussten es schaffen, zusammenzuarbeiten. Vielleicht würde sie ihre Arbeitszeit reduzieren? Nein, das ging nicht, sie brauchte das Geld. Konnte sie das Haus mit nur einem Einkommen halten? Sie hatte keine Ahnung. Sie musste sich einen Überblick über alle Ausgaben und das Darlehen verschaffen.

Sie durfte nicht zu weit in die Zukunft denken, das würde alles unüberschaubar machen. *Ein Tag nach dem anderen,* sagte sie sich.

*

Kajsa brachte die neue Situation ihrem Abteilungsleiter, Geir Hermansen, gegenüber zur Sprache. Er fragte, ob sie sich vorstellen könnte, einige Zeit als Nachrichtensprecherin zu arbeiten. »Sieben Tage Dienst, sieben Tage frei, du fängst um zwei an und bist um halb zwölf fertig«, sagte er. »Anette möchte sich beurlauben lassen, wir brauchen also eine Stellvertreterin. Das müsste dir doch gelegen kommen? Du kannst noch immer die Kamera mitnehmen und Aufnahmen machen, wenn du deine Mutter besuchst.«

*Halb zwölf,* dachte sie. *Zu Hause halb eins, spät, dunkel im Haus, allein. Ich muss das schaffen. Es ist perfekt, in der Zeit, in der ich arbeiten muss, sind die Kinder bei Aksel. Und wenn ich frei habe, bin ich dann für sie da, koche Essen, habe Zeit, um Mama zu besuchen, nehme die Kinder mit, gehe mit ihnen zum Training, backe Rosinenbrötchen, mache es mir mit ihnen gemütlich. Bin eine gute Mutter.*

Sie nahm das Angebot an. Ihr blieb nichts anderes übrig.

Tape 5
00:03:04

*Als Teenager stand ich oft vor dem Spiegel,*
*um zu üben;*
*studierte mein Gesicht, wenn ich lächelte,*
*streckte die Hand aus, grüßte, stellte mich vor, nickte,*
*legte mir unterschiedliche Gesichtsausdrücke zu.*
*Ich habe meisterhaft gelernt, mich anzupassen.*
*Und es ist mir gelungen,*
*gegenüber Patienten, Angehörigen, Fremden.*
*Niemand merkt, was ich wirklich empfinde, glaube ich.*

»So sieht der Brief aus«, sagte Hauptkommissar Joralf Amundsen und hielt zwei Plastiktüten hoch. In der einen lag ein Briefbogen, in der anderen ein Briefumschlag. »Der Brief wurde zusammen mit dem hier an Erlands Eltern geschickt.« Amundsen präsentierte eine dritte Tüte mit einer welken weißen Rose. »Wir bitten alle, die etwas wissen könnten, sich bei uns zu melden.«

Kajsa saß allein in ihrem Haus und sah sich die Nachrichten an. Der Brief und die Rose waren auf allen Sendern das Topthema.

Seit mehreren Tagen hatte sie nicht mit Karsten gesprochen, es bewusst vermieden. Sie hatte ihm nicht einmal von Aksels Auszug erzählt. Sie musste mit dem Alleinsein fertigwerden. Karsten hatte sich mehrmals gemeldet, wollte sie treffen. Sie hatte jedes Mal eine Entschuldigung vorgebracht.

Nun fiel ihr auf, dass Karsten die Pressekonferenz einem Kollegen überlassen hatte.

Karsten musste durch die beiden Mordfälle vollkommen überarbeitet sein. Ob er krank ist?, dachte sie besorgt, während sie auf die Stimme des Reporters lauschte. »Erland Stiansens Eltern erhielten den Brief mit der Rose vor einigen Tagen. Sie haben sofort die Polizei informiert. Wie Kanal 4 bereits berichtet hat, haben viele Fremde Blumen auf Erland Stiansens Grab gelegt, und seit einigen Wochen hat irgendwer immer am Freitag dort eine weiße Rose hinterlassen. Die Polizei untersucht, ob es einen Zusammenhang zwischen der Rose auf dem Grab und dem Brief mit der weißen Rose gibt. Soweit Kanal 4 in Erfahrung bringen konnte, überwacht die Polizei den Friedhof, konnte jedoch die Person, die die Rose auf das Grab legt, bisher nicht identifizieren.«

Die Kamera zoomte den Brief heran, dort stand: *Wenn man es nicht weiß, können die meisten Dinge anders aussehen, als sie in Wirklichkeit sind. Erlands Tod war ein Unfall.*

»Stimmt das mit der Theorie der Polizei überein?«, fragte der Reporter.

»Dazu kann ich mich nicht äußern«, erwiderte Hauptkommissar Joralf Amundsen.

»Wäre es möglich?«, beharrte der Reporter.

»Lassen Sie es mich so sagen, nichts ist unmöglich, solange wir nichts wissen. Theorien geben keine Antworten, wir brauchen Beweise, und deshalb bitten wir alle, die etwas über den Brief und die Rose wissen könnten, sich bei uns zu melden; vielleicht haben Personen, die auf dem Friedhof waren, gesehen, wie jemand eine Rose auf das Grab legt, oder wissen etwas über den nicht ganz alltäglichen Brief und den Umschlag. Wir bitten vor allem denjenigen, der den Brief geschickt hat, Kontakt zu uns aufzunehmen.«

Dann schaute der Reporter in die Kamera und hielt die Tüten mit dem Brief, dem Umschlag und der Rose hoch. »Das ist also der Brief, den Erlands Eltern mit der Post bekommen haben. Er wurde in Asker abgestempelt. Umschlag und Briefbogen stammen aus einer Mappe mit Briefpapier und Umschlägen. Die Polizei teilt mit, dass man diese spezielle Mappe in den Siebzigerjahren in norwegischen Schreibwarenläden kaufen konnte. Es handelt sich, wie wir sehen, um Briefpapier für Kinder.«

Die Kamera zeigte nun den Briefbogen in Nahaufnahme. Es war ein hellblaues Blatt Papier, in der rechten oberen Ecke war ein Clown zu sehen, der fünf Ballons in der Hand hielt.

Kajsa drehte den Ton leiser, als der Nachrichtensprecher auf dem Bildschirm auftauchte und sich einem anderen Thema widmete. Dann wählte sie Karstens Mobilnummer.

»Du hast heute gar nicht die Pressekonferenz geleitet«, sagte sie, als er sich meldete. »Du bist doch wohl nicht krank?«

»Nein, es ist nur gerade alles ein bisschen viel.«

»Bist du erschöpft?«

»Erschöpft kann ich später sein, wenn das hier vorüber ist. Und du?«

»Mir geht's gut.«

»Du ... « Er zögerte. »Ich weiß von ... also ... dass Aksel ausgezogen ist.«

»Wirklich?«

»Ja, willst du mich deshalb nicht sehen?«

»Ich dachte, dass ... ich muss ... du weißt, die Kinder ... es ist schwer, das am Telefon zu erklären, würdest du vorbeikommen?«

»Wann denn?«

»Heute Abend?«

»Okay.« Seine Stimme klang froh.

*

Die Kinder waren bei Aksel. Es fühlte sich jetzt anders an als zuvor, als sie allein gewesen war und darauf gewartet hatte, dass sie nach Hause kämen. Die Stille hatte einen anderen Klang. Sie ging zur Verandatür, blieb stehen und schaute hinaus auf die Terrasse. *Jetzt kann ich nie mehr dort sitzen,* dachte sie. *Weil Aksel nicht mehr hier ist.*

Sie wollte gerade einige Kerzen anzünden, als das Telefon klingelte.

»Hallo, hier ist Sissel.«

Kajsa erkannte die Stimme, das nasale Nuscheln.

»Ach hallo, Sissel. Wie geht es dir denn?«

»Ich fahre nach Tyrili.«

»Wie schön!«

»Aber ich rufe an, weil ich etwas habe, das du sehen solltest.«

»Was denn?«

»Ich ... na ja ... ich habe Mamas Laptop.«

»Aber das sucht doch die Polizei? Warum hast du nichts gesagt?«

»Die Polizei!«, schnaubte Sissel. »Die glauben nur, dass ...« Sie unterbrach sich. »Aber das ist sicher nicht so wichtig für dich?«, fragte sie mürrisch.

»Nein«, lenkte Kajsa ein.

»Auf dem Computer ist etwas, das du sehen solltest.«

»Was denn?«

»Etwas, das sie geschrieben hat, über das Pflegeheim«, sagte Sissel.

»Aber Sissel, es ist doch sehr wichtig, dass die Polizei ...«

»Ich gehe *nicht* zur Polizei. Die glauben, dass ich Mama umgebracht habe!« Sissels Stimme klang so schrill, dass Kajsa das Telefon von ihrem Ohr weghalten musste.

»Okay, okay, ganz ruhig.«

»Wenn du kein Interesse hast, dann ...«

Kajsa unterbrach sie. »Natürlich habe ich Interesse.«

Sie schlug ein Treffen am nächsten Tag vor, und sie verabredeten, dass Sissel ihr den Computer in die Redaktion bringen sollte.

Kajsa machte im Kamin in der Küche ein Feuer, sie fror, obwohl es draußen nicht besonders kalt war. Dann stellte sie ein wenig frisches Brot und Käse hin, schnitt Möhren und Apfelsinenscheiben zurecht und legte sie zusammen mit ein paar Trauben auf eine Platte.

Karstens Blick wanderte zum Wohnzimmer hinüber, als sie die Tür für ihn öffnete. »Die Kinder?«

»Bei Aksel«, sagte Kajsa.

Sofort legte er die Arme um sie. »Warum hast du mich nicht angerufen?«, fragte er. In seiner Stimme lag kein Vorwurf.

»Ich weiß nicht«, antwortete sie ehrlich. »Ich hatte das Gefühl, es ist meine Schuld, dass Aksel ausgezogen ist.«

»Weiß er von uns?«

»Nein, ich glaube nicht.«

»Hat er nichts gesagt?«

»Nein.«

»Wirst du es ihm erzählen?«

»Ja … bald.«

»Du hättest mich wirklich anrufen können«, sagte Karsten.

»Nein, ich kann jetzt nicht einfach zu dir überlaufen. Hier geht es um Aksel und mich, ich muss meine Gefühle sortieren, Ordnung schaffen, muss herausfinden, wo ich selbst stehe.«

»Hast du sie jetzt sortiert? Deine Gefühle?«

Karsten sah sie erwartungsvoll an. Aber sie wusste nicht, was sie sagen sollte. Sie wollte ihr altes Leben zurückhaben, die Geborgenheit. Und sie wollte die Nähe, die es zwischen ihr und Karsten gab. Deshalb sagte sie nur: »Ich … das kam so plötzlich, ich brauche Zeit, um …« Sie wollte nicht darüber reden, deshalb wechselte sie das Thema. »Kommt ihr denn voran?«

»Nicht so richtig, um ehrlich zu sein. Es ist, als ob … nein, ich weiß nicht so recht.«

»Was denn?«

»Ich wüsste gern, was sich hinter diesem Brief und der Rose verbirgt.«

»Du meinst, was er – oder sie – euch damit sagen will? Dass es wirklich wahr ist, was dort steht, dass es ein Unfall war?«

»Ja, vielleicht, aber ich stelle mir eher vor, dass er uns deutlich machen will, dass er unangreifbar ist, dass er mit uns spielt.«

»Oder er verspürt vielleicht das Bedürfnis, sich zu zeigen, vielleicht will er bemerkt werden.«

»Ja, das ist natürlich eine Möglichkeit. Aksel arbeitet daran, vielleicht kann er das deuten.«

»Ach ja«, sagte Kajsa. »Aber der Brief und die Rose, könnt ihr da nichts Konkretes rausholen? Tipps, Spuren?«

»Nein, diese Möglichkeit hast du wohl zunichtegemacht.«

»Ich? Wie meinst du das?«

»Nachdem die Eltern den Brief erhalten hatten, haben wir natürlich am folgenden Freitag das Grab überwacht, aber es kam niemand. Und warum nicht, was glaubst du?«

»Das kann ich doch nicht wissen«, erwiderte Kajsa. Die Vertrautheit mit Karsten bekam plötzlich Risse.

»Weil du darüber berichtet hast, dass die Rose jeden Freitag dort abgelegt wird. Da konnte er sich natürlich denken, dass wir das Grab im Auge behalten.«

Karsten hatte recht, aber zugleich fand Kajsa es ungerecht von ihm, ihr die Schuld zu geben. »Ich habe die Blumen gefilmt, die andere auf das Grab gelegt hatten, die Rose war eben auch dabei. Aber du kannst doch nicht erwarten, dass ich der Rose eine weitere Bedeutung zugemessen habe? Ich habe auch keine große Nummer daraus gemacht.«

»Das vielleicht nicht, aber du hättest mir sagen können …«

»Das kannst du nicht verlangen, Karsten.«

»Okay.«

Beide schwiegen, die Stimmung war gedrückt. Dann schlug Karsten vor: »Wir vergessen das. In Ordnung?«

»In Ordnung.«

Kajsa hatte ihr Telefongespräch mit Sissel gründlich durchdacht, während sie auf Karsten wartete. Sie musste ihm davon erzählen, ihr blieb nichts anderes übrig.

Sie konnte geradezu sehen, wie Karsten aufwachte. Wortlos zog er sein Telefon hervor und gab eine Nummer ein.

»Was machst du?«, fragte Kajsa.

»Jemanden zu ihr schicken.«

»Das darfst du nicht.«

»Das darf ich nicht?« Karsten sah sie überrascht an. »Natürlich darf ich das.«

Kajsa holte Luft. »Ich bin Journalistin, du bist Polizist«, sagte sie. »Sie hat mich angerufen. Ich will wissen, was auf dem Computer ist.«

»Ja, aber …« Karsten steckte das Telefon wieder in die Tasche.

»Kein Aber«, sagte Kajsa. »Du würdest nichts darüber wissen, wenn ich es dir nicht erzählt hätte. Blöd von mir«, sagte sie spitz. Sie war noch immer verletzt, weil er ihr die Schuld dafür gegeben hatte, dass die Überwachung des Friedhofs gescheitert war.

Aber Karsten wollte sich nicht geschlagen geben. »Wir haben keine Zeit zu verlieren. Ich habe einen Vorschlag. Wir fahren zu ihr und holen den Rechner. Genauer gesagt: Du holst den Rechner, dann fahren wir damit hierher und sehen ihn zusammen durch. Du bekommst natürlich eine Kopie, wenn wir etwas finden, und wir machen ab, wann du darüber berichten kannst, falls es etwas von Bedeutung sein sollte.«

Kajsa musterte Karsten, dann lächelte sie.

»Wieso lächelst du?«, fragte er, aber auch er lächelte. Beide atmeten auf nach diesem ersten ernsthaften Interessenkonflikt zwischen Polizist und Journalistin.

»Du hast ein Angebot gemacht, das ich nicht ablehnen kann«, sagte er mit breitem Grinsen.

Sie gab keine Antwort, erwiderte nur: »Ich rufe Sissel an.«

Kajsa erzählte Sissel, dass sie sich den Rechner ansehen, ihn aber der Polizei übergeben wolle, wenn der Inhalt sich als wichtig für die Ermittlungen erweise. Sissel zögerte.

»Aber du hast nichts zu befürchten, wenn du nichts mit dem Mord zu tun hast. Willst du nicht wissen, was mit deiner Mutter passiert ist?«, argumentierte Kajsa.

Eine lange Diskussion folgte, aber am Ende gab Sissel nach.

Als Kajsa eine halbe Stunde später bei ihr ankam, berichtete Sissel, dass sie ihren eigenen Rechner verkauft hatte, um sich Geld für Drogen zu beschaffen. »Den hatte ich von Mama«, sagte sie weinend. »Ich brauchte einen neuen, aber das konnte ich mir nicht leisten, und da … das war so ein Impuls, ich habe mir das nicht überlegt.« Sissel brach in heftiges Weinen aus. Kajsa legte den Arm um sie und tröstete sie. »Du musst das der Polizei erzählen«, mahnte sie. »Überleg doch nur, wenn die Antwort dort zu finden ist.« Sie zeigte auf den Computer.

*

Eine Stunde später beugten Kajsa und Karsten sich über den Rechner. Sissel hatte gesagt, die Datei, die Kajsa sich ansehen solle, sei unter *Eigene Dateien* gespeichert, sie hieß BESORGNISMELDUNG.

Kajsa überließ alles Weitere Karsten, er klickte sich durch, fand die Datei und öffnete sie.

Ich bin angestellt im Alters- und Pflegeheim Solgløtt in Asker, Abteilung 3B. Ich arbeite seit sechsundzwanzig Jahren dort. Seit längerer Zeit wundere ich mich darüber, dass Patienten völlig unerwartet sterben.

Im vergangenen Jahr habe ich mir die folgenden Todesfälle als verdächtig notiert:

| | |
|---|---|
| Barbro Husnes | 2004 |
| Jofrid Førland | 2004 |
| Kari Stordal | 2004 |
| Josefine Aspås | 2004 |
| Gudrun Gundersen | 2005 |
| Nicoline Borch | 2005 |
| Kristin Nyhammer | 2005 |

Auch wenn ich erst im letzten Jahr genau aufgepasst und Namen notiert habe, habe ich mich auch schon früher über einzelne Todesfälle gewundert. Aus der Erinnerung führe ich hier einige Personen auf, die meiner Ansicht nach vollkommen unerwartet gestorben sind:

| | |
|---|---|
| Nikka Bonde | 2003 |
| Katrine Trulsen | 2003 |
| Josefin Hellman | 2002 |
| Turid Olsen | 2002 |
| Lina Aronsen | 2002 |

| | |
|---|---|
| Tulla Stehen | 2001 |
| Britt Bjørge | 2001 |
| Ina-Beate Norum | 2000 |
| Helle Kåfjord | 1999 |

Das Motiv dahinter kenne ich nicht, vielleicht geht es um eine Art aktive Sterbehilfe. Aber das ist doch ein Begriff, den man bei Patienten in der Schlussphase des Lebens anwendet. Die Patientinnen, die ich hier aufgezählt habe, waren nicht in der Terminalphase. Sie waren einfach nur alt und gebrechlich und hilflos. Deshalb nenne ich das Mord.

Ich habe die Krankenberichte untersucht, um herauszufinden, ob große Mengen besonders gefährlicher Medikamente, die als Überdosis verwendet werden können, geordert worden sind, habe aber keinen abweichenden Verbrauch festgestellt.

Ich glaube deshalb, dass Medikamente verwendet worden sind, die nicht weggeschlossen werden, die in großen Mengen aber dennoch gefährlich sein können. Vor allem ein Medikament fällt hier auf, aber ich habe ...

Hier endete das Dokument abrupt.

»Was soll das heißen? ›Ich habe‹, was denn?«, fragte Kajsa irritiert.

»Schwer zu sagen. Sie ist offenbar nicht fertig geworden«, meinte Karsten. »Vielleicht hat sie damit vor langer Zeit angefangen, hier und da ein bisschen was aufgeschrieben, mehrmals Änderungen vorgenommen. Wir müssen sehen, was unsere IT-Leute da rausholen können.«

Kajsa ließ sich zurücksinken. »Abgesehen von den Namen der Patientinnen ist das für uns nichts Neues.«

»Die aus dem letzten Jahr kenne ich auch schon«, sagte Karsten.

»Wir haben sie von Martin bekommen, nachdem das Rolltalk repariert worden war.«

»Aber die anderen, das geht zurück bis 1999, das sind immerhin sechzehn Personen, Karsten.«

»Ja …, das sind sehr viele«, sagte Karsten zerstreut, starrte aber weiter auf den Bildschirm.

»Und vielleicht gibt es noch mehr. Frau Albertsen, Frau Bakke, die einen Tag vor ihr gestorben ist. Ich frage mich …«

»Was denn?«

»Ingrid wollte über irgendetwas mit mir reden, ich frage mich, ob es das hier gewesen sein kann. Ich hatte den Eindruck, dass es um etwas Vertrauliches ging.«

»Was hat sie denn gesagt?«

»Dass sie einen Rat braucht. Und dass ich das, was sie mir erzählt, für mich behalten soll.«

»Ja, es kann gut um das hier gegangen sein. Sie wollte mit jemandem sprechen, dem sie vertrauen kann, jemandem von außen.«

»Und was hast du jetzt vor, Karsten?«

Er gab keine Antwort, blickte weiterhin auf den Bildschirm.

»Die Gräber öffnen?«, fragte Kajsa. »Da werdet ihr nichts finden. Insulin ist …«

Er unterbrach sie. »Wir brauchen Richtlinien«, sagte er ernst. »Ich darf dir nicht mehr erzählen als anderen Presseleuten. Das hier wird kompliziert. Ich darf mit dir nicht darüber diskutieren, was die Polizei unternehmen wird.«

»Ach, nein?«, fragte sie abwartend.

»Du stellst Fragen, von denen du weißt, dass ich darauf nicht antworten darf. Du bist Journalistin.«

»Aber ich habe dich auf das Insulin gebracht, und deshalb darf ich ja wohl fragen«, sagte Kajsa frustriert.

»Ich sage nur, dass das keinen Zweck hat.«

»Aber …«, begann sie.

»Wenn jemand erfährt, dass wir …«, fiel er ihr ins Wort. »Dass du und ich … ja, du weißt. Wir haben einen Interessenkonflikt, Kajsa.«

»Das ist mir schon klar«, sagte sie und lenkte ein.

»Andererseits bist du in den Fall mehr involviert als andere Presseleute, du als Angehörige einer Bewohnerin des Pflegeheims. Und du hast uns nützliche Informationen verschafft, daran gibt es keinen Zweifel. Aber es ist seltsam, so wie wir jetzt *zusammenarbeiten.* Eigentlich hätte ich dich zu einer weiteren Vernehmung einbestellen müssen.«

»Das ist doch wohl nicht nötig?« Kajsa setzte sich auf die Sofakante. »Wir machen es so: Du sagst mir nichts, was ich nicht verwenden darf, ich bekomme nur Informationen, die auch für andere problemlos zugänglich sind. Es sei denn …« Sie blickte ihn aufmerksam an. »Wir hätten eine Abmachung, eine klare Übereinkunft darüber, was ich nicht verwenden darf. Solche Situationen können doch entstehen. Ich kann auch im Pflegeheim etwas erfahren, jemand kann mir von Dingen erzählen, die für die Ermittlung von Bedeutung sind. Ich werde meine Mutter ja weiterhin besuchen.« Sie unterbrach sich für einen Moment und lächelte. »Vor allem jetzt.« Dann wurde sie wieder ernst. »Ich kann zudem etwas erfahren, das den Ermittlungen schadet, wenn ich es veröffentliche. Oder etwas, von dem die Polizei nichts weiß. Es geht in beide Richtungen. Deshalb verspreche ich, mit dir zu reden, wenn sich eine solche Situation ergibt. Du musst mir dann im Gegenzug vertrauen, so, wie ich dir vertrauen können muss, wenn du mich bittest, manches für mich zu behalten. Jetzt haben wir ein konkretes Beispiel: die Besorgnismeldung, die Namen der Toten.«

»Na gut, aber wie machen wir das?«

»Ich werde das als Erste veröffentlichen.«

»Du hast doch nicht vor, die Namen öffentlich zu machen!« Karsten war sichtlich erregt. »Das würde doch …«

Kajsa fiel ihm ins Wort. »Ich bin ja nicht dumm. Natürlich werden wir die Namen nicht nennen, das wäre den Angehörigen gegenüber unethisch. Aber ich kann sagen, dass Ingrid eine Meldung darüber geschrieben hat, dass sie der Meinung war, viele Patienten seien eines unnatürlichen Todes gestorben. Natürlich tue ich das nur, wenn es den Ermittlungen nicht schadet, falls ich solch eine Abmachung mit dir treffe.«

»Und was, wenn wir nicht übereinkommen?«

»Dann darf ich alle Informationen verwenden, die ich auftue«, sagte sie und zeigte auf den Bildschirm. »Das hier ist meine Information, die ich dir gebe.«

»Du bist schwierig«, sagte er.

»Ja«, sagte sie. »Und es wird womöglich schlimmer. Aber wir haben keine Wahl. Wir müssen meiner Meinung nach wissen, was wir voneinander zu halten haben.«

»Okay«, sagte er. »Dann haben wir eine Abmachung.«

»Und …« Sie nahm die Kaffeetasse zwischen die Hände, überlegte. »Was ist … mit dir und mir?«

Karsten fuhr sich über das Kinn und sagte: »Das liegt an dir.« Er hielt ihren Blick fest. »Willst du, dass ich heute Nacht hierbleibe?«

»Nein«, hörte sie sich sagen. Sie hatte ja sagen wollen.

»Hast du Angst davor, allein zu sein?«

»Nein«, log sie.

Karsten erhob sich. »Dann muss ich machen, dass ich zurück ins Büro komme.«

Kajsa brachte ihn zur Tür. Er zog seine Jacke an und lehnte sich an den Türrahmen, blickte sie abwartend an. In seinem Blick lag jetzt etwas Distanziertes. Sie sollte etwas sagen. Aber das Einzige, woran sie dachte, konnte sie nicht sagen: Dass sie Todesangst hatte, dass er bleiben sollte, dass sie es allein in diesem Haus nicht aushielt. Aber das Leben hatte sich verändert, sie musste es selbst in den Griff bekommen.

»Es kommt mir falsch vor … es ist erst wenige Tage her, dass Aksel ausgezogen ist. Es ist noch immer auch sein Haus«, sagte sie. »Aber nach und nach … wir müssen ein bisschen abwarten.« Sie wich seinem Blick aus, fand keine Worte, wusste nicht einmal, was sie zu sagen versuchte, was sie eigentlich wollte.

»Kajsa«, sagte er, legte ihr mit ausgestreckten Armen die Hände auf die Schultern und schaute ihr in die Augen. »Ich verstehe es, alles findet sich. Wir schaffen das.«

Als Karsten gefahren war, legte sie sich auf das Sofa. Alle Lampen waren eingeschaltet, aber die Dunkelheit presste sich gegen die Fenster. Kajsa lauschte auf jedes einzelne Geräusch. Es war ganz still, sie konnte ihren eigenen Herzschlag hören. Das Haus war so groß, so viele Zimmer, in denen niemand war. Sie wollte ins Schlafzimmer gehen, traute sich aber nicht, die Treppe hochzusteigen, die Tür hinter sich zuzuziehen.

Tape 5
00:06:57

*Die Polizei hat mich wieder vernommen.*
*Ich habe gesagt, Ingrid sei fantastisch, aber manchmal ein bisschen anspruchsvoll gewesen.*
*Ein bisschen? Ha!*
*Zufällig war es derselbe Polizist, den ich auf dem Friedhof gesehen habe, am Grab des Jungen.*
*Ich musste mich zusammenreißen, um nicht zu lächeln.*
*Das ist – ja, wenn ich es mir recht überlege,*
*dann muss ich wirklich zugeben, dass*
*es ziemlich berauschend ist, so viel Macht zu haben.*
*Ich habe mich noch nie so gefühlt: so wichtig, so bedeutend.*
*Ich fühle mich unvorstellbar stark.*

»Heute hat die Polizei im Pflege- und Seniorenheim Solgløtt in Asker einen eigenen Ermittlungsraum eingerichtet.«

Der Nachrichtensprecher Tore Abrahamsen blickte mit ernster Miene in die Kamera.

Die Meldung, dass die Ermittlungen im Fall Ingrid hochgefahren wurden, war das Hauptthema in den Abendnachrichten von Kanal 4. Rechts auf dem Bildschirm war ein Bild von Ingrid zu sehen, darunter stand: *Verdacht auf Patientenmorde.*

Aksel hatte angerufen und gefragt, ob die Kinder eine Nacht bei ihr verbringen könnten, weil er wegmüsse. Kajsa war das nur recht, denn sie musste ziemlich viele Überstunden abbummeln, ehe sie ihre neue Stelle als Nachrichtensprecherin antreten konnte.

Nun lagen die Kinder im Bett – in Kajsas Bett –, und sie selbst saß im Wohnzimmer und sah sich die Nachrichten an.

Früher an diesem Tag war sie Karsten begegnet, als sie ihre Mutter im Pflegeheim besucht hatte. »Können wir die Sache bringen?«, fragte sie. Er nickte nur und verschwand in einem Büro. Sie konnte dort mehrere Leute ausmachen – die sie für Polizeibeamte in Zivil hielt –, bevor er die Tür schloss. Sie hatte ihren Kollegen Espen Nordberg in der Kriminalabteilung angerufen, der zu ihr nach Hause gekommen war. Sie hatte ihm einen Ausdruck von Ingrids Text gegeben und ihn in den Fall eingeweiht. Vergeblich hatte er mehrmals versucht, ihr zu entlocken, wer ihr die Besorgnismeldung zugespielt hatte. Sie hatte Karsten versprochen, nicht zu verraten, dass der Rechner jetzt in der Obhut der Polizei war.

Espen hatte gute Arbeit geleistet, stellte sie fest. Ingrids Besorgnismeldung war das Hauptthema und eine *exklusive Neuheit,* da sonst niemand diesen Aspekt einfließen ließ.

Karsten bestätigte im Interview, dass der Brief von Ingrid stammte und sie deshalb die Ermittlungen verstärkt hatten. Der Ausdruck, den Kajsa von Ingrids Computer gemacht hatte, wurde gezeigt und verlesen, aber die dort als verdächtige Todesfälle angeführten Namen waren geschwärzt.

»Wir können zum jetzigen Zeitpunkt nicht ins Detail gehen«, sagte Karsten, »aber wir werden uns gründlich mit dem Inhalt des Briefes auseinandersetzen, um den von Ingrid Steffensen vorgebrachten Verdacht zu bestätigen oder zu entkräften.«

»Vermutet die Polizei einen Zusammenhang zwischen dem Mord an Ingrid Steffensen und der Besorgnismeldung?«, wurde Karsten gefragt.

*Gute Frage,* dachte Kajsa. Sie wartete gespannt auf Karstens Antwort.

»Eine Verbindung zwischen diesen neuen Informationen und den bereits durchgeführten Ermittlungen läge auf der Hand«, sagte er.

*Jetzt redest du wie ein Polizist,* dachte Kajsa und lächelte in sich hinein.

»Aber das bedeutet nicht, dass wir die Besorgnismeldung für die Mordursache halten«, fügte Karsten hinzu. »Wir verfolgen weiterhin auch andere Spuren.«

*Die Drogenszene,* dachte Kajsa.

Kajsa war zuvor im Pflegeheim gewesen. Dort hatten sie die 3B geschlossen und ihre Mutter in eine andere Abteilung verlegt. »Nur für ein paar Tage«, sagte die zuständige Abteilungsleiterin. »Ich heiße übrigens Janne.« Sie reichte Kajsa die Hand. »Janne Holmboe. Ihre Mutter wird es gut bei uns haben«, fügte sie freundlich hinzu.

Janne Holmboe war eine Frau von Anfang dreißig mit einem munteren runden Gesicht und langen dunklen Locken, die sie sich immer wieder hinter die Ohren strich. Sie machte einen vertrauenerweckenden Eindruck und ließ sich Zeit für ein Gespräch mit Kajsa und der Mutter. Sie erzählte, sie sei neu als Abteilungsleiterin. Sie hatte eine Zusatzausbildung im Fach Geriatrie gemacht und freue sich sehr darauf, wie sie sagte, »das zu praktizieren, was ich gelernt habe«.

Das brachte Kajsa auf den Gedanken, mit Janne über die Medikamente zu sprechen, die ihrer Mutter verabreicht wurden. Sie hatte es Røren gegenüber mehrmals zur Sprache gebracht, aber der hatte nur wiederholt, dass die Mutter für ihre Leiden und Plagen die bestmögliche Behandlung überhaupt bekäme. Sie hatte auch mehrere vom Pflegepersonal gefragt, sie war nicht davon überzeugt, dass Røren recht hatte, aber alle hatten gesagt, für die Zuteilung der Medikamente sei allein Røren zuständig.

»Ich kann nicht beurteilen, wie meine Mutter behandelt werden müsste, aber mir ist aufgefallen, dass sie ab und zu vollkommen apathisch wirkt, während sie früher heftige Angstanfälle erlitten hat«, sagte Kajsa. »Zwischendurch hat sie aber auch gute Perioden und ist munter und zufrieden. Es gibt da sehr starke Schwankungen.«

Janne Holmboe versprach, das mit den Medikamenten zu überprüfen. »Kann ich sonst noch etwas für euch tun?«, fragte sie.

Euch, dachte Kajsa, sie hat euch gesagt. Zum ersten Mal seit Ingrids Tod hatte sie das Gefühl, in das Leben ihrer Mutter im Pflegeheim einbezogen zu werden.

Die Ermittlungen im Solgløtt waren am nächsten Tag in allen Medien die Hauptnachrichten. *VG* brachte auf der Titelseite ein Bild des Heims mit der Schlagzeile: *Läuft hier ein Mörder frei herum?*, *Dagbladet* schrieb: *Angehörige unter Schock.*

Aber die Ermittlungsleitung war wenig mitteilungsfreudig. Abgesehen von einer improvisierten Pressekonferenz am Tag nach ihrem Einzug ins Pflegeheim wurde nur eine Meldung veröffentlicht, in der die Ermittlungen als umfassend, kompliziert und zeitraubend bezeichnet wurden. Ansonsten hatte die Polizei nichts Neues zu berichten.

Kajsa hatte von Karsten eine SMS erhalten, in der er schrieb, er arbeite rund um die Uhr, freue sich aber darauf, sie zu sehen, wenn sich die Lage beruhigt hätte.

*Was wird bei alldem herauskommen? Ein neuer Fall Nesset?*, überlegte Kajsa.

Tape 5
00:11:44

*Anders erinnert mich an mich selbst, als ich klein war.*
*Er ist so ernst.*
*Und ich glaube, er ist einsam.*
*Seine Schwester ist ganz anders.*
*Ein unerträgliches Kind.*
*Sie kann vor mir stehen und mir alle möglichen bohrenden Fragen stellen,*
*sie verlangt Antworten, als wäre das ihr Recht,*
*während sie mich herausfordernd ansieht, ihr Blick*
*weicht nicht aus, sie starrt mich nur frech an.*
*Sie ist so ein Kind, dem man am liebsten eine scheuern würde.*

Vier Tage später, am Freitag, dem 3. Mai, zog Kajsas Mutter zurück in die Abteilung 3B. Kajsa begegnete auf dem Gang Rolf Røren. Er schien ungewöhnlich gut gelaunt zu sein. »Jaja, es ist gut, wieder zur Normalität zurückzukehren«, sagte er und faltete die Hände vor seinem Bauch. Er sah aus wie ein Pastor.

»Was passiert jetzt?«, fragte Kajsa.

»Na ja, wohl nicht sehr viel, möchte ich meinen«, erwiderte er mit einem Lächeln.

»Meinen Sie nicht? Die Polizei ist doch sicher noch nicht fertig?«

»In dieser Abteilung werden sie nichts finden«, erwiderte Røren voller Überzeugung.

Kajsa fuhr ihre Mutter im Rollstuhl zurück in die Abteilung. Im Aufzug wimmelte es nur so von Patienten und Personal, das beim

Umzug half. Freddy Bøe und Mona Lycke vom Freundesverein Solgløtt waren ebenfalls da.

»Wurde aber auch Zeit«, sagte Mona. »Ich begreife nicht, wozu diese Umzieherei gut sein soll. Sie ist eine Belastung für die Patienten. Hätte die Polizei nicht ein bisschen mehr Rücksicht nehmen können?«

»Die brauchen wohl freien Zugang zu allem, ohne von Patienten und Personal umgeben zu sein«, sagte Kajsa.

»Wozu denn Zugang?«, schnaubte Mona. »Die behandeln uns allesamt wie Kriminelle.«

»Ja, ganz meine Meinung«, sagte Freddy Bøe. »Und ihr von der Presse seid kein bisschen besser. Alle diese Spekulationen ... so geht das doch nicht!«

Kajsa zog es vor, dazu nichts zu sagen.

Während ihrer Zeit in der anderen Abteilung schien die Mutter aufgelebt zu sein, ihr Blick war nicht mehr so abwesend, und sie antwortete nicht nur, wenn sie angesprochen wurde, sie hatte sogar angefangen, ihre eigenen Wünsche zum Ausdruck zu bringen. Ihr Körper wirkte nicht mehr so zusammengesunken, sie hatte neue Energie und Lebenslust bekommen.

Kåre stand mit ihnen zusammen im Fahrstuhl, er scherzte mit der Mutter. Es tat gut zu sehen, dass sie nun wieder über seine kindischen Witze lachte.

Vor dem Zimmer der Mutter begegneten ihnen auf dem Gang Erle und Martin. Kajsas schlechtes Gewissen versetzte ihr einen Stich. Sie hatte Martin schon lange nicht mehr besucht.

Erle schob ihn in dem großen Rollstuhl. Kajsa wollte auf ihn zugehen, hielt aber inne. Er saß mit offenen Augen da, starrte jedoch nur mit leerem Ausdruck vor sich hin.

Einmal hatte Kajsa Sturla Bjerke gefragt, wie es Martin ging. Sturla hatte den Kopf geschüttelt und gesagt: »Da ist nur selten jemand zu Hause.«

*

Die Mutter wollte im Sessel am Fenster sitzen. Kajsa holte Kaffee für sie beide und setzte sich zu ihr. »Jetzt ist Frühling«, sagte die Mutter und schaute hinaus.

»Ja, jetzt ist der Frühling gekommen.«

»Ich würde gern einen Spaziergang machen.«

»Du möchtest nach draußen?« Kajsa sah sie überrascht an. Die Mutter hatte seit Langem nicht mehr den Wunsch nach frischer Luft – oder nach irgendetwas anderem – geäußert.

»Klar gehen wir raus«, sagte Kajsa, »aber ich glaube, zu Fuß schaffst du das nicht. Ich hole einen Rollstuhl.«

»Ja, tu das«, sagte die Mutter. »Du bist so lieb zu mir, Kajsa«, fügte sie hinzu und lächelte.

In Kajsas Hals bildete sich ein dicker Kloß.

Die Mutter hatte schon lange nichts mehr in dieser Art gesagt.

Sie weiß, wer ich bin, sie sieht mich, sie hat mich lieb. Niemand darf ihr etwas tun!

*

Kajsa saß abends allein zu Hause und sah auf Kanal 4 einen Bericht, dass die Polizei ihre Untersuchungen im Solgløtt beendet hatte. Aber es gab eine Neuigkeit. Die Polizei veröffentlichte eine Suchmeldung. »Wir suchen nach der Person, die Ingrid Steffensen am Abend des 25. März besucht hat, am Tag, an dem sie unserer Einschätzung nach ermordet wurde. Wir haben keine Beschreibung dieser Person, wir wissen nicht, ob es ein Mann oder eine Frau war«, sagte Karsten.

Der Reporter fasste die Entwicklungen des Falls zusammen und fragte Karsten dann, warum die Information über diesen Besuch bei Ingrid erst fünf Wochen nach Beginn der Ermittlungen freigegeben worden sei.

»Diese Information stammt von einem Kind, das in Frau Steffensens Nachbarschaft wohnt. Dieses Kind glaubt, im Vorüberradeln gehört zu haben, wie Ingrid mit jemandem sprach. Diese Auskunft haben wir bei neuen Befragungen in Ingrid Steffensens Wohngegend erhalten«, antwortete Karsten.

»Wie ist es möglich, dass Sie nicht einmal wissen, ob es ein Mann oder eine Frau war?«

»Ganz einfach, weil das Kind diese Person nicht gesehen, sondern nur gehört hat, dass Ingrid die Tür öffnete und mit jemandem sprach. Wir bitten diese Person, sich bei der Polizei zu melden, und wir suchen auch andere Zeugen, die diese Person möglicherweise beobachtet haben, entweder in der Nachbarschaft oder in der Umgebung, vermutlich irgendwann zwischen 19 und 20 Uhr.«

Der Reporter berichtete nun, dass die Ermittler das Solgløtt verlassen hätten, aber alles, was dort beschlagnahmt worden sei, gründlich analysiert werde. »Wir haben eine ziemlich umfassende Sammlung an Material«, sagte Karsten.

Er wurde gefragt, von welcher Art Material hier die Rede sei, und er antwortete, es handele sich um alles vom Einkauf von Medikamenten über deren Verwendung über Krankenberichte – was die Sache aufgrund der Schweigepflicht besonders kompliziert mache – bis hin zu umfassenden neuen Vernehmungen von Patienten, Angestellten, derzeitigen und ehemaligen Angehörigen und anderen. Der Reporter fragte, ob Ingrid Steffensens Verdacht, jemand habe Patienten getötet, sich bestätigt habe oder entkräftet worden sei. »Es ist noch zu früh, sich dazu zu äußern«, sagte Karsten.

Kajsa hörte aufmerksam zu. Wen hatte Ingrid zu sich ins Haus gelassen?

In diesem Moment kam eine SMS von Karsten. *Kann ich vorbeikommen? Gerade Essenspause.*

Sie antwortete: *Ja! Garage ist offen, du kannst reinfahren und durch den Keller gehen.*

Sie ging nach unten, öffnete die Garage und ließ die Kellertür offen stehen. Sie und Karsten waren beide der Meinung, dass zunächst niemand etwas von ihrer Beziehung erfahren sollte. Kajsa war ja nicht nur Journalistin, für die er eine Quelle darstellen könnte, sondern auch Zeugin im Fall Ingrid.

Die Kinder schliefen zum Glück schon. Auch wenn sie Karsten mehrere Male begegnet waren, würden sie sich bestimmt darüber wundern, dass er, der mit Aksel zusammenarbeitete, nun Kajsa besuchte.

Sie verspürte ein vages Kribbeln im Bauch, als sie hörte, wie Karsten in die Garage fuhr. Gleich darauf kam er die Kellertreppe hoch. »Hallo«, sagte er und umarmte sie. Er holte tief Luft. »Du riechst nach Kajsa«, sagte er.

»Hunger?«, fragte sie lächelnd.

»Und wie!«, antwortete er.

»Kommt ihr weiter?«

»Ja.« Er lächelte sein Kein-Kommentar-Lächeln.

»Insulin?«

»Hm.«

»Aus Martins Kühlschrank ist Insulin verschwunden. Das weiß ich.«

»Hm«, sagte er noch einmal.

Kajsa lachte über ihn, und sie setzten sich an den Küchentisch. Es gab dünne Scheiben marinierten Lachs mit Kartoffeln und Salat. Er griff über den Tisch und drückte ihre Hand. »Du hast mir gefehlt.«

Sie füllten schweigend ihre Teller, dann sagte Kajsa: »Rolf Røren war heute strahlender Laune. Er scheint ganz sicher zu sein, dass ihr keine Unregelmäßigkeiten finden werdet.«

»Ach was?«, fragte Karsten.

»Keine Panik«, sagte Kajsa, »das ist keine Fangfrage. Ich war nur überrascht, weil er sich so ungeheuer sicher ist. Dazu hat er doch wohl keine Veranlassung, ihr seid ja noch nicht fertig?«

»Nein, es gibt noch viel zu tun.«

Kajsa schnitt sich ein Stück Lachs ab, bohrte die Gabel hinein und musterte es nachdenklich.

»Woran denkst du?«, fragte Karsten.

»Ich denke an Røren.«

»Ach?«

»Es ist nur, er wirkte so … irgendwie erleichtert.«

»Erleichtert?« Karsten nahm sich Salat. »Hm … erleichtert?«, wiederholte er. »Das ist doch ein Wort, das viel bedeuten kann.«

»Wie meinst du das?«

»Na ja, zuerst hast du ihn als ungeheuer sicher beschrieben. Jetzt sagst du erleichtert.«

»Ja?«

»Sicherheit kann man spielen, vortäuschen. Erleichterung ist etwas anderes; es ist schwieriger, sich erleichtert zu geben, es ist eher etwas, das man ist.«

»Ist das Polizeiwissen?«

»Ja, solche Beobachtungen von menschlichem Verhalten und Empfindungen sind in Vernehmungssituationen entscheidend. Aber eigentlich ist es normale Menschenkenntnis, genau so, als ob du Rørens Gefühle registrierst.«

»Aber was sagt dir das?«

»Überleg doch mal. Wann ist man erleichtert?«, fragte Karsten.

»Wenn man sich vor etwas gegraust hat und alles gut gegangen ist?«

»Ja, und wenn …?« Er zeigte mit der Gabel auf sie, dann hob er die Gabel an den Mund.

Kajsa sah, dass Karsten die Augen ein wenig zusammenkniff, er wirkte jetzt konzentriert, als ob er sich nicht mehr entspannte. *Jagdinstinkt,* dachte Kajsa und sagte: »Und wenn man Angst vor der Entdeckung hat, aber weiß, dass man davongekommen ist?«

»Genau.«

»Dann fühlt Røren sich also sicher, weil er denkt, er fliegt nicht auf, meinst du?«

»Ja. Und das wiederum bedeutet, dass er etwas zu verbergen hat.«

Nachdem Karsten gegangen war, packte Kajsa die Schultaschen für Thea und Anders, stellte einige Bücher weg, die noch auf dem Wohnzimmertisch lagen, sah sich den Wochenplan genauer an.

Die ganze Zeit dachte sie an Ingrid. Wer hatte sie an dem Sonntag besucht, an dem sie gestorben war? Hatte Røren etwas zu verbergen?

Sie ging durch das Haus, las Kleidungsstücke auf, die hier und da herumlagen, dachte, sie müsste den Abfall hinausbringen, aber sie wagte nicht, sich in der abendlichen Dunkelheit zu weit vom Haus zu entfernen.

Sie war kein bisschen müde, deshalb setzte sie sich mit dem Laptop aufs Sofa und ging auf Facebook. Sie hatte fünf neue Freundschaftsanfragen, die sie beantwortete. Dann wechselte sie zu Martins Seite. Sein Profilbild war eine Rose. Er hatte mehr als fünfhundert Freunde. Die meisten wussten sicher nichts über seinen Zustand. Verheiratet, drei Kinder, stand dort. Interessen: Film und Fußball. Lieblingsmusik: Supertramp. Ein scheinbar ganz normaler Familienvater. Er hatte seit über einer Woche nichts geschrieben, denn jetzt konnte er das nicht mehr. Ihr schlechtes Gewissen machte Kajsa noch immer zu schaffen. Morgen gehe ich zu ihm, dachte sie.

Plötzlich fiel ihr etwas ein, das er bei ihrem ersten Chat auf Facebook geschrieben hatte, darüber, dass Ingrid nicht zur Arbeit gekommen war. Sie sah sich ihren Nachrichtenaustausch an. Da stand es. Sie hatte gefragt, ob Ingrid etwas darüber gesagt habe, dass sie sich nicht wohlfühle, als sie am Tag, ehe sie nicht mehr zur Arbeit gekommen war, Kontakt gehabt hatten. *Nein, hat von der Tochter gesprochen, machte sich ihretwegen Sorgen. War außerdem sauer auf Røren, hat sich mit ihm gestritten.*

Nachdenklich betrachtete Kajsa den letzten Satz. Sie hatte geglaubt, Martin habe beobachtet, dass Ingrid geweint hatte, als sie vor dem Wochenende von der Arbeit nach Hause fuhr, weil sie sich im Solgløtt mit Røren gestritten hatte.

Ab und zu war es leicht, Martin misszuverstehen, weil er kurze, unvollständige Sätze schrieb. Hatte er womöglich gemeint, Ingrid habe sich am *selben* Tag mit Røren gestritten, an dem sie mit ihm auf Facebook geschrieben hatte, also am Sonntag?

Kajsa holte ihre Kamera und suchte alle Aufnahmen hervor. Sie legte eine Aufnahme ein und fing an zu spulen. Sie war sicher, dass sie mehrmals mit Martin über diesen Streit zwischen Ingrid und Røren gesprochen hatte. Sie spulte eine ganze Weile hin und her, bis sie das Gesuchte gefunden hatte.

Das Bild von Martins Rolltalk tauchte auf. Sie hörte ihre eigene Stimme sagen: »Ich habe Ingrid am Freitag gesehen, drei Tage, bevor sie nicht mehr zur Arbeit erschienen ist. Da hat sie geweint. Du hast gesagt, sie sei aufgewühlt gewesen, weil sie sich mit Røren gestritten hatte, am Sonntag, als du mit ihr auf Facebook geschrieben hast. Hat sie geweint, weil sie sich gestritten hatten, was meinst du?«

Kajsa beugte sich dichter über den kleinen Bildschirm der Kamera, um zu sehen, was Martin geschrieben hatte. *Ja, die haben mehrmals gestritten. Sie war total aufgewühlt. Auch an dem Tag, wie gesagt.*

Kajsa drückte auf den Pausenknopf und das Bild erstarrte.

*Auch an dem Tag, wie gesagt,* dachte Kajsa. *An welchem Tag? Haben sie sich am Sonntag gestritten, während ich Freitag angenommen habe? Vielleicht habe ich alles völlig missverstanden.*

*Ist Røren der Mann, nach dem die Polizei sucht?*

Tape 5
00:14:22

*Bibbi strahlt dieses Böse aus,*
*und ich sehe, wie es Kajsa zu schaffen macht.*
*Bibbi ist wie meine Mutter geworden, sie sieht nur sich selbst.*
*Bald wird Kajsa den Schmerz des Verlusts erfahren.*
*Ich kenne nur den Schmerz, nichts zu bekommen.*

»Ist es möglich, mit Martin zu kommunizieren?«

Kajsa traf Erle auf dem Gang der 3B, als sie am nächsten Tag zu seinem Zimmer lief.

»Ja, ab und zu«, sagte Erle. »Manchmal antwortet er mit einem Blinzeln. Einmal für ja. Und keine Reaktion bedeutet nein oder weiß nicht.«

»Kann ich zu ihm?«

»Natürlich, da wird er sich sehr freuen«, sagte Erle. »Aber setz dich so, dass er dich sehen kann«, fügte sie hinzu.

Martin saß auf seinem üblichen Platz im Rollstuhl vor dem Fernseher. Aber er erwiderte ihren Blick nicht im Spiegel und bewegte den Kopf nicht, als sie sich zu ihm setzte. *Er sieht mich nicht,* dachte sie und schob ihren Stuhl so, dass sie direkt vor ihm saß. »Hallo, Martin«, sagte sie und nahm seine Hand. Es war schwer, seinen Blick zu deuten, und seinem Gesicht fehlte jede Mimik. Jetzt konnte man nicht mehr erkennen, was er dachte oder fühlte.

»Erle sagt, du kannst dich durch Blinzeln verständigen. Stimmt das?«

Keine Reaktion. Einige Sekunden verstrichen. Kajsa wartete. Ein Augenlid zitterte ein wenig. Sie wartete wieder. Dann blinzelte er langsam.

»Super!«, sagte Kajsa und drückte seine Hand. »Mir ist da ein Gedanke gekommen, und ich muss dich etwas fragen. Wolltest du sagen ...« Sie unterbrach sich, überlegte. Zuerst musste sie ihm eine andere Frage stellen. »Hat jemand ...« Sie suchte nach Worten. »Hat jemand dir etwas getan?«

Sie wartete lange, aber Martin blinzelte nicht. Bedeutet das nein oder weiß nicht? »Bedeutet das nein?«, fragte sie laut.

Keine Reaktion.

»Bedeutet das weiß nicht?«

Martin blinzelte langsam. *Ja.*

»Du weißt also nicht, was passiert ist, als es dir so schlecht ging. Vielleicht weißt du das nicht, weil du dich nicht erinnerst?«

Wieder ein Blinzeln.

»Ich muss dich noch etwas anderes fragen«, sagte Kajsa. »Weißt du noch, dass du mit Ingrid auf Facebook geschrieben hast, an dem Tag, ehe sie nicht mehr bei der Arbeit aufgetaucht ist, am Sonntag?« Kajsa wartete gespannt auf Martins Reaktion. Nach zwei Sekunden zwinkerte er.

»Schön. Du hast erzählt, sie hätte sich mit Røren gestritten. War das an dem Tag, an dem du mit ihr gesprochen hast? Hat sie sich an dem Sonntag mit ihm gestritten?«

Martins Augenlid hob und senkte sich langsam.

»War er da bei ihr zu Hause?«

Kajsa hielt voller Spannung den Atem an. Beide Augenlider zuckten ein wenig, dann bewegten sie sich wieder.

»Bist du ganz sicher? War er bei Ingrid zu Hause, an dem Tag, ehe sie nicht mehr zur Arbeit gekommen ist, Martin?«

Seine Augenlider antworteten: *Ja.*

*

Kajsa sah, dass ihre Mutter im Wohnzimmer saß, begrüßte sie aber nur kurz, bevor sie zu ihrem Auto rannte und Karsten anrief. Er hörte ihr schweigend zu. »Okay«, sagte er dann. »Wir müssen mit Martin sprechen, wir brauchen seine Bestätigung. Und …«

Kajsa fiel ihm ins Wort. »Ich weiß schon, Karsten, kein Wort im Fernsehen!«, sagte sie mit einem Lächeln in der Stimme.

»Ja. Okay?«

»Ich bin nicht blöd, ich hab's verstanden.«

Sie sagte, »Bis dann«, blieb mit den Händen auf dem Lenkrad sitzen, ohne den Motor anzulassen. Eine Gruppe von Jungen trainierte auf dem Fußballplatz. Kajsas Blick wanderte weiter über den Parkplatz, eine Frau, die sie kannte – auch eine der Angehörigen von der 3B – kam aus dem Haupteingang und lief durch den Nieselregen zu ihrem Wagen.

Kajsa schaute an der Fassade des Pflegeheims hoch. Plötzlich sah sie, wie Røren an das Fenster seines Büros trat. Kajsa blieb still sitzen und musterte ihn. Er stand lange dort und schien die Kinder auf dem Fußballplatz zu beobachten.

Tape 5
00:17:22

*Nachts sehe ich am klarsten,*
*wenn es dunkel und still ist.*
*Dann kommen sie zu mir und rufen, ich sei hässlich und dumm,*
*alle, denen ich so oft eine helfende Hand gereicht habe.*
*Ihre Stimmen klingen genau wie die von Mutter, voller Verachtung.*
*Und ihre Augen werden wie ihre, boshaft.*
*Aber hinter ihren Stimmen läuten die Kirchenglocken:*
*Dann weiß ich, dass Gott mir einen neuen Auftrag erteilt hat.*

An den folgenden Tagen sprach Kajsa nicht mit Karsten. Er hatte ihr per SMS mitgeteilt, dass er das ganze Wochenende durcharbeiten müsse. Sie ging davon aus, dass Røren zur Vernehmung geholt worden war, aber sie rief deshalb niemanden bei Kanal 4 an. Das hatte sie Karsten schließlich versprochen.

Es war ihr erstes Wochenende ohne die Kinder.

Seit Aksels Auszug hatte sie auf dem Wohnzimmersofa geschlafen, wenn Anders und Thea bei ihm waren. Aber sie versuchte wirklich, sich umzustellen. Am Sonntagabend fasste sie einen Entschluss: Sie *musste* wieder im Schlafzimmer schlafen, wenn sie allein war.

Am Schlafzimmerfenster hatte sie eine Feuerleiter anbringen lassen, sie schloss die Tür ab, lag aber bis tief in die Nacht hinein wach und lauschte auf Geräusche im Haus.

Um drei Uhr fuhr sie aus dem Schlaf hoch. Sie hatte geträumt, in einem fensterlosen Kellerraum eingeschlossen zu sein. Ihr Nachthemd war schweißnass. Plötzlich glaubte sie, auf der Treppe in den ersten Stock Schritte zu hören. Kajsa sprang aus dem Bett, riss das Fenster auf und kletterte die Leiter hinunter.

Sie stand draußen in der kalten Nacht und fror. Schließlich ging sie um das Haus herum, überprüfte Fenster und Türen. Alle waren fest verschlossen, niemand hätte ins Haus gelangen können. Schließlich holte sie aus der Garage den Reserveschlüssel und ging wieder hinein. Wie immer brannten die Lampen in allen Zimmern, sie schaltete sie niemals aus, wenn sie schlafen ging. Sie legte sich aufs Sofa, machte den Fernseher an und sah für den Rest der Nacht CNN. Erst als das Tageslicht heraufzog, fühlte sie sich sicher und schlief ein.

Schon als sie sich am Montag ins Auto setzte, um zur Arbeit zu fahren, war sie nervös, wenn sie daran dachte, dass sie in ein leeres Haus zurückkehren würde. Die Vorstellung, wieder nachts allein zu sein, machte ihr sogar körperlich zu schaffen. Dieser Gedanke verfolgte sie den ganzen Tag, und das vertraute leichte, aber harmlose Zittern, das sie vor einer Direktsendung immer verspürte, artete in ein bisher nicht gekanntes und beunruhigendes Beben aus. Als die Titelmelodie der Nachrichten im Studio erklang und die Vignette über den Bildschirm huschte, holte sie energisch Luft.

Konzentrier dich darauf, was du jetzt zu tun hast, denk nicht an später, ermahnte sie sich.

Sie las Überschriften, kündigte den ersten Beitrag an und studierte den weiteren Sendeplan, während der Beitrag lief. Es folgten noch fünf Kommentare, ein ganzer Block *Tod und Elend:* Zwei Autounfälle, in Harstad und Arendal, eine Messerstecherei in Oslo, eine Verurteilung wegen Drogenschmuggel und eine Vergewaltigung in Førde. Sie musste fünfmal fünfundzwanzig Sekunden lang Bilder kommentieren. Wie lange dauert das bloß?, dachte sie. Die Sekunden strömten durch den Kopf, mündeten in ein Meer von Zeit: Zwei Minuten und fünf Sekunden.

Und da kam ihr der Gedanke: *Ich schaffe das nicht.* Sie wusste nicht, warum sie so dachte, sie hatte doch jede Menge Live-Erfahrung, sie konnte in Direktübertragungen minutenlang reden, sie konnte die Zeit wirklich mit sich selbst füllen. »Zehn Sekunden«, sagte der Produzent. Sie holte Luft. »Fünf, vier, drei, zwei, eins, bitte sehr!«, sagte er, und sie begann den Text zu lesen, der auf dem Lesegerät neben der Kamera auftauchte. Sie versuchte, sich nichts anmerken zu lassen. Sie drückte mit dem Fuß auf das Pedal, das den Text abrollen ließ, sie las weiter, bis nach unten. Dann tauchte der zweite Kommentartext auf, und sie dachte: *Mir bleiben noch anderthalb Minuten. Ich schaff das nicht.* Sie geriet außer Atem, sie vergaß das Atmen, sie atmete zu viel, sie schwitzte, ihre Beine zitterten, sie trat zu fest auf das Pedal, der Text lief zu schnell nach unten, sie täuschte einen Hustenanfall vor, schaute auf das Papier, das vor ihr lag und auf dem derselbe Text stand, hustete noch einmal, versuchte, normal zu atmen, einige Sekunden vergingen, sie las weiter, ihre Stimme war dünn und seltsam geworden.

»Huste ruhig noch ein bisschen«, sagte der Produzent in ihrem Ohr; er dachte, ihr sei etwas in den falschen Hals geraten.

Noch fünfundvierzig Sekunden. *Ich schaff das nicht. Ich werde als Erste in einer Direktsendung im norwegischen Fernsehen zusammenbrechen. Ich muss weg hier, ich muss raus, ich kann eine Ohnmacht vortäuschen, nein, ich muss gehen, ich kann nie zurückkommen, ich ruiniere alles, meine Karriere …* Das dachte sie, während der Text weiterrollte und sie vorlas. Sie hatte keine Ahnung, was. Die Studiowände rückten enger an sie heran. Sie saß ganz allein in einem fensterlosen Raum. Sie war eingesperrt, gefangen.

*Noch ein Kommentar,* dachte sie, *nur noch einer, fünfundzwanzig Sekunden, dann ist es vorbei.* Und gerade in diesem Moment, als sie begriff, dass sie sich dem Ende näherte, dass nur noch einige Sekunden ausstanden, war der Anfall vorbei und ihre Stimme wieder normal. Als ihr Gesicht nun auf dem Bildschirm zu sehen war, hielt sie sich die Hand vor den Mund und räusperte sich, um zu betonen, dass ihr etwas in den falschen Hals geraten sei, dann lächelte sie bedauernd in die Kamera, sagte »Entschuldigung« und redete weiter.

Aber ihr war gar nichts in den falschen Hals geraten.

*

Danach weinte sie auf der ganzen Fahrt nach Hause. Sie musste sich dazu zwingen, ins Haus zu gehen, und dann brach sie auf dem Sofa zusammen. Sie blieb die ganze Nacht dort liegen. Am nächsten Morgen um acht rief sie ihre Hausärztin an und bekam sofort einen Termin. Seit ihrer letzten Schwangerschaft war sie nicht mehr bei ihr gewesen.

»Hallo, Kajsa, hereinspaziert«, sagte die Ärztin und ging vor ihr ins Sprechzimmer. Als sie die Tür geschlossen hatte, sah sie Kajsa forschend an. »Geht es … na ja … nicht so gut?«

Kajsa ließ sich auf den Stuhl neben dem Schreibtisch fallen. Die Ärztin blickte sie schweigend an. Kajsa versuchte, den Kloß in ihrem Hals hinunterzuschlucken. »Ich … ich …«, sagte sie schließlich. »Aksel ist ausgezogen.«

»Ach? Aber wie geht es *Ihnen*?«, fragte die Ärztin freundlich.

»Ich … die Kinder sind jede zweite Woche bei Aksel, und dann bin ich …«

»Dann sind Sie allein im Haus«, stellte die Ärztin fest, die sofort begriffen hatte, was das bedeutete, sie kannte Kajsa gut.

»Ja.« Kajsa hörte selbst, wie jämmerlich ihre Stimme klang. Sie räusperte sich und wiederholte: »Ja.« Dann erzählte sie, wie die letzten Wochen gewesen waren, wie die Angst vor dem Alleinsein sie bis ins Fernsehstudio verfolgt hatte.

Die Ärztin tippte etwas in den Computer ein. Eine ganze Weile lang war nur das Klicken zu hören. Dann schaute sie vom Bildschirm auf. »Ich verschreibe Ihnen ein mildes Beruhigungsmittel, etwas zum Schlafen«, sagte sie. »Sie brauchen Schlaf.« Sie druckte das Rezept aus. »Es ist völlig in Ordnung«, sagte sie, »Angst zu haben. Sie sind an einem Punkt in Ihrem Leben angelangt, wo Weglaufen nichts mehr nützt. Vielleicht ist es an der Zeit, innezuhalten, die Probleme anzugehen«, sagte sie. »So können Sie nicht weitermachen. Ich habe Sie für drei Wochen krankgeschrieben«, fügte sie hinzu. »Hier ist der Name eines guten Psychologen.« Sie reichte Kajsa einen Zettel.

Kajsa verließ die Praxis und dachte:

*Ich habe Angst davor, zu Hause zu sein.*

*Ich habe Angst davor, im Studio zu sein.*

*Ich habe Angst davor, dass Mama etwas passiert.*

*Ich habe Angst davor, Angst zu haben.*

*Jetzt gibt es bald nichts mehr, wovor ich Angst haben könnte.*

Tape 5
00:19:13

*Ich denke viel an Anders.*
*Heute habe ich ihm einige Bücher mitgebracht,*
*aus Opas Bibliothek.*
*Er war total vertieft,*
*genau wie Erland,*
*wie ich, als Opa gestorben ist*
*und ich mich in sein Arbeitszimmer geschlichen habe.*
*Ich bin mir sicher, dass Anders die Stille aus dem Haus vertreiben kann,*
*genau wie Erland es getan hat.*

Am nächsten Tag, am frühen Nachmittag, war die Hauptmeldung von *Nettavisen,* dass ein leitender Angestellter des Pflegeheims lange von der Polizei vernommen worden sei. Die Zeitung schrieb, aller Wahrscheinlichkeit nach werde Untersuchungshaft beantragt. Kajsa nahm an, dass die Polizei bald die zweiundsiebzig Stunden ausgeschöpft hatte, dann mussten sie Røren entweder in Untersuchungshaft nehmen oder laufen lassen.

Karsten wollte die Behauptungen der Zeitung weder bestätigen noch dementieren, er blieb zurückhaltend und sagte nur: »Zum jetzigen Zeitpunkt können wir nicht ins Detail gehen, aber uns liegen neue Informationen vor, welche die Ermittlungen in eine entscheidende Phase führen.«

In diesem Moment klingelte das Telefon. Es war Anders. »Ich möchte nach Hause«, sagte er. Sie hörte einen Anflug von Weinen in seiner Stimme. »Thea übernachtet bei einer Freundin, kann ich nicht nach Hause kommen?«, fragte er.

»Natürlich kannst du das, Herzchen«, sagte sie.

»Kannst du das Papa sagen?«

»Sicher.«

Aksel kam ans Telefon. »Ich habe Anders gesagt, dass du bei der Arbeit bist und dass …«

»Ich bin zu Hause«, fiel sie ihm ins Wort.

»Zu Hause? Bist du krank?«

»Nur ein bisschen«, sagte sie. »Anders kann gern herkommen.«

»Er muss langsam einsehen, dass er nicht …«, begann Aksel irritiert.

»Lass ihn, Aksel«, sagte sie müde.

Einige Sekunden der Stille folgten. »Okay«, sagte er dann und legte auf.

*

Kajsa setzte sich mit dem Laptop an den Küchentisch und wartete auf Anders. Sie fühlte sich besser bei dem Gedanken daran, dass er kommen würde. Aber dieses Gefühl verflog, als sie die Schlagzeile von *VG Nett* las: ENDLICH OFFEN ÜBER SEINE SEXUELLE ORIENTIERUNG.

Kajsa las weiter:

*»Es ist eine Erleichterung, offen zu sagen, wer ich bin.« Das sagt der Designer Niklas Gudmundsen, der mit dem konservativen Politiker und Staatssekretär Petter Skoglund eine registrierte Partnerschaft eingegangen ist. Gudmundsen ist der älteste Sohn des verstorbenen Fischereiministers Bernt Gudmundsen, der sich kürzlich das Leben genommen hat.*

*Skoglund ist Staatssekretär im Fischereiministerium und läuft parteiintern unter dem Spitznamen der Stratege, da er so oft als Planer der*

*Parteistrategie eine wichtige Rolle gespielt hat. Skoglund wird eine große Zukunft als Politiker vorhergesagt, seit er den Schritt vom Mann im Hintergrund und Organisator zum Staatssekretär gemacht hat. Inzwischen gehört er zu den gefragtesten Gästen bei den großen politischen Debatten in Rundfunk und Fernsehen.*

Was zum Henker? Gudmundsens Sohn ist homosexuell? Und mit Petter Skoglund zusammen? Wie lange läuft das wohl schon? Langsam ging Kajsa die Bedeutung auf: Wenn Gudmundsen jr. keine Beziehung zu Skoglund hatte eingehen können, weil sein Vater homosexuelle Beziehungen strikt ablehnte, gab das Skoglund ein Motiv, Gudmundsen *zu erledigen.*

Was hatte sich hinter den Kulissen bei Familie Gudmundsen abgespielt, zwischen dem Fischereiminister und seinem Staatssekretär? Vielleicht hatte Skoglund Niklas Gudmundsen sogar über dessen Vater kennengelernt?

In diesem Moment hörte sie die Haustür, dann rief Anders nach ihr. Sie lief in den Flur hinaus. Aksel stand auf der Treppe, er kam nicht herein. »Du siehst nicht so gut aus«, sagte er und musterte sie forschend. »Was fehlt dir denn?«

»Einfach allgemeines Unwohlsein, ich brüte wohl irgendwas aus«, log sie. »Aber trotzdem kann Anders bis morgen hierbleiben, dann sehen wir weiter.«

»Aber er …«

»Ja, ich weiß, Aksel. Ich rede mit ihm.«

»In Ordnung, aber das darf nicht zur Gewohnheit werden«, sagte er, stellte Anders' Schultasche ab und ging die Treppe hinunter.

»Du«, sagte Kajsa.

Aksel blieb stehen und drehte sich um. »Ja?«

»Ich … es tut mir schrecklich leid, dass ich … na ja, du weißt. Schrecklich leid.«

Aksel sagte nichts dazu. *Er wartet sicher darauf, dass ich Klartext rede, gestehe, das richtige Wort für das benutze, was ich getan habe,* dachte sie. Also sagte sie, was er erwartete: »Weil ich ... dich geschlagen habe. Ich war nicht ich selbst, ich habe vorher in meinem ganzen Leben noch niemanden geschlagen. Ich war so verzweifelt, ich wusste nicht ...«

»Man schlägt nicht einfach zu.«

»Nein ... aber wenn man gerade abstürzt, dann ...« Sie sah ihn nicht an und fügte hinzu: »Aber das ist keine Entschuldigung. Verzeih mir. Das ist mein Ernst.«

Aksel fuhr sich über die Stirn. »Na gut«, sagte er und ging weiter die Treppe hinunter.

»Aksel ...«

Er blieb auf halber Höhe stehen und drehte sich um.

»Ich ... ich habe dich mit einer Frau gesehen, am Bahnhof ...«

»Ja?«

»Ist das ...?«

»Eine Kollegin«, sagte er.

»Ach?«

»Ja. Und du?«

»Ich ... ich treffe mich ab und zu mit Karsten.«

»Karsten, ja«, sagte er. »Surprise«, fügte er bissig hinzu.

»Wie meinst du das?«

»Wenn du noch einmal die Wahl hättest, dann würdest du dich für Karsten entscheiden«, sagte er. »Das habe ich immer gewusst.«

»Jetzt bist du ungerecht. So ist das nicht. Ich ...«

Sie wurde von Anders unterbrochen, der ins Wohnzimmer gegangen war und nach ihr rief.

»Mama! Dein Telefon klingelt!«

Aksel ging und Kajsa lief ins Wohnzimmer, griff nach dem Telefon, das Anders ihr hinhielt, und blickte aufs Display. Der Anruf kam aus dem Solgløtt. Sie spürte, wie sich aus Angst um ihre Mutter ihr Zwerchfell zusammenkrampfte. Warum riefen sie an? Das taten sie nur, wenn etwas passiert war!

Die Anruferin war die Schwesternhelferin Rakel Muri. Sie bat Kajsa, ins Pflegeheim zu kommen, die Mutter hatte nach ihr gefragt.

»Kåre ist tot«, fügte sie hinzu.

*

Kajsa zitterte, als sie sich mit Anders ins Auto setzte und zum Pflegeheim fuhr. Mehr als sonst. Nicht nur, weil sie Angst davor hatte, was sie dort erwartete, sondern auch, weil der Artikel über Niklas Gudmundsen und Petter Skoglund sie in eine Übelkeit erregende Benommenheit versetzt hatte. Sie konnte ja nicht wissen, ob das, dessen Konturen sie hier erahnte, zutraf: Dass sie von Petter Skoglund benutzt worden war, in einem Versuch, Bernt Gudmundsen unter Druck zu setzen oder sich sogar an ihm zu rächen, weil er seinen Sohn gezwungen hatte, seine Homosexualität zu verbergen. Was zur Folge hatte, dass Petter Skoglund keine Beziehung zu Niklas Gudmundsen haben konnte, jedenfalls keine öffentliche.

Bernt Gudmundsen hatte die Beziehung zu Carina Verpe nicht kommentiert, und alle hatten das für ein Eingeständnis gehalten. Verpe dagegen war von einem Journalisten und einem Fotografen überrumpelt worden, als sie ihre fünf Jahre alte Tochter im Kindergarten ablieferte. Ihr Bild auf der Vorderseite von *Dagbladet* war nicht besonders ansprechend, denn sie hatte die beiden angeschrien, die Geschichte über ihr Verhältnis mit Gudmundsen sei gelogen.

Kajsa sah die Bilder von Gudmundsen und Verpe vor sich, die sie verwendet hatte. Hatten die beiden sich wirklich geküsst? Du hast mein Wort, hatte Skoglund gesagt. Und sie hatte sich auf ihn verlassen. Aber warum war er so streng gewesen, hatte fast bedrohlich gewirkt, als er mit eindringlicher Stimme zu ihr sagte: »Du darfst niemals – wirklich niemals – verraten, von wem du die Bilder hast«?

Sie hatte es Geir Hermansen trotzdem erzählt. Auch er hatte sich auf Skoglund verlassen. Dass Skoglund die Quelle war, hatte sogar dazu beigetragen, dass sie den Bericht brachten.

Sie lief mit Anders an der Hand ins Pflegeheim, rannte die Treppen hoch und durch die Tür zur 3B. Mona Lycke und Freddy Bøe vom Freundeskreis saßen mit einigen Bewohnern im Aufenthaltsraum vor dem Fernseher. Kajsa eilte an ihnen vorbei und weiter zum Zimmer ihrer Mutter, atmete kräftig durch, aus und ein, ein und aus. Dann öffnete sie die Tür und ging hinein.

Die Mutter lag im Bett und weinte. Nein, sie weinte nicht, sie heulte. Sie bebte am ganzen Leib. Tora Cappelen beugte sich über sie, hielt sie mit aller Kraft fest. Es war ein grauenhafter Anblick. »Verdammt! Beruhigen Sie sich doch!«, zischte sie. Dann bemerkte sie Kajsa. »Holen Sie jemand!«, rief sie.

Kajsas erste Eingebung war, Tora wegzustoßen. Selbst wenn ihre Mutter sich querstellte, vermochte sie sich mit ihrem schwachen Körper doch kaum zur Wehr zu setzen. So viel Machtanwendung war ja wohl nicht nötig. Tora war rot im Gesicht. Sie sah wütend aus. Kajsa merkte, wie Anders ihr Handgelenk umklammerte – er sah die Großmutter und die Schwesternhelferin mit großen Augen an –, und sie schickte ihn ganz schnell hinaus auf den Gang. »Warte hier mal kurz«, sagte sie. Dann lief sie ins Stationszimmer und rief, sie müssten kommen, rannte dann vorbei an Anders und zurück zu ihrer Mutter.

Mehrere vom Personal kamen angelaufen, jemand verpasste der Mutter eine Spritze. Kajsa sah hilflos zu. Dann beruhigte sich die Mutter und sank zurück auf ihr Kissen.

»Kåre«, flüsterte sie kaum hörbar.

»Ja, ich weiß«, sagte Kajsa und nahm ihre Hand.

Rakel Muri trat ein. »Es ist heute Vormittag passiert«, flüsterte sie Kajsa zu. »Ich weiß nicht, wie Ihre Mutter davon erfahren hat, wir haben versucht, es vor ihr geheim zu halten.«

»Aber es schien ihm doch gut zu gehen?«, flüsterte Kajsa zurück.

»Er hatte wieder einen Schlaganfall«, erklärte Rakel.

Kajsa nahm aus der Nachttischschublade ihrer Mutter ein Taschentuch und tupfte ihr Wangen und Augen ab. »Aber, aber, nicht weinen«, sagte sie. »Ich bin doch hier, und ich bleibe bei dir.«

Anders kam herein und ging zu seiner Großmutter. »Bist du traurig?«, fragte er. Bibbi gab keine Antwort, sie sah ihn nur ausdruckslos an. Sie weiß nicht, wer er ist, dachte Kajsa.

»Vielleicht solltest du Oma einen Kuss geben«, sagte sie.

Anders beugte sich vor und legte seine Wange an Bibbis. Bibbi schloss für einige Sekunden die Augen, dann öffnete sie sie wieder und schaute Kajsa an. »Nimm mich in den Arm«, sagte sie schläfrig. Kajsa feuchtete ihr die Lippen mit einem Waschlappen an, zog die Schuhe aus und legte sich auf das Bett. Sie legte den Arm um die Mutter, zog sie sanft an sich.

So dünn, nur Haut und Knochen, nichts mehr von ihr übrig. Ist jetzt bald Schluss?

Sie sah Anders an. Er hatte sich in den Sessel beim Fenster gesetzt. »Spiel doch solange ein wenig auf deinem Nintendo«, sagte sie. »Jetzt geht es Oma gut. Ich bleib nur ein bisschen hier liegen«, flüsterte sie. »Ist das in Ordnung?«

Anders nickte.

»Aber, aber, Mama, alles wird gut«, sagte sie dann, streichelte die Haare ihrer Mutter und dachte: *Was ist mit Kåre passiert? Es muss eine natürliche Erklärung geben. Røren ist ja gar nicht im Haus.*

*Was bin ich müde. Erschöpft, viel zu erschöpft, ich kann einfach nicht mehr.*

Tape 5
00:22:19

*Vermutlich kenne ich die meisten Gefühle, die ein Mensch haben kann:*
*Scham, Minderwertigkeitsgefühl, Unterwürfigkeit, Hass.*
*Deshalb ist diese Kraft, diese Macht, die ich verspüre, wenn ich jetzt mit anderen Menschen zusammen bin, ungewohnt und neu.*
*Aber hier zu Hause ist alles wie immer: Still. Ganz still.*
*Daran muss ich etwas ändern.*
*Ich sehne mich danach, dass es so wird, wie es war,*
*als Erland hier war.*

Kajsa war eingeschlafen; als sie die Augen aufschlug, wusste sie nicht sofort, wo sie sich befand. Als Erstes sah sie die Uhr an der Wand. Es war fast sieben. Sieben? Sie fühlte sich steif und verkrampft, die Mutter lag auf ihrem Arm, der eingeschlafen war. Sie zog ihn vorsichtig hervor, bewegte ihn und stand auf.

Anders. Sie schaute sich um. Der Sessel, in dem er gesessen hatte, war leer. Sie ging zum Stationszimmer. Dort saßen zwei vom Personal und tranken Kaffee. Eine von ihnen war Lill, die junge Schwesternhelferin, die sie im Café in Asker getroffen hatte, als sie mit Hanne unterwegs gewesen war.

»Habt ihr Anders gesehen?«, fragte sie.

Die beiden schüttelten den Kopf. »Ich dachte, der wäre bei Ihnen im Zimmer?«, erwiderte Lill.

»Das war er auch, aber ich habe mich zu meiner Mutter gelegt, sie wollte in den Arm genommen werden, und dann bin ich eingeschlafen. Als ich aufgewacht bin, war er nicht mehr da.«

»Vielleicht sitzt er im Aufenthaltsraum und sieht fern oder spielt mit Freddy Karten, das tut er doch oft?«, meinte Lill.

»Nein«, sagte der andere, ein junger Mann, von dem Kajsa wusste, dass er ab und zu einsprang. »Ich war eben erst da. Freddy und Mona sind nach Hause gegangen.«

»Dann drehe ich mal eine Runde und suche nach ihm«, sagte Kajsa.

Sie lief von Zimmer zu Zimmer, obwohl Anders wohl kaum in ein anderes Zimmer gehen würde. Sie fand ihn nicht. Sie stand allein auf dem langen hellblauen Gang in dem scharfen, grellen Licht. Es roch nach irgendeinem starken Reinigungsmittel, das den Geruch von alten Menschen ohne Kontrolle über ihre Körperfunktionen überdeckte. Hinter einer geschlossenen Tür hörte sie eine zitternde Frauenstimme rufen: »Kann mir jemand helfen?« Sie sah nicht nach, wie sie es sonst immer tat, wenn die Station abends kaum besetzt war.

Immer mit der Ruhe. Überlegen. Wohin könnte er gegangen sein? Kajsa kehrte ins Zimmer ihrer Mutter zurück. Die schlief noch immer. Sie trat ans Bett, legte ihr die Hand auf die Stirn, die sich feucht und kühl anfühlte. War sie krank? Atmete sie nicht zu schnell? Kajsa sollte jemanden rufen, um eine Untersuchung bitten.

*Ich muss zuerst Anders finden, dann kann ich mich um Mama kümmern. Sie ist alt, andere passen auf sie auf. Anders ist klein.*

*Vielleicht ist Martins Sohn hier? Sie spielen miteinander. Ja, so muss es sein.* Sie lief zu Martin. Der sah sich die Fernsehnachrichten an. Sie stellte sich vor ihn. »Hast du Anders gesehen?«, fragte sie.

Martin sah sie ausdruckslos an. Sein Mund stand noch weiter offen, der Speichel tropfte auf den Lappen auf seiner Brust. Er blinzelte langsam. Das bedeutete ja.

»Du hast ihn gesehen? Im Spiegel an der Wand, hast du ihn draußen auf dem Gang gesehen?«

Neues Blinzeln.

»War er allein?«

Blinzeln.

»Hast du gesehen, wohin er gegangen ist?«

Keine Reaktion. *Martin weiß nicht, wo er ist,* dachte sie. *Aber er hat ihn draußen auf dem Gang gesehen.* »Ich muss ihn suchen«, sagte sie und lief aus dem Zimmer.

*Vielleicht ist er irgendwo eingesperrt, er kann auf eine kleine Entdeckungsreise im Krankenhaus gegangen sein, in ein Zimmer, irgendwer kann von außen die Tür abgeschlossen haben, ohne zu wissen, dass Anders drinnen ist. Ja, bestimmt ist so etwas passiert.*

Aber das beruhigte sie nicht. Anders war nicht so. Thea schon, die konnte auf die Idee kommen, auf eigene Faust loszuziehen, daraus ein spannendes Spiel zu machen, eine Expedition.

Aber nicht Anders. Das machte sie so nervös. Es sah ihm nicht ähnlich. Er war immer verantwortungsbewusst, brav. Ein ängstliches, verletzliches Kind, das sich nicht einfach unüberlegt in ein Abenteuer stürzte, ein Kind, das Geborgenheit und immer wieder Bestätigung brauchte, dass es alles richtig machte.

Deshalb fand er nicht so leicht Freunde. Er war ein einsamer kleiner Junge. Das hatte sie erst im vergangenen Sommer richtig begriffen.

Sie waren am Strand einigen Jungen aus seiner Klasse begegnet. »Komm mit, wir wollen zum Ponton rausschwimmen«, sagte einer. »Ich … ich hab gerade erst gebadet«, sagte Anders. Kajsa dachte: *Warum sagt er das? Das stimmt doch gar nicht.*

»Nun komm schon«, sagte einer der Jungen.

»Nerv ihn nicht, der ist ein Weichei«, sagte ein anderer. Dann liefen die Jungen zum Steg und sprangen ins Wasser. Anders saß einfach nur da und sah ihnen zu. Er hatte die Arme um die Beine geschlungen, stützte das Kinn auf die Knie, ließ die Jungen nicht aus den Augen. Kajsa bemerkte, dass seine Lippen zitterten. Dann legte er sich hin, deckte sich mit dem Handtuch zu, kehrte ihr den Rücken zu, rollte sich zusammen. »Frierst du?«, hatte sie gefragt und seine Haare gestreichelt. »Soll ich mit dir baden gehen?« Er hatte ihr keine Antwort gegeben.

Weichei? Sahen die anderen ihn so? Als einen, der nie mitspielen wollte? Er hätte sicherlich schreckliche Angst, wenn er irgendwo eingesperrt wäre.

Kajsas Puls wurde schneller. Wo kann er sein?

Sein Telefon! Hatte er sein Handy bei sich? Sie wusste es nicht. Sie zog ihr eigenes hervor und wählte seine Nummer. In Gedanken flehte sie ihn an: Antworte doch! Bitte! Aber er meldete sich nicht. Sie legte erst auf, als sie seine Stimme auf dem Anrufbeantworter hörte. »Hallo, hier ist Anders. Ich habe gerade zu tun, aber hinterlass eine Nachricht, wenn du Lust hast, dann rufe ich so bald wie möglich zurück. Bis dann!«, sagte er wie ein kleiner Erwachsener.

Kajsa lief die Treppe hinab. Auf halber Höhe kam ihr ein Mann entgegen.

»Haben Sie einen zehn Jahre alten Jungen gesehen?«, fragte sie.

Der Mann schüttelte den Kopf.

»Mit blauem Basecap?«

»Nein, leider nicht«, erwiderte der Mann.

»Und blauem Kapuzenpulli?«, fragte sie weiter, als ob sie glaubte, das könne helfen. »Blonde Haare?«

Aber der Mann schüttelte immer nur den Kopf.

Sie lief in die Abteilung im dritten Stock und stieß auf eine Pflegerin, die Anders auch nicht gesehen hatte. Die Frau versprach, Bescheid zu sagen, wenn sie ihn entdeckte. Kajsa rannte weiter, von einer Abteilung zur anderen, redete mit allen, lief Treppen hoch,

Treppen hinunter, hinüber in den anderen Flügel, von Etage zu Etage.

Ihr Puls beschleunigte sich noch weiter, ihr Herz hämmerte, hart und schwer, sie rang um Atem und lief weiter. Sie war gut in Form, sie joggte zwei-, dreimal pro Woche, aber jetzt fühlte sie sich wie am Ende eines Marathons.

Anders war nirgendwo. Niemand hatte ihn gesehen.

*Natürlich ist er hier. Um diese Zeit sind nur wenige bei der Arbeit, sie sind unterbesetzt, sie haben viel zu tun, sie sind in den Zimmern, er kann vorbeigegangen sein, ohne dass jemand ihn gesehen hat.*

*Wo war ich noch nicht? Im Keller, was ist da unten? Was für Räume gibt es in einem Pflegeheim? Waschküche? Kühlraum? Lager? Heizungskeller?* Sie lief die Treppen wieder hinunter, diesmal ins Souterrain.

Die Leuchtröhren flackerten an der Decke, als sie den Schalter an der Kellerwand fand. Sie lauschte. Alles still. Sie öffnete die erste Tür. Eine Waschküche mit einer riesigen Waschmaschine und einem ebenso großen Wäschetrockner. Oben an der Wand waren einige kleine Fenster, sie lagen auf derselben Seite wie der Haupteingang. Kajsa schaute in alle Ecken, hinter die Geräte, drückte sogar auf einige große schwarze weiche Säcke.

*Was mache ich hier? Als ob Anders in einem Sack stecken könnte!* Sie öffnete eine Tür, die in einen weiteren Raum führte, eine Art Maschinenraum, mit Geräten mit Lämpchen und Schaltern, großen Rohren, alles war in ein silberfarbenes Material eingewickelt, das aussah wie dicke Alufolie. Der Raum war offenbar schallisoliert, keine Fenster, keine Möglichkeit, sich zu verstecken.

Kajsa kehrte in den Gang zurück, öffnete die Tür auf der gegenüberliegenden Seite. Zu ihrer Überraschung hatte dieser Raum große Fenster zum Garten. An der Querwand hingen große Spiegel, es sah aus wie eine Art Fitnessraum, aber darin standen keine Trainingsgeräte, nur einige rote und blaue Matten waren in eine Ecke geworfen worden.

Sie lief weiter. In mehreren Räumen standen alte Büromöbel, einer war vollgestellt mit Betten und allerlei Hilfsmitteln wie Rollstühlen, Rollatoren und Gehböcken, ein Bettwäschelager.

Hatte sie wirklich geglaubt, dass er hier sein könnte? Nein.

Kajsa ging wieder hinaus auf den Gang. Dort gab es noch eine Tür, die sie nicht überprüft hatte. Jetzt sah sie, dass zwei Schilder an der Wand hingen. *Kapelle. Bahrenraum.* Wurden die Toten hierhergebracht, ehe das Bestattungsunternehmen sie abholte? Zögerlich griff sie nach der Türklinke.

Die Tür führte ans hintere Ende der Kapelle. An der einen Längswand befanden sich große Fenster, die auf den Garten hinausgingen, in der Mitte war eine große Glastür, dahinter lag ein Kiesweg. Sicher für den Leichenwagen.

Ganz vorn im Raum befand sich ein kleiner Altar mit zwei Kerzenhaltern und einer aufgeschlagenen Bibel, flankiert von zwei großen Messingleuchtern. Vor dem Altar war ein niedriger Tisch, bedeckt mit einem grünen Spitzen-Samttuch. Es stand kein Sarg darauf, aber es war deutlich, wozu dieser Tisch genutzt wurde. An der anderen Längswand stand ein Klavier. Zwischen dem Sargtisch und Kajsa waren ungefähr ein Dutzend Stühle aufgereiht.

Gleich neben ihr, an der Rückwand, hing ein Vorhang, ebenfalls aus grünem Samt. Sie schob ihn zur Seite und betrat einen Gang mit einer Tür zum Garten und einer, die offen stand; dahinter konnte sie eine Toilette und ein Waschbecken sehen. Daneben war eine geschlossene breite und stabile Tür. An der Wand hing ein Schild, daneben ein Schlüssel. *Bahrenraum,* stand darauf.

Das war also der Bahrenraum, hier wurden sicher die Toten aufbewahrt.

*Anders ist ganz bestimmt nicht dort,* dachte sie, aber dennoch nahm sie den Schlüssel vom Haken und versuchte, ihn ins Schloss zu stecken. Ihre Hand zitterte, sie musste lange probieren, ehe sie den Schlüssel umdrehen konnte. Dann drückte sie auf die Klinke, musste Kraft dazu aufwenden. Als Erstes sah sie einen Leichnam, der in ein weißes Laken gehüllt auf einer Art Schiebekarren lag. Einen großen Leichnam. *Kåre,* dachte sie, *der ist ja gerade gestorben.* Es gab noch einen Karren mit einem Leichnam, für mehr war im Raum kein Platz. Dieser Leichnam war viel kleiner. Eine Frau, eine kleine Frau. Kajsa spürte, wie die Kälte durch ihre Kleider drang, und sie zitterte noch mehr. Als sie gerade die Tür wieder aufschieben wollte, hielt sie mitten in der Bewegung inne. Der Gedanke tat so weh, dass es ihr den Atem verschlug. Der kleine Körper. In ein Laken gewickelt. Wie klein war er? Sie hatte ihn eigentlich nur erahnen können, denn sie hatte kein Licht gemacht.

Gütiger Gott, hilf mir. Sie öffnete die Tür wieder.

Sie machte noch immer kein Licht, sondern riss die Tür sperrangelweit auf. Das Licht aus dem Flur beleuchtete den ganzen Kühlraum. Es waren nur zwei Schritte bis zum Fußende.

Was mache ich jetzt?

Ich will das Gesicht nicht sehen. Ich kann mir die Füße ansehen.

Sie streckte die Hand aus, griff nach dem Laken. Es war eiskalt unter ihren Fingern. Sie schlug vorsichtig mehrere Stoffschichten beiseite. Ein Fuß war zu sehen.

Ein alter Fuß.

*

Kajsa stürzte aus dem Bahrenraum, knallte energisch die Tür zu, hängte den Schlüssel wieder auf, rannte durch die Kapelle und hinaus auf den Gang. Dort blieb sie stehen und lehnte sich an die Wand.

Er ist hier irgendwo. Es gibt eine Erklärung.

Jetzt sitzt er oben in der 3B und wartet auf mich.

Sie lief zurück, alle Treppen hoch, nahm zwei Stufen auf einmal.

Er wartet auf mich. Er fragt sich, wo ich bin. Ja, so ist es. Sie stürzte durch die Tür zur Abteilung. »Ist er wieder da?«, fragte sie atemlos, als ihr Lill begegnete.

Lill schüttelte den Kopf.

»Ist er nicht hier?« Kajsa schlug die Hand vor den Mund, versuchte, das Schluchzen zu unterdrücken, das bei jedem Atemzug hinauswollte. Sie war so sicher gewesen, hatte sich davon überzeugt, dass er auf sie wartete.

Lill nahm sie beim Arm und führte sie ins Stationszimmer. »Hat er ein Handy?«, fragte sie.

Kajsa nickte.

»Haben Sie ihn angerufen?«

Kajsa nickte wieder. »Keine Antwort«, sagte sie und presste die Lippen aufeinander, atmete schwer durch die Nase.

»Versuchen Sie es noch einmal«, sagte Lill.

Kajsa machte sich an ihrem Telefon zu schaffen, ihre Hände zitterten, ihre Fingerspitzen prickelten, als sie die Nummer eingab. Sie hielt das Telefon ans Ohr, hörte das Klingeln, wartete, hielt den Atem an.

Antworte, Herzchen, antworte. »Hallo, hier ist Anders, ich kann …«

Kajsa ließ das Telefon zu Boden fallen.

Lill hob es auf und führte sie zu einem Stuhl. »Bestimmt ist er hier irgendwo, Sie werden schon sehen.«

Kajsa sah auf die Uhr an der Wand des Stationszimmers. Nach acht. Großer Gott! Wo ist er? Wie lange ist er schon verschwunden? Wie spät war es, als ich eingeschlafen bin? Fünf? Halb sechs? Sechs?

Sie wusste es nicht. Doch, bestimmt war er hier irgendwo eingeschlafen.

»Vielleicht hatte er das Warten satt und ist einfach nach Hause gegangen«, sagte Lill.

*Nach Hause? Anders? Nein, auf die Idee wäre er nie gekommen,* dachte Kajsa.

»Sie sollten jedenfalls nachsehen«, meinte Lill.

»Er ist hier! Er würde nie nach Hause gehen, ohne Bescheid zu sagen. Er ist nicht so!« Ihre Stimme klang hysterisch, das hörte sie selbst.

»Alles klar, ganz ruhig jetzt, lassen Sie uns überlegen. Was soll ich tun?«

»Sie müssen … Sie müssen … ich weiß nicht.«

»Ich rufe Sturla Bjerke an. Der vertritt Røren als Abteilungsleiter.«

»Ja, bitte«, sagte Kajsa. Sie stand auf und ging zum Waschbecken, drehte den Wasserhahn auf, füllte die Hände mit lauwarmem Wasser, wusch sich das Gesicht. Dann nahm sie eine Papierserviette und trocknete ihr Gesicht, wischte sich die Wimperntusche ab, die über ihrer Wange zerlaufen war, und hörte, wie Lill mit Sturla telefonierte. »Er ist spurlos verschwunden«, sagte Lill gerade.

*Spurlos verschwunden. Genau das ist er. Nicht mehr da. Überlegen, nicht in Panik geraten, es gibt eine natürliche Erklärung, eine ganz natürliche. Bald ist er wieder hier, bald drücke ich ihn an mich und sage: Ich hatte solche Angst um dich, wo hast du gesteckt? Ich werde nicht böse auf ihn sein. Nur froh.*

Sie trat hinaus auf den Gang. Schaute zu der Tür hinüber, die in die Abteilung führte. Bald wird er zur Tür hereinkommen, als ob nichts passiert wäre, und fragen: Fahren wir jetzt nach Hause?

Kajsa blieb stehen, die Arme hingen schlaff an den Seiten herab. Ihr ganzer Leib fühlte sich benommen an. Jetzt kommt er. Bald.

Aber der Gang war leer. Im nächstgelegenen Zimmer hörte sie jemanden wimmern. Anders, dachte sie und stürzte hinein. Aber im Bett lag nur ein alter Mann. Er sah sie mit traurigen Augen an, sein Gesicht war verzerrt. Er versuchte, etwas zu sagen, aber aus seinem offenen Mund kamen nur unverständliche Geräusche. Er hatte sich erbrochen. Es stank. Kajsa drehte sich der Magen um. Ihre Hände waren klebrig und feucht, sie wischte sie an den Oberschenkeln ab, fuhr sich mit der Hand durch die Haare, brach in kalten Schweiß aus, innerlich aber brannte sie. Sie ließ den alten Mann zurück, schloss die Tür und lehnte sich an die Wand. Sie wollte heulen, schreien, davonlaufen, aber sie konnte sich nicht bewegen.

*Er kommt nicht. Etwas ist passiert. Es gibt keine natürliche Erklärung für sein Verschwinden. Anders verschwindet nicht einfach so. Anders geht nicht weg, ohne Bescheid zu sagen. Etwas Entsetzliches ist passiert.* Sie schlug die Hände vors Gesicht. Sie bebte am ganzen Leib.

*Jetzt falle ich.*

»Kommen Sie!« Lill legte den Arm um sie, brachte sie zurück ins Stationszimmer und setzte sie in einen Sessel. »Sturla ist schon unterwegs«, sagte sie.

*Das ist gut. Sturla weiß, was wir tun müssen.*

Tape 5
00:29:39

*Anders stand im Zimmer seiner Großmutter am Fenster*
*und sah den Fußball spielenden Jungen zu.*
*Ich schlug vor, dass er rausgehen könnte, er kannte nämlich einen von ihnen.*
*Ich versprach, Kajsa Bescheid zu sagen.*
*Aber als die Jungen aufhörten, eilte ich hinaus und sagte, Kajsa habe gefragt, ob er mit mir nach Hause kommen dürfe, denn Bibbi sei zu krank und Kajsa müsse bei ihr bleiben.*
*Okay, sagte er.*
*Er hat so viel Vertrauen zu mir,*
*er mag mich, das spüre ich.*
*Wenn ich ein Kind hätte,*
*wäre dieses Kind wie Anders.*

Sturla Bjerke streifte die Jacke ab und warf sie über einen Stuhl. Dann ging er vor Kajsa in die Hocke, nahm ihre Hände. »Kajsa, versuchen Sie, einen klaren Kopf zu bewahren. Sagen Sie mir, was passiert ist. Wann haben Sie Anders zuletzt gesehen? Wo haben Sie gesucht?«

Kajsa nahm das Papiertaschentuch, das er ihr hinhielt, putzte sich die Nase, wischte sich über die Augen und erzählte ihm alles.

»Wir müssen eine richtige Suchaktion organisieren«, sagte Sturla, als sie fertig war. Er richtete sich auf und griff nach dem Telefon auf dem Schreibtisch.

Kajsa hörte ihn reden, er rief mehrere Menschen an, sprach darüber, alle Abteilungen zu durchsuchen. »Ich habe den Hausmeister verständigt, er wohnt gleich nebenan. Er kennt sich am besten hier im Gebäude aus, er weiß, ob es Räume gibt, die wir nur selten oder nie aufsuchen. – Wir finden ihn«, sagte er ruhig.

»Nein«, sagte Kajsa. »Er ist nicht hier.«

»Wie können Sie da so sicher sein? Kinder gehen gern auf Entdeckungsreise. Vielleicht hat er sich gelangweilt und hat eine Runde gedreht, oder er ist müde geworden, hat sich irgendwo hingesetzt, ist eingeschlafen. Sie werden sehen, bald ist er wieder da«, sagte er und legte Kajsa die Hand auf die Schulter.

»Und wenn nicht?«, fragte Kajsa.

»Na, wir wollen uns nicht zu früh Sorgen machen. Haben Sie gecheckt, ob er nicht nach Hause gegangen ist?«

»Nein. Er würde nie auf die Idee kommen, allein nach Hause zu gehen, während ich hier bin, das müssen Sie doch begreifen!« Ihre Stimme klang aufgebracht.

»Vielleicht sollten Sie das trotzdem überprüfen?«

»Zu Hause ist niemand.«

»Hat er einen Schlüssel?«

»Ja.« Kajsa erhob sich. Sie fühlte sich gerädert. »Sie haben recht, ich muss das überprüfen. Auch wenn es absolut unvorstellbar ist«, sagte sie kleinlaut.

Sturla kam zu ihr, legte ihr den Arm um die Schultern. »Ich kann verstehen, dass Sie Angst haben, aber alles wird gut, da bin ich sicher.«

»Rufen Sie an, wenn …?«

»Natürlich.«

*

Kajsa rief vom Auto aus an, konnte Anders aber nicht erreichen.

*Es gibt eine natürliche Erklärung. Natürlich gibt es die. Es ist sehr seltsam, dass ich ihn nicht gefunden habe, das ist alles; nichts Gefährliches ist passiert. Vielleicht hat es ihm Angst gemacht, dass Mama geschrien hat und so schrecklich aufgeregt war? Oder er hatte das Warten satt und ist eben doch nach Hause gegangen. Er hat doch keine Angst davor, allein zu Hause zu sein, und jetzt sitzt er dort und wartet auf mich.* Ja, so muss es sein. Aber warum geht er nicht ans Telefon?

Sie hielt vor dem Haus, sprang aus dem Auto und lief mit zwei Schritten die Treppe hoch. Abgeschlossen! *Na gut, aber das ist ganz natürlich, ich habe ja gesagt, dass er abschließen soll, wenn er allein zu Hause ist.* Sie suchte mit steifen Fingern in ihrer Tasche nach dem Schlüssel. Himmel, die war vielleicht vollgestopft, unmöglich, irgendetwas zu finden. Typische Frauenhandtasche. *Wo ist der verflixte Schlüssel?* Sie wühlte fieberhaft, fand ihn aber nicht. Ob sie klingeln sollte? Nein, sie wollte ihn nicht erschrecken. Vielleicht war er auf dem Sofa eingeschlafen. Wie spät war es wohl? Sie wusste es nicht. Sie kippte den gesamten Inhalt der Tasche auf die Treppe. Da! Da war der Schlüssel! Sie rammte ihn ins Schloss, drehte ihn um, öffnete die Tür und rief: »Anders! Bist du hier?« Sie versuchte, ihre Stimme normal klingen zu lassen. Das gelang ihr nicht.

Keine Antwort. *Bestimmt schläft er.*

Sie rannte ins Wohnzimmer und rief dabei immer wieder seinen Namen, sah, dass sein Telefon auf dem Wohnzimmertisch lag.

Sie lief die Treppe hoch, sah in allen Zimmern im ersten Stock nach, dann im Keller. »Anders! Anders!«

In diesem Moment klingelte das Telefon in ihrer Manteltasche. Sie erkannte die Nummer des Pflegeheims und drückte mit zitternden Fingern die grüne Taste. Jetzt haben sie ihn gefunden! »Ist Anders ...?«, fragte sie.

Es war Sturla. »Wir haben überall gesucht, hier ist er nicht«, sagte er.

*Er ist nicht da.*

»Wo ist er dann?«, schrie sie.

Sturla sagte etwas, aber sie hörte es nicht. Nahm nur ihren eigenen Pulsschlag im Trommelfell wahr, sie schloss die Augen. *Er ist nicht da. Ihm ist etwas zugestoßen. Anders. Mein Kind. Verschwunden.*

»Kajsa!«, rief Sturla ins Telefon.

Sie hielt den Atem an.

»Kajsa! Haben Sie mit Ihrem Mann gesprochen?«, fragte er.

Aksel. Sie musste Aksel anrufen. Vielleicht war Anders zu Aksel gegangen. Nein, dann hätte Aksel ihr doch Bescheid gesagt. Oder nicht?

»Nein«, schluchzte sie. »Ich mach das jetzt.«

Tränen und Rotz flossen, ihre Hand zitterte, sie konnte das Display kaum erkennen, als sie Aksels Nummer heraussuchte.

»Hallo, hier Aksel«, meldete er sich.

*Warum sagte er das? So hatte er noch nie einen Anruf von ihr entgegengenommen. So förmlich. Sah er nicht, dass sie es war?* Warum dachte sie darüber nach? Komplett unwichtig.

»Hallo«, sagte sie. Sie unterdrückte ihre Schluchzer, die ihr in der Kehle steckten, fest wie ein Pfropfen, der das Sprechen verhinderte. Sie brachte keinen Ton heraus und atmete schwer durch die Nase.

»Was ist los, Kajsa?« In Aksels Stimme lag jetzt Besorgnis.

»Es ist … es ist …« Dann kam nichts mehr.

»Was?«

»Anders!«, presste sie hinaus.

»Was ist mit Anders?« Aksels Stimme erinnerte an einen Angstschrei.

»Er ist … er ist … weg«, antwortete sie weinend.

»Weg? Wieso weg? Was soll das heißen?« Aksels Stimme klang auf einmal zornig.

*Er ist böse auf mich. Das ist meine Schuld.*

»Er war bei mir … bei Mama, im Pflegeheim, ich … kann ihn nicht finden«, sagte sie.

»Wo bist du jetzt?«

»Zu Hause.«

»Ich komme.«

*Aksel kommt. Aksel wird Anders finden. Alles wird gut, gemeinsam finden wir ihn.*

Tape 6
00:00:12

*Es tut gut, in diesem Haus zu sein.*
*Was für eine Vorstellung; nur weil ein Kind hier liegt und schläft.*
*Aber zugleich ist es auf eine seltsame Weise ganz logisch:*
*Denn wenn endlich ein glückliches Kind in diesem Haus schläft,*
*in meinem alten Bett, in meinem Kinderzimmer,*
*dann haben die bösen Menschen verloren.*
*Lasset die Kindlein zu mir kommen, steht in der Bibel,*
*und weshalb?*
*Weil sie ganz rein sind, natürlich.*
*Jetzt ist das Haus rein.*

Plötzlich stand Aksel in der Wohnzimmertür. »Er kann doch nicht einfach verschwinden?«, sagte er atemlos. »Wo warst *du* denn?« Seine Stimme klang vorwurfsvoll.

Kajsa saß auf dem Sofa, vornübergebeugt, die Arme um den Leib geschlungen. Nach und nach erzählte sie, was passiert war, es klang unzusammenhängend. Aksel warf hier und da eine Frage ein. Als sie fertig war, zog er sein Telefon hervor und wählte eine Nummer.

Eine halbe Stunde später kam Karsten. *Ihn hat Aksel also angerufen,* dachte Kajsa. Karsten stand in der Wohnzimmertür und sah sie an. Sie wich seinem Blick aus.

Aksel war im Zimmer hin und her gelaufen, während sie warteten. Dann hatte er im Pflegeheim angerufen. Er hatte ihr davon nichts gesagt, aber sie konnte es dem Gespräch entnehmen. Er schien mit mehreren Leuten zu reden, vielleicht mit Sturla oder dem Hausmeister. Kajsa fragte nicht nach. Es spielte keine Rolle, mit wem er redete, sie konnten ja doch nicht das sagen, was sie hören wollte.

»Ich kann einfach nicht begreifen, wie das passieren konnte«, sagte Aksel. Seine Stimme klang fremd. Sie hatte ihn noch nie so erlebt. Als ob er kurz vor dem Zusammenbruch stünde. Aksel war ein Mann, der nie zusammenbrach.

»Wie konntest du einschlafen und zulassen, dass Anders …?«, fragte er und musterte Kajsa mit hartem Blick.

»Aksel …«, begann sie, aber er redete einfach weiter. »Ich begreife das einfach nicht. Du hättest ja wohl …«

Karsten fiel ihm ins Wort. »Aksel, hör auf. Das ist nicht Kajsas Schuld.«

*Karsten steht auf meiner Seite. Er verteidigt mich. Aber Aksel hat recht. Es ist eben doch meine Schuld.*

Aksel rieb sich das Gesicht. »Was macht ihr denn jetzt?«, fragte er wütend und sah Karsten an.

»Wir durchsuchen als Erstes das Pflegeheim und die nähere Umgebung. Das Wahrscheinlichste ist doch, dass er irgendwo eingeschlossen worden ist, im Haus oder in einem Gebäude in der Nähe. Es wäre nicht das erste Mal, dass so etwas geschieht«, sagte er ruhig.

*Die Polizistenstimme,* dachte Kajsa. Karsten stand da in seiner Lederjacke, erfüllte das Zimmer mit Ruhe und Autorität. *Karsten findet Anders,* dachte sie.

»Und dann geben wir eine Vermisstenmeldung heraus«, sagte er.

*Anders gilt als vermisst.*

*Erland galt als vermisst. Aber er war tot,* fiel ihr ein.

Tot. Das Wort lag schon seit Stunden in ihr auf der Lauer. Sie fror. Anders könnte bereits tot sein. Kajsa legte sich auf die Seite, zog die Beine an.

»Ich rufe Hanne an«, sagte Aksel.

»Ja, tu das«, hörte sie Karsten sagen.

Aksel ging hinaus in die Küche, und Karsten kam zu ihr und setzte sich auf die Sofakante.

Er drückte ihre Hand. »Wir werden Anders finden«, sagte er.

*

Hanne kam und Aksel fuhr zum Pflegeheim. »Ich muss etwas tun«, sagte er verbissen. »Ich will beim Suchen helfen.«

Hanne nahm ihre Hände. »Alles wird gut«, sagte sie. »Die finden ihn ganz bestimmt.«

*Warum sagen das alle, wo sie es doch nicht wissen?,* dachte Kajsa. Sie stand auf und ging hoch in Anders' Zimmer. Hanne stieg hinter ihr die Treppe hinauf. »Ich will allein sein«, sagte Kajsa über die Schulter.

Auf seinem Schreibtisch stand ein großes Legoraumschiff. Es war fast fertig, die letzten verbliebenen Steine lagen daneben auf der Tischplatte. Sie nahm einen. Wo gehörte der wohl hin? Sie hatte keine Ahnung. Sie hätte niemals ein Raumschiff bauen können.

Wie geschickt er war!

Vielleicht würde das Raumschiff niemals ganz fertig werden?

Sie setzte sich auf sein Bett, schloss die Hand so fest um den Legostein, dass es wehtat. Dann legte sie sich hin. Er hatte gerade erst neue Bettwäsche bekommen. Er hatte die alte zu kindlich gefunden. Sie waren bei IKEA gewesen, und er hatte sich selbst eine aussuchen dürfen. Die neue Bettwäsche war dunkelblau und hatte große Kreise. Sie sah zu seinem Radiowecker hinüber. Es war fünf vor zehn.

*Es ist Abend. Zehn Jahre alte Kinder schlafen jetzt. Ob er wohl irgendwo schläft? Hat er Angst? Ruft er nach mir? Ist er mit jemandem zusammen? Was passiert mit ihm?* Sie dachte all diese bösen Gedanken. *Ist Anders tot? Tot wie Erland? Liegt er irgendwo draußen, so wie Erland? Nein!,* schrie sie in Gedanken.

Sie streckte die Hand aus, schaltete das Radio ein. Zehn Sekunden später erklang die Erkennungsmelodie der Nachrichten, und gleich darauf kam die Suchmeldung: »Die Polizei sucht in Asker nach einem zehn Jahre alten Jungen. Der Junge war mit seiner Mutter zu Besuch im Pflegeheim Solgløtt, als er verschwunden ist. Er trug Jeans, einen blauen Kapuzenpullover und ein blaues Basecap. Die Polizei bittet alle, die den Jungen gesehen haben, umgehend Kontakt aufzunehmen.« Dann sprach eine Reporterstimme weiter: »Vor vier Wochen wurde ein anderer zehnjähriger Junge, Erland Stiansen, in Asker vermisst gemeldet und wenig später in der Nähe des Bahnhofs Asker tot aufgefunden. Erland hatte auf dem Platz beim Alters- und Pflegeheim Solgløtt Fußball gespielt. In diesem Pflegeheim arbeitet Ingrid Steffensen, die vor sechs Wochen in Asker ermordet aufgefunden wurde. Ein leitender Angestellter des Heims ist während der letzten Tage mehrmals ausgiebig von der Polizei vernommen worden. Der nun vermisst gemeldete Junge war zu Besuch in der Abteilung, in der Ingrid Steffensen gearbeitet hat. Die Polizei will sich nicht dazu äußern, ob womöglich ein Zusammenhang zwischen diesen beiden Fällen und dem Verschwinden des zehnjährigen Jungen heute aus dem Solgløtt besteht.«

»Hier.« Hanne stand in der Tür und reichte ihr ein Glas Wasser. In der anderen Hand hatte sie eine Pille. »Nimm die hier.«

»Nein, ich will nicht«, antwortete Kajsa. »Ich will klar im Kopf sein, wenn sie anrufen.«

»Aber ich sitze am Telefon«, sagte Hanne.

»Nein«, wehrte Kajsa mürrisch ab und drehte sich zur Wand. »Ich will allein sein.«

Hanne schloss leise die Tür. Kajsa blieb liegen und sah auf die Uhr. *Ich will allein sein. Ich habe keine Angst vor dem Alleinsein, nicht davor, hier im Haus zu sein, nicht davor, auf die Terrasse hinauszugehen, nicht davor, dass Mama etwas passiert. Ich habe nur Angst um Anders. Nur um Anders.*

»Wie wäre es für Sie, Anders zu verlieren, was meinen Sie?« Kajsa hörte die Stimme von Erlands Mutter. Was hatte sie ihr noch geantwortet? »Es wäre nicht zu ertragen.« Sie hatte gedacht, genau so würde sie empfinden. »Ich verstehe, wie Ihnen zumute ist«, hatte sie hinzugefügt. Bodil Stiansen hatte sie spöttisch gemustert. »Nein, das tun Sie nicht. Nur wer das erlebt hat, weiß, wie es ist.«

Sie hatte recht. *Erst jetzt weiß ich, wie sie sich gefühlt hat, als Erland nicht nach Hause kam.*

Kajsa bohrte ihr Gesicht ins Kissen. Es roch nach Anders. Sie rollte die Decke zusammen, legte die Arme darum, drückte sie mit Armen und Beinen an sich und wiegte sich langsam hin und her, während sie mit ruhigen Bewegungen über die Decke strich, so, wie sie es oft bei Anders gemacht hatte, wenn er nicht schlafen konnte, weil er traurig war. Warum, hatte sie meistens nicht erfahren. Er wollte nicht darüber sprechen.

Es wurde elf, halb zwölf, zwölf. Nichts passierte. Sie lag in derselben Stellung da, wartete darauf, dass das Telefon klingelte. Aber nichts geschah. Hanne schaute in regelmäßigen Abständen herein. Kajsa stellte sich schlafend.

*Warum ruft niemand an?*

*Weil es nichts zu berichten gibt.*

*

Um ein Uhr nachts hörte Kajsa die Haustür. Ihre Arme und Beine waren steif, nachdem sie so lange in derselben Stellung gelegen hatte, aber sie lief die Treppe hinunter.

Aksel stand im Wohnzimmer, er hatte seine Jacke nicht abgelegt. Sie sah ihn an. *Er ist so alt geworden,* dachte sie. *Als er ausgezogen ist, wirkte er noch nicht so alt. Ist er heute, an diesem Abend, so gealtert?*

Er machte eine resignierte Handbewegung und holte tief Luft. »Anders ist vor dem Solgløtt jemandem begegnet.«

»Ja?«

»Er hat mit einigen Jungen Fußball gespielt. Einer von denen war Kjell aus seiner Mannschaft.«

»Und?«, fragte Kajsa ungeduldig.

»Er hat erzählt, dass sie sich gegen sechs getrennt haben. Dann sind er und die anderen nach Hause gegangen, und Anders hat erzählt, dass er seine Oma im Solgløtt besucht.«

»Und?«

»Kjell sagt, er glaubt, dass Anders vor dem Pflegeheim jemandem begegnet ist.«

»Wem denn?«

»Das wissen wir nicht. Noch nicht.«

»Frau? Mann?«

»Unklar. Kjell glaubt, dass es ein Mann war.«

»Wer kann das gewesen sein?«

»Die Polizei geht der Sache nach.«

*Karsten geht der Sache nach,* dachte sie. *Karsten findet Anders.*

Anders hatte Fußball gespielt. Auf demselben Platz wie Erland.

## SEIT ZWÖLF STUNDEN VERMISST

Kajsa lag die ganze Nacht in Anders' Bett. Das war der einzige Ort, an dem sie sein wollte.

Am nächsten Morgen stand sie um sechs auf. Sie hatte nicht geschlafen, aber sie fühlte sich nicht müde, nur steif und wie gerädert.

Aksel lag schlafend auf dem Sofa.

Was hatte er für ein Glück, dass er schlafen konnte, nicht denken musste.

Kajsa ging ins Badezimmer, blieb unschlüssig stehen und schaute in den Spiegel.

*Ich will nicht weinen. Ich will stark sein, wenn dieser Tag kommt.*

Danach betrat sie leise die Küche, schloss die Schlafzimmertür. Aksel sollte so lange wie möglich schlafen.

Sie setzte Kaffee auf.

Als ob das eine ganz natürliche Handlung, als ob es ein ganz normaler Morgen wäre.

Sie blieb stehen und sah die Kaffeemaschine an. Als der Kaffee fertig war, goss sie sich einen Becher ein, setzte sich an den Küchentisch, machte den Fernseher an und wartete auf die erste Nachrichtensendung.

Anders war der Aufmacher. Ein Bild von ihm füllte den gesamten Bildschirm aus. Es war im vergangenen Sommer im Gebirge aufgenommen worden. Sicher hatten sie es von Aksel bekommen. Anders lächelte in die Kamera und hielt eine frisch gefangene Forelle hoch.

Kajsa presste sich die Hand auf den Bauch. Ihr Herz war dorthin gerutscht.

TV2 hatte nichts Neues zu berichten. Sie konzentrierten sich vor allem auf die Parallelen zu Erlands Verschwinden. Sie zeigten ein Bild von Erland, das auf seinem Grabstein zu sehen war und zu Hause bei seinen Eltern auf der Kommode stand, und Bilder vom Fußballplatz beim Solgløtt. Sie fassten noch einmal den Fall zusammen, von Erlands Verschwinden bis zu dem Moment, an dem er beim Bahnhof Asker gefunden worden war, sie zeigten Bilder von der Fundstätte, das von der Polizei aufgestellte Zelt, die Absperrbänder; alles, was sie selbst dort gesehen hatte.

*Ist es wieder passiert?* Dieser Gedanke drängte sich in jeden Nerv, am Ende gab es nur noch ihn.

Sie klickte sich zu *VG Nett* durch. *Neuer Erland-Fall befürchtet,* hieß es dort. *Weiterer Junge in Asker vermisst,* schrieb *Dagbladet.* In beiden Berichten wurde betont, dass Anders und Erland auf dem Platz beim Solgløtt Fußball gespielt hätten und Ingrid Steffensen in der Abteilung, wo Anders sich aufgehalten habe, angestellt gewesen sei.

Um kurz nach acht klingelte es an der Haustür. Es war Karsten. »Ist Aksel hier?«, fragte er.

»Ja, er schläft. Im Wohnzimmer«, sagte sie.

»Wie geht es dir?«

Sie beugte sich zu ihm. »Okay«, log sie. Karsten zog sie an sich, streichelte ihre Haare. Sie ging vor ihm in die Küche. Er sah müde aus. »Hast du geschlafen?«, fragte sie.

»Nein. Schlafen kann ich später. Erst muss ich Anders finden«, sagte er.

»Glaubst du ...?«

»Wir werden ihn finden«, sagte er verbissen.

»Wie kannst du so sicher sein?«

Er lächelte wehmütig. »Polizeiliche Intuition.«

Aksel stand in der Tür. »Was Neues?«, fragte er und gähnte. Er hatte Kissenabdrücke auf der Wange.

»Ja, eben hat eine Frau angerufen, die sagt, dass ihre sieben Jahre alte Tochter Ingvild … sie geht in Theas Klasse?«, fügte er fragend hinzu. Kajsa nickte. »Ingvild hat wohl gestern Abend zu ihr gesagt, sie hätte Anders gesehen. Das ist ihr heute wieder eingefallen, als sie die Nachrichten gehört hat, dass Ingvild jemandem zugewinkt und gesagt hat, das sei Theas Bruder.«

»Wann war das?«, fragte Aksel ungeduldig.

»Gestern Abend so zwischen sechs und halb sieben.«

»Und wo war das?«

»In einem Verkehrskreisel im Zentrum von Asker.«

»Was war es für ein Auto?«

»Das wissen wir nicht.«

»Farbe?«

»Wissen wir nicht genau, dunkel, meint die Kleine. Die Mutter hat das Auto nicht bemerkt.«

»Was wisst ihr also?«

»Nur dass diese Ingvild sicher ist, dass das in dem Auto Anders war. Er hat ihr zugewinkt, und sie hat gesagt, dass er ein blaues Basecap trug. Und das stimmt doch.«

Niemand sagte etwas. Kajsa dachte: *Ist das gut? Oder ist das eine schlechte Nachricht?* Dann fragte sie laut: »Und was macht ihr?«

»Na ja.« Karsten zögerte. »Wir halten uns alle Möglichkeiten offen. Aber ich glaube, er ist mit jemandem mitgegangen.«

»Freiwillig?«

»Vielleicht. Hätte er gelächelt und dieser Ingvild zugewinkt, wenn er Angst gehabt hätte?«

»Nein … aber vielleicht hat er nicht gelächelt und gewinkt, sondern gerufen und gewinkt, weil er Hilfe brauchte. Ingvild ist doch erst sieben.«

»Ja, deshalb dürfen wir uns nicht nur auf eine Theorie konzentrieren. Wir haben den Suchbereich erweitert, ihn öffentlich als vermisst gemeldet, wir haben …«

»Jemand hat ihn mit sich gelockt«, fiel Kajsa ihm ins Wort. »Aber er ist doch so vorsichtig, mit Fremden würde er niemals mitgehen.«

»Kajsa hat recht«, sagte Aksel. Er hatte die Hände hart ineinander verschränkt. Kajsa sah, dass seine Fingerknöchel weiß waren. *Er versucht, ruhig zu bleiben,* dachte sie.

»Er ist so … so brav, unser Anders«, sagte Aksel. »Er überlegt sich immer alles genau, ist keiner, der losbraust und undurchdachte Dinge tut, er ist kein bisschen impulsiv«, sagte er, stellte sich dicht vor sie und nahm ihre beiden Hände. »Du musst stark sein, Kajsa«, sagte er. »Du darfst die Hoffnung nicht aufgeben. Wir werden ihn finden«, sagte er.

*Das ist der Aksel, den ich geliebt habe,* dachte sie. *Der, der mich stark und froh gemacht hat.*

Sie erwiderte Karstens Blick. Er nickte: »Wir werden ihn finden, alles wird gut.«

Thea. Sie hatte nicht an Thea gedacht. »Thea?«, fragte sie laut und sah Aksel fragend an.

»Der geht es gut«, antwortete Aksel.

»Wo ist sie?«

»Sie hat bei Jenny übernachtet, die Eltern wissen Bescheid. Ihre Mutter hat sich freigenommen und behält Thea und Jenny heute zu Hause. Die Mädchen glauben, dass in der Schule ein Konferenztag ist.«

»Gut«, sagte Kajsa vage. »Das ist gut.«

*Nichts ist gut.*

## SEIT VIERUNDZWANZIG STUNDEN VERMISST

Die Zeit verging. Minuten. Stunden. Kajsa wusste noch den genauen Zeitpunkt, wann ihr Anders' Verschwinden aufgefallen war. Sie lag den ganzen Tag in seinem Zimmer – das war der einzige Ort, an dem sie sein wollte – und betrachtete die rot leuchtenden Zahlen auf seinem Radiowecker.

Sechzehn Stunden, siebzehn Stunden, achtzehn, achtzehneinhalb.

Irgendwann war sie eingeschlafen, aber nur für wenige Minuten, genau sieben Minuten hatte sie geschlafen. Gegen achtzehn Uhr stand sie auf. Ihr Körper fühlte sich fremd an, ihre Bewegungen waren träge, langsam stieg sie aus dem Bett, ging ins Badezimmer, blieb stehen und musterte ihr Spiegelbild. Sie müsste duschen, ihre Haare waren fettig und strähnig, ihr Gesicht bleich und verschmutzt, sie hatte dunkle Ringe unter den Augen, die tiefer in ihren Kopf eingesunken zu sein schienen.

*Eine Nacht und ein Tag ohne Anders. Anders. Verschwunden. Das ist jetzt Realität. Etwas Grauenhaftes ist passiert. In wessen Auto hat er gesessen? War auch Erland einmal in diesem Auto gewesen?* Die Gedanken wirbelten ihr ununterbrochen durch den Kopf, sie versuchte, sie unter Kontrolle zu bringen, wollte nicht an das Schlimmste denken. Vor allem überlegte sie, ob er Angst hatte. War er entführt worden, wurde er wie sie damals gefangen gehalten? Sie erinnerte sich an die Dunkelheit, an das lähmende Gefühl, sich nicht befreien zu können, die Angst vor dem Entführer, die Angst davor, was passieren könnte. Ging es Anders jetzt auch so? Großer Gott, er war doch erst zehn! Dachte er, was sie gedacht hatte: Jetzt muss ich sterben? Ich werde Mama nie wiedersehen. Und Papa. Und Thea. Und Oma.

Und dennoch hoffte sie, dass es so war, denn dann lebte er, dann könnte die Polizei ihn finden, ihn zurück zu ihr bringen.

Er hatte das Pflegeheim verlassen, war jemandem begegnet. Das bedeutete, dass er nicht irgendwo draußen lag, verletzt. Hatte derjenige, der ihn mitgenommen hatte, ihn zum Einsteigen gezwungen? Vielleicht hatte ein Fremder den Jungen beim Fußballspielen zugesehen und war Anders dann gefolgt?

Wieder überkam sie ein Gefühl der Ohnmacht. Ihr ganzer Körper fühlte sich kalt an, die Beine gaben unter ihr nach, Kajsa hielt sich am Waschbecken fest.

Sie wusste nicht, wie lange sie schon so dastand, doch als sie ihr Telefon klingeln hörte, lief sie in Anders' Zimmer, da lag es. *Sie haben ihn gefunden,* dachte sie.

Es war Karsten.

»Ja?!«, rief sie. Ihr eigener Pulsschlag hämmerte so laut in ihren Ohren, dass sie fast nicht hörte, was er sagte.

»Ich wollte nur fragen, wie es dir geht.«

»Ich ... es geht mir gut«, sagte sie.

»Soll ich vorbeischauen?«, fragte er.

»Ja.«

*Jetzt kommt Karsten, er macht mich stark.* Sie wusch sich das Gesicht, bürstete sich die Haare und band sie zu einem Pferdeschwanz. Sie musterte sich im Spiegel und holte tief Luft.

*Nicht zusammenbrechen. Nicht die Hoffnung aufgeben.*

Als Karsten sie bald darauf an sich zog, spürte sie wieder diesen Drang, aufzugeben, aber sie holte tief Luft, sog Karstens Geruch ein, spürte seine Arme um ihren Leib und lehnte sich an ihn. »Wir werden ihn finden«, flüsterte er voller Überzeugung.

»Ich will wissen, was ihr macht«, sagte sie. »Ich muss das wissen!«

Sie setzten sich einander gegenüber an den Küchentisch, beide mit einem Becher Kaffee. Karsten erzählte von der Suchaktion, die von der Polizei in Zusammenarbeit mit dem Roten Kreuz und der Heimwehr organisiert wurde. Außerdem hatten sich viele Freiwillige gemeldet. Die Polizei konzentrierte sich auf die Rekonstruktion der Bewegungsmuster aller, die im Pflegeheim und in der Nähe des Fußballplatzes gewesen waren.

»Jemand hat ihn mitgenommen«, sagte Kajsa energisch. »Vielleicht waren es dieselben, die Erland entführt haben.«

»Vielleicht, aber wir müssen uns alle Möglichkeiten offenhalten.«

»Theorie? Hypothese? Das habt ihr doch immer. Der Fall Erland, die Ermittlungen im Solgløtt, der Mord an Ingrid! Gibt es einen Zusammenhang?«

Karsten antwortete nicht sofort, er sah sie nachdenklich an.

»Kannst du … bringst du es über dich, mit mir zusammen laut zu denken?«

»Worüber?«

»Über Erland, Ingrid? Du kennst beide Fälle doch gut.«

»Ihr habt also einen Zusammenhang gefunden?«

»Nein, es gibt keine Verbindung zwischen beiden Fällen.«

»Aber der gemeinsame Nenner ist doch das Solgløtt«, sagte Kajsa.

»Ja.« Karsten überlegte einige Sekunden, dann fügte er hinzu: »Es ist vielleicht nicht richtig von mir, das zu sagen, Kajsa. Aber es gibt eine stärkere Verbindung zwischen Anders und Ingrid als zwischen Erland und Ingrid. Außerdem haben wir Parallelen zwischen Anders und Erland gefunden.«

»Ja …«, sagte sie kraftlos. »Das weiß ich. Wie macht ihr jetzt weiter?«

Karsten nahm ihre beiden Hände.

»Wir führen eine umständliche und zeitraubende ...«

»Zeitraubend? Ihr habt keine Zeit, Karsten!«

»Kajsa, niemand weiß das besser als ich. Aber es weiß auch niemand besser als ich, was getan werden muss. Alles wird getan. Wir verschaffen uns eine Übersicht über alle, die in Anders' Nähe waren: Personal, Hausbewohner, Angehörige, die Jungen, mit denen er Fußball gespielt hat, Leute, die am Fußballplatz gestanden haben. Das braucht Zeit, aber wir verwenden nicht eine Sekunde mehr als unbedingt nötig. Wir sind zusammen mehr als sechzig Kolleginnen und Kollegen, die schichtweise arbeiten. Aksel ist bei uns und kümmert sich um das Täterprofil. Wir haben ihm Zugang zu allem Material aus beiden Fällen gegeben. Wir überprüfen die Alibis von allen, die gleichzeitig mit dir und Anders im Solgløtt waren. Aber das lässt sich nicht im Handumdrehen erledigen. Das sind viele Menschen.«

»Okay, Karsten, ich weiß, du tust, was du kannst. Entschuldige.«

»Du brauchst dich nicht zu entschuldigen, natürlich willst du wissen, was passiert. Die meisten, die in eine solche Situation geraten, wollen das wissen. Und du besonders. Du willst immer alles wissen«, fügte er mit einem zaghaften, aufmunternden Lächeln hinzu.

Sie konnte das Lächeln nicht erwidern.

Kajsa stand auf und ging zum Fenster. Der Frühling war da. Die Hängebirke hatte grüne Blätter bekommen.

Bald war der 17. Mai. Der Nationalfeiertag, den alle Kinder liebten.

»Anders saß in einem Auto, er hatte keine Angst«, sagte sie, ohne sich umzudrehen. »Mit wem wäre er mitgegangen? Nur mit jemandem, den er kennt. Nicht mit einem Fremden, der am Fußballplatz stand. Wen kennt er so gut, dass diese Person ihn überreden konnte?« Sie wandte sich um und schaute Karsten abwartend an.

»Jemanden vom Personal«, sagte er. »Von der 3B!«

»Røren sitzt in Untersuchungshaft.«

»Nein«, sagte Karsten und fuhr sich mit der Hand durch die Haare. »Der ist auf freiem Fuß.«

»Auf freiem Fuß? Aber dann ... warum?«

»Weil es sich herausgestellt hat, dass Martin mit Ingrid auf Facebook erst gechattet hat, *nachdem* Rolf Røren sie besucht hatte.« Karsten stand auf und kam zu ihr herüber. »Røren steht nicht unter Verdacht, was Ingrid betrifft.«

»Wie könnt ihr da so sicher sein?«

»Wir hatten große Probleme damit, uns ein Bild der Geschehnisse zu machen, davon, wer am Mordabend in der Nähe war. Ganz einfach, weil die Zeugen unsicher waren, was den Zeitpunkt angeht. Das Kind, das gehört hat, wie Ingrid mit Røren sprach, wusste nicht genau, wann das gewesen war. Sissel weiß nicht, wann sie und ihre Freundinnen die Mutter verlassen haben. Nur Martins Rechner hat uns einen gesicherten Zeitpunkt für den Kontakt der beiden auf Facebook liefern können. Diese drei Kontaktaufnahmen mit Ingrid konnten wir auf einen Zeitraum zwischen sieben und halb acht festlegen. Wir kannten nur die Reihenfolge nicht. Jetzt wissen wir, dass Røren Ingrids Haus schon verlassen hatte, als sie mit Martin gesprochen hat.«

»Wie könnt ihr das wissen?«

»Er war in Drammen.«

»In Drammen?«

»Ja, da hat er eine Freundin. Über die er uns nichts verraten wollte.«

»Aber er hat zugegeben, dass er Ingrid an dem Tag besucht hat, an dem sie ermordet wurde. Warum hat er das getan?«

»Er sagt, dass es um ihre Kritik an seiner Leitung der Abteilung ging, nicht um die Besorgnismeldung. Die hat sie ihm gegenüber nicht erwähnt. Er gibt zu, dass er wütend auf sie war, und er glaubt, dies habe ihr zu schaffen gemacht, weshalb sie am Montag nicht zur Arbeit kam. Dass sie es nicht über sich brachte, mit ihm zu reden oder zum Dienst zu erscheinen.«

»Aber wo ist er jetzt?«

»Zu Hause.«

»Aber … aber dann kann er doch …?«

»Er hat nichts mit Anders' Verschwinden zu tun. Und übrigens auch nichts mit Erlands.«

Sie schwiegen für eine Weile. Karsten griff über dem Tisch nach ihrer Hand, streichelte sie.

»Ich will alles über den Fall Erland wissen«, sagte sie.

»Kajsa …«

»Du hast gesagt, ich sollte laut denken. Oder nicht? Ich kenne den Fall, ich habe die Eltern interviewt. Ich weiß viel, ich … ich bin jetzt keine Journalistin. Ich bin Mutter, Karsten.«

»Okay.« Karsten hob beide Hände. »Wir glauben, dass Erland in einem Haus gestorben ist.«

»Und?«

»An seinem Hinterkopf wurde grüne Farbe gefunden. Wandfarbe. Dieselbe Farbe hatte er auch unter einem Fingernagel.«

»DNA-Spuren?«

»Nein.«

»Etwas anderes?«

»Ja, Spuren von Rindenmulch an Erlands Kleidern.«

»Rindenmulch? Woher stammt der?«

»Nicht vom Fundort. Aus dem Kofferraum eines Autos vielleicht. Jemand kann Rindenmulch transportiert haben, ehe Erland dort abgelegt wurde. Vielleicht.«

»So viel vielleicht«, sagte Kajsa niedergeschlagen.

Als Karsten gegangen war, setzte Kajsa sich an ihren Rechner. Sie las alles genau durch, was sie während der Arbeit mit dem Fall Erland notiert hatte. Aber sie fand nichts, was ihr vorher noch nicht aufgefallen war oder worüber sie noch nicht nachgedacht hatte.

Sie schaute den Bildschirm mit den vielen Icons an. Dann öffnete sie SOLGLØTT.

*Was würde ich denken, wenn es keinen Fall Erland gäbe?* Sie überflog die Dateien.

*Die Verbindung ist, dass Anders Ingrid kannte, weil er die Abteilung besuchte, auf der sie arbeitete. Kenne ich – kennt Anders – Ingrids Mörder?*

Sie holte sich noch einen Kaffee und ging auf die Terrasse. Das machte ihr nichts aus, obwohl sie allein im Haus war. Die Angst war verschwunden. Alles andere war belanglos geworden.

Es war ein milder Frühsommerabend, still, kein Windhauch, die Dunkelheit senkte sich langsam über den Oslofjord.

*Aber es gibt kein logisches Motiv dafür, Anders zu entführen. Was ist dann der Grund? War es ein zufälliger Übergriff? Ein Pädophiler?* Der Knoten in ihrer Brust zog sich zusammen.

*Nein, so darf ich nicht denken. Zurückgehen; was ist passiert? Okay. Ich liege bei Mama im Bett, ich schlafe ein. Anders sitzt im Sessel, dann geht er hinaus. Er spielt auf dem Fußballplatz mit den Jungen, dort, wo Erland zum Training war. Gegen sechs gehen die anderen Jungen nach Hause. Anders geht über den Parkplatz zum Eingang des Pflegeheims. Ihm begegnet jemand. Jemand, den er kennt? Ja, er redet mit diesem Menschen. Bald darauf sitzt er in einem Auto und winkt einem Mädchen zu, das er kennt, er hat keine Angst, er lächelt, meint sie. Wer kann das sein? Es muss jemand sein, den er kennt. Wen kennt er? Nur die von der Abteilung 3B.*

Kajsa ging zurück zum Rechner und las noch einmal ihre Notizen über das Solgløtt. Sie hielt inne bei den Profilen der Angestellten.

Rolf Røren. Karsten hatte gesagt, er stehe nicht mehr unter Verdacht. Weil er bei Anders' Verschwinden noch immer bei der Polizei gewesen war? Welches Alibi hatte er für den Zeitpunkt von Anders' Verschwinden? Sie hatte immer das Gefühl gehabt, dass mit diesem Mann etwas nicht stimmte, dass er etwas Komisches an sich hatte. Womöglich irrte sich die Polizei, und er besaß doch kein ausreichendes Alibi, vielleicht hatte er sogar im Solgløtt vorbeigeschaut. Wann war er auf freien Fuß gesetzt worden?

Sie schickte Karsten eine SMS und fragte nach. Die Antwort traf fünfzehn Minuten später ein: *16.00.*

Also, ehe Anders verschwunden war, stellte sie fest. *Ich muss das selbst überprüfen. Ich muss etwas unternehmen, ich drehe durch, wenn ich nur herumsitze und warte.*

Sie schickte eine SMS an die Auskunft und ließ sich Rolf Rørens Adresse geben.

Rolf Røren wohnte in einem großen braunen Einfamilienhaus aus den Siebzigerjahren. Auf der einen Seite stand am Zaun eine Tujahecke. Kajsa folgte einem Weg zur Rückseite des Hauses. Dort befand sich ein Garten und das Wohnzimmer, dessen große Fenstertüren auf eine überdachte Terrasse führten. Der Garten war überaus gepflegt: Ein großes Beet mit Kletterrosen verlief von der Terrasse bis zum Küchenfenster. Dort standen grüne, niedrige, akkurat beschnittene Sträucher. *Bergjohannisbeere,* dachte sie. Von der Terrassentreppe aus gelangte man durch einen Bogengang zur Rasenfläche, wo Schieferplatten über den Rasen zu einem großen, gepflasterten Platz zwischen zwei Kiefern führten. Alles machte einen wohlhabenden Eindruck. Kajsa hatte nicht angenommen, dass Rolf Røren in so einem großen und prachtvollen Haus wohnte. War er ein vermögender Mann? Ein Abteilungsleiter in einem Pflegeheim?

Eine Bewegung im Wohnzimmer erregte ihre Aufmerksamkeit. Sie kniff die Augen zusammen. Rolf Røren stand mitten im Zimmer und hielt etwas in den Armen. Ein kleines Kind. Er bückte sich und hob es hoch, mehrmals. War er Großvater? Mehrere Personen kamen dazu. Sie standen neben ihm und sahen das Kind an, das in die Luft gehoben wurde.

*Ein liebevoller Großvater mit einer heimlichen Freundin in Drammen,* dachte sie. Das hier war ein ganz anderer Mann als der Abteilungsleiter, den sie aus dem Pflegeheim kannte.

Es war dunkel geworden. Kajsa ging zurück. An der Ecke der Tujahecke standen mehrere Briefkästen. Sie suchte nach Rørens Namen. *Bente und Rolf Røren* stand auf dem einen. *So voreingenom-*

*men kann man sein,* dachte sie. Nie im Leben hätte sie gedacht, dass er verheiratet wäre und Kinder und Enkel hätte. Und fremdging.

Kajsa kehrte zurück zu ihrem Auto und setzte sich hinein. Sie blieb eine Weile bewegungslos sitzen. Karsten hatte recht. Røren hatte Anders nicht mitgenommen. Wo sollte Anders denn dann sein? Nicht in diesem Haus mit all diesen Menschen.

Sie nahm den Notizblock vom Beifahrersitz und notierte die Namen der drei, die Anders auf der 3B gut kannte: Sturla Bjerke, Tora Cappelen und Rakel Muri. Sie schickte eine SMS an die Auskunft und ließ sich die Adressen geben.

*Alles Unsinn,* dachte sie mutlos. *Aber ich kann nicht nach Hause fahren und einfach nur warten.*

Sie blieb lange sitzen und schaute durch die Windschutzscheibe, während die Sehnsucht nach Anders immer größer wurde.

*Ich will seine Haare streicheln, will seine Haut unter meinen Fingern spüren, ich will ihn an mich drücken, die Wärme seines Körpers fühlen, ich will …* Kajsa schluckte hart, zwang sich, in den Bauch zu atmen. Dann sah sie sich den ersten Namen auf ihrem Notizblock an: Rakel Muri. Sie ließ den Motor an, legte einen Gang ein und fuhr los.

Rakel Muri wohnte in einem Endreihenhaus in Borgen. Hinter dem Küchenfenster war alles dunkel. Kajsa ging um die Hausecke und dann weiter entlang an einer Hecke. In der Hecke war eine Öffnung, sie schlüpfte hindurch und betrat einen kleinen Garten mit Zugang zum Wohnzimmer. Rakel Muri saß mit einer Tasse Tee vor dem Fernseher. Kajsa blieb in der Dunkelheit bei einem Busch stehen und beobachtete sie. Dann erhob sich Rakel und ging in die Küche. Sie kam zurück mit einem Teller mit belegten Broten. Alles, was sie tat, ließ darauf schließen, dass sie allein im Haus war.

Kajsa kehrte zurück zum Auto. Als sie den Schlüssel ins Schloss schob und ihn umdrehen wollte, erstarrte sie mitten in der Bewegung.

*Wen kennt Anders am besten? So gut, dass er mit diesem Menschen nach Hause gehen würde,* überlegte sie noch einmal. Sie schickte zwei weitere SMS an die Auskunft. Danach gab sie die Adressen in ihr GPS ein und sah auf der Karte nach. Eine der Adressen war nicht weit vom Solgløtt entfernt. Sie ließ den Motor an und bog ab auf die Straße.

*

Langsam fuhr sie an den Häusern vorbei. Das hier war eine gediegene Wohngegend mit großen, gepflegten Gärten. Sie beugte sich vor und betrachtete die Hausnummern. 49, 51, da war sie: 53. Das Haus war eine weiß gestrichene, ein wenig heruntergekommene alte Holzvilla. Sie fuhr noch etwa hundert Meter weiter bis zum Ende der Straße. Dort stellte sie den Wagen in einem Wendehammer ab.

Langsam ging sie zurück. In der Holzvilla brannte nur hinter zwei Fenstern Licht, offenbar in der Küche und im Wohnzimmer. Der Rest des großen Hauses war dunkel.

Eine lange, breite, spärliche Hecke verlief zwischen der Nummer 51 und 53. Kajsa trat dicht an den Zaun heran. Sie stand zwischen zwei Straßenlaternen im Dunkeln. Die eine befand sich direkt neben einem schmiedeeisernen Tor, das zur Villa führte. Das Tor stand offen. Über einen Kiesweg mit Rosensträuchern auf beiden Seiten gelangte man zu einer Steintreppe. Auf beiden Seiten der Haustür waren Lampen angebracht, die den Eingang beleuchteten. Neben der Haustür standen zwei große Töpfe mit Zuckerhutfichten.

Kajsa konnte sich das Haus im Winter vorstellen, mit Schnee und Weihnachtslichtern in den Fichten. Es war eine Szene wie aus einem Bilderbuch. Nicht nur dieses Haus, sondern die gesamte Umgebung strahlten Gemütlichkeit und Wohlstand aus. Eine ruhige Wohngegend, ein guter Ort zum Wohnen, zum Aufwachsen.

*Das hat doch alles keinen Sinn. Hier werde ich Anders niemals finden. Wie blöd kann man eigentlich sein?*

Und dennoch ... die einzige Alternative war, nach Hause zu fahren, sich in Anders' Bett zu legen, sich nach ihm zu sehnen, böse Gedanken zu denken, sich Anders tot irgendwo am Straßenrand vorzustellen.

*Nein, das will ich nicht. Jetzt bin ich hier. Ich muss mich darauf konzentrieren, auf die Hoffnung, darauf, nicht zusammenzubrechen, etwas zu tun. Solange Anders nicht tot aufgefunden wird, lebt er. Er ist irgendwo. Die Polizei sucht ihn, viele suchen ihn, ich suche ihn. Karsten sucht, Aksel sucht ihn.*

Kajsa folgte der Hecke zwischen der Holzvilla und dem Nachbargrundstück zur Rückseite des Hauses. Hier brannte kein Licht. Die Hecke war vielleicht zwanzig Meter vom Haus entfernt, genauso weit wie vom Nachbarhaus, registrierte Kajsa – fast vierzig Meter zwischen den Häusern, tippte sie, vielleicht mehr. Zwischen Hecke und Haus und auf der Vorderseite am Lattenzaun zählte sie sieben Obstbäume. Der Garten war noch größer und bestand aus einer ebenen, großen Rasenfläche mit vielen Beerensträuchern. Noch mehr Obstbäume reihten sich vom Haus bis zu einem Hang aneinander, der an einen Wald mit hohen alten Kiefern grenzte. Auch hier, am Ende des Gartens, war ein Lattenzaun. Der Himmel war bewölkt gewesen, als Kajsa von zu Hause losfuhr, jetzt aber lag der Garten im hellen Mondschein. Sie kniff die Augen zusammen und bemerkte ein Törchen im Zaun. Sicher führte ein Pfad in den Wald hinein.

Kajsa stellte sich den großen Garten im Sommer vor; Kinder, die auf den Bäumen herumkletterten, Erwachsene, die mit ihren Kaffeetassen im Schatten saßen, eine Mutter, die rote und schwarze Johannisbeeren pflückte, ein Vater, der Äpfel von den obersten Zweigen holte.

Das erinnerte sie an ein Bilderbuch, das Anders als kleiner Junge bekommen hatte. *Finde 100 Dinge.* Auf einer Seite waren ein Haus und ein Garten, die sie an diesen hier erinnerten. Auf dem Bild waren lauter kleine Dinge, die Anders finden sollte: eine Hollywoodschaukel, ein Spatz, ein Tablett mit Saftkrug und Gläsern, ein Korb mit Äpfeln, ein Fußball, ein Kaninchen, eine Katze, eine Brille und noch vieles mehr.

Anders hatte dieses Buch geliebt, vor allem diese Seite. Kajsa hatte seit vielen Jahren nicht mehr daran gedacht. Jetzt sah sie die Bilder vor sich. Die Brille saß auf Opas Nase, und Opa schlief in einem Gartenstuhl im Schatten des Apfelbaumes. Oma saß auf der Treppe, die Kaffeetasse in der Hand, der Spatz war auf einem Vogelbrett vor einem Fenster zu sehen, ein Kaninchen hüpfte durch ein Gemüsebeet, eine Katze lag in den Armen eines kleinen Jungen, drei Mädchen saßen auf dem Rasen und picknickten mit Keksen und rotem Saft.

Kajsa lief über den Rasen zu einem rot gestrichenen Schuppen und stellte sich an die von der Dunkelheit geschützte Wand. In diesem Moment erstarrte sie. Sie glaubte, im Schuppen etwas gehört zu haben. Sie hielt den Atem an. Da war es wieder. Etwas bewegte sich dort drinnen. Sie atmete langsam aus. Noch einmal, wieder ein Geräusch, eine Bewegung.

*Anders. Anders ist dort drinnen!*

Kajsa legte den Mund an die Wand und flüsterte: »Anders.« Sie hielt den Atem an und wartete. Nichts. Nur das Geräusch ihres eigenen Herzschlags.

Ein großer Riegel war an der Tür. Er war eingeschlossen. Er kam nicht heraus. Jemand hatte die Tür von außen verriegelt.

Sie versuchte vorsichtig, den Riegel aufzuschieben. Er bewegte sich nicht. Sie packte ihn mit beiden Händen und zerrte wütend daran. Plötzlich sprang der Riegel zur Seite, und die Tür flog mit lautem Krach sperrangelweit auf. Kajsa fuhr zusammen und trat einen Schritt zurück, hätte vor Schreck fast das Gleichgewicht verloren, als ein Tier herauslief und an ihren Beinen vorbeistrich. Sie drehte sich um und sah eine weiße Katze miauend über den Rasen huschen.

Kajsa hatte so fest daran geglaubt, dass es Anders war.

Sie spürte, wie ihre Kräfte schwanden. Sie war so erschöpft, von der Belastung, dem Schlafmangel, ihre Beine fühlten sich taub an, sie konnte sich nicht rühren. Sie rutschte an der Wand herunter, beugte sich vor, legte die Hände auf ihre zitternden Knie. Wie lange war er jetzt schon verschwunden? Sie sank in die Hocke, schlug die Hände vors Gesicht.

»He, Sie da!«

Die Stimme war ganz nahe. Sie zuckte zusammen und glaubte, ihr Herz müsse stehen bleiben.

»Nein, aber Kajsa, sind *Sie* das?«

»Ja, ich ... ich ...« Mühsam kam sie auf die Beine und suchte nach Worten. »Ich ... ja ... ich ...« Ihr fiel nichts ein.

»Kommen Sie, ich helfe Ihnen. Kommen Sie mit ins Warme. Es ist kühl heute Abend.« Starke Arme packten sie, zogen sie hoch, halfen ihr über den Rasen.

Erst im Windfang fiel Kajsa etwas ein, das sie sagen konnte. Sie kam sich dumm vor. »Ich wollte nur sehen, ob Sie zu Hause sind, wollte nicht stören ... Ich muss etwas tun, kann nicht nur zu Hause sitzen und warten, also dachte ich, ich könnte mit Ihnen reden, fragen, ob denen, die gestern im Pflegeheim waren, noch etwas eingefallen ist. Ich bin total verzweifelt, ich ...«

»Sie brauchen sich nicht zu entschuldigen. Kommen Sie rein!«

Kajsa hängte ihre Jacke an einen Haken unter einem mit Damenhüten voll belegten Regalfach.

»Wem gehören denn all die Hüte?«, fragte sie.

»Meiner Großmutter.«

Sie gingen durch einen Flur, von dem aus eine große grüne Treppe in den ersten Stock führte. Ein dunkler Schrank mit geschnitzten Verzierungen bedeckte fast die ganze Wand neben der Wohnzimmertür.

»Haben Sie Enkelkinder?«, fragte Kajsa und zeigte auf einen Fußball, der oben auf dem Schrank lag.

»Nein, der gehört einem der Jungen aus der Nachbarschaft, er lag hier vor dem Gartenzaun. Ich habe ihn hereingeholt, damit er nicht feucht wird, sonst kann man ihn womöglich nur noch wegschmeißen.«

## SEIT NEUNUNDZWANZIG STUNDEN VERMISST

Die Küche war groß und altmodisch.

»So eine große Küche«, sagte Kajsa.

»Sie ist noch genauso wie zu Lebzeiten meiner Großmutter.«

»Sie lebt nicht mehr?«

»Nein, sie ist gestorben, als ich noch klein war.«

»Wie schade.«

»Schade ... kann ich Ihnen etwas anbieten? Eine Tasse Kaffee vielleicht?«

»Ja, bitte. Wohnen Sie hier allein?«

»Ja.«

»Ist das Haus nicht groß für eine Person?«

»Ja. Sehr groß.«

»Ist das Ihr Elternhaus?«

»Ja.«

»Früher haben hier mehrere Personen gewohnt?«

»Ja, aber das ist lange her.«

»Es ist prachtvoll, es muss schön gewesen sein, hier aufzuwachsen, mit dem großen Garten und dem Wald gleich hinter dem Haus.«

»Schön?«

»Ja?«

»Legen Sie sich erst einmal auf das Bett da hinten, Sie müssen sich ausruhen, da können Sie ein bisschen schlafen.«

Erst jetzt bemerkte Kajsa ein großes Bett in der einen Ecke der Küche. Es war alt, bauernblau und hatte schöne Verzierungen an Kopf- und Fußende. Es sah einladend aus, weich. Eine bunte, altmodische gehäkelte Flickendecke lag darüber. Alles in diesem Haus schien alt zu sein. Als ob die Zeit stillgestanden hätte.

»Legen Sie sich doch einfach hin, Sie müssen erschöpft sein.«

*Ja, und doch sitze ich hier und plappere, als ob nichts passiert wäre, rede über Belanglosigkeiten,* dachte Kajsa. *Gott, was bin ich müde. Ich kann nicht klar denken.*

»Danke«, sagte sie und setzte sich auf das Bett. Sie schloss die Augen, ihr schwindelte.

*Wie lange habe ich nicht mehr geschlafen?*

Das Kissen sah weich und luftig aus. Es war weiß, und eine Borte mit Hardangerstickerei verlief quer darüber.

*Ich kann nicht schlafen. Erst wenn Anders zu Hause bei mir im Doppelbett liegt, kann ich schlafen. Ich muss Karsten anrufen und sagen, wo ich bin.*

Aber sie war so müde, sie war in ihrem ganzen Leben noch nicht so müde gewesen. Sie versuchte, etwas zu sagen, brachte aber kein Wort heraus. Ihr Mund und ihre Lippen waren wie ausgedörrt. Sie hatte keinen Zugang mehr zu ihrem Körper.

Langsam legte sie sich hin. *Nur ein bisschen entspannen, hier im Bett liegen und Kräfte sammeln. Ein paar Minuten.* Sie drehte sich mit dem Gesicht zur Wand, schob die eine Hand unter das Kissen. Die Fingerspitzen stießen gegen etwas Hartes. Halb schon im Schlaf ließ sie ihre Finger über etwas Glattes aus Plastik gleiten, etwas Rundes, eine Art kleinen Ball, der ihre ganze Hand ausfüllte. Er erinnerte sie an etwas: an einen Ball mit einem hervortretenden Strich in der Mitte. Sie betastete das Ding, hatte das Gefühl, dass das hier wichtig war.

*Nicht schlafen,* ermahnte sie sich. Sie zog ihn vorsichtig ein Stück hervor, drückte ihn an ihre Brust, blinzelte, sie sah etwas Rotes, etwas Weißes. Sie holte den Ball nicht vollständig hervor. Sie wusste nicht, weshalb, wusste nur, dass etwas an diesem runden Gegenstand wichtig war.

*Ich bin weit weg, überdreht, übermüdet, erschöpft, verängstigt, ich schreibe allem eine Bedeutung zu, weil ich das will. Wie die Katze, die ich für Anders gehalten habe. Ich wollte, dass es Anders ist.*

*Aber das hier ist etwas … das mich erinnert an … etwas. Ich habe es schon einmal gesehen. Was ist das?* Sie riss die Augen auf. *Auch etwas Blaues? Ein … ein Pokémonball? Ja, ein Pokémonball. Was ist wichtig an einem Pokémonball mit etwas Blauem darauf?* Sie sah Finger vor sich, mit blauen Farbflecken, einen Farbkasten mit Wasserfarben, eine Zeichnung auf einem Küchentisch, eine Zeichnung mit blauem Himmel und blauem Meer, einen weißen und roten und schwarzen Pokémonball mit blauer Bemalung.

*Der Pokémonball von Anders!*

Sie schob ihn hastig wieder unter das Kissen.

Das Mobiltelefon. Sie schob die Hand in die Tasche. Sie könnte die grüne Taste drücken. Dann würde sie Karsten anrufen, er war der Letzte, mit dem sie gesprochen hatte.

Das Telefon war nicht da. Dann musste es in der anderen Tasche sein. Langsam schob sie die Hand in die Jackentasche auf der anderen Seite, lautlos, während sie den breiten Rücken am Tisch im Auge behielt. Nichts. Ihr Puls beschleunigte sich. Wo war das Telefon? Hatte sie es im Auto vergessen? Bestimmt, denn sonst hätte es doch längst geklingelt, irgendwer musste sie vermissen. Sie hatte Hanne nach Hause geschickt, hatte gesagt, sie könne jetzt allein sein. Aber Karsten würde sie anrufen. Sie würden sich Sorgen machen, wenn sie sie nicht erreichten, würden bei ihr zu Hause nachsehen, würden sie nicht vorfinden, würden auch nach ihr suchen.

Könnten sie ihr Telefon orten? Auch wenn der Akku leer war? Es war nicht mehr viel Saft drauf gewesen. Die Panik nahm sie mehr und mehr in den Würgegriff.

*Anders ist irgendwo in diesem Haus. Ich muss ihn suchen, Hilfe holen, weg hier.*

Sie schaute sich um. Drei Türen führten aus der Küche, alle waren geschlossen. Waren sie abgeschlossen? In keiner steckte ein Schlüssel. Sie hatte Angst, aber sie fühlte sich stärker. Wütend. Sehr wütend.

*Ich will mein Kind zurück.*

Auf dem Küchentisch stand ein Messerblock. Vielleicht kam sie ja an ein Messer heran? Könnte sie es in einen Menschen stechen, ihn verletzen, womöglich töten?

Sie schätzte die Entfernung zu den Messern auf vielleicht drei Meter.

*Ich kann es schaffen. Ich muss.* Sie setzte lautlos die Füße auf den Boden, bereit, aufzuspringen, vorzupreschen.

»Sind Sie wach? Wie schön. Kaffee?«

Kajsa reckte sich zum Schein, gähnte. »Danke«, sagte sie und streckte die Hand aus, um den Becher anzunehmen, aber sowie sie die Hand darum geschlossen hatte, schleuderte sie den Inhalt ins Gesicht ihres Gegenübers. Gleich darauf stand sie vor dem Küchentisch, sie streckte die Hand aus, bekam ein Messer zu fassen, riss es aus dem Messerblock. Aber starke Hände packten ihre Oberarme, pressten sie an ihren Leib. Vergeblich versuchte sie, sich umzudrehen, konnte die Hand mit dem Messer heben, rammte es in die Hände, die über ihrer Brust verschränkt waren. Ein wütendes Gebrüll: »Verdammt!«, nur wenige Zentimeter von ihrem Ohr entfernt, die Hände ließen sie los, sie stützte sich mit der linken Hand auf den Küchentisch, drehte sich um und hob das Messer in ihrer rechten Hand. Sie registrierte kaum den Fuß, der ihr entgegenkam, sie versuchte, mit dem Messer zuzustechen, aber sie merkte, dass sie das Bein nur streifte, dann wurde sie von einem heftigen Tritt in den Bauch getroffen. Sie bekam keine Luft mehr, fiel auf die Knie. Noch ein Tritt. Alles explodierte in Schmerz, als der Fuß gegen ihr Kinn knallte. Sie wurde rückwärts geschleudert, als ob ihr Kopf den Körper in hohem Bogen mitriss.

Noch ein Tritt.

Sie konnte nicht atmen.

Dann wurde alles schwarz.

## SEIT ZWEIUNDDREISSIG STUNDEN VERMISST

Als Kajsa erwachte, lag sie wieder im Bett, auf der Seite, in einer unbequemen Stellung. Sie brauchte einige Sekunden, um sich zu erinnern. Sie blinzelte, sah das Gesicht vor sich. Das Lächeln, das sie mit diesem Gesicht verband, war jetzt anders, der Blick war nicht wie sonst. Sie versuchte, sich aufzurichten, aber ihre Hände wollten nicht gehorchen. Dann begriff sie: Sie waren auf ihrem Rücken gefesselt.

»Wo ist Anders?«, fragte sie.

»Anders? Du sollst nicht an Anders denken.«

»Ich ... «

Sie wurde unterbrochen. »Sei still! Jetzt entscheide ich. Nur ich.« Die Stimme klang selbstzufrieden. »Du bist auch nicht besser als die anderen.«

»Wie meinst du das?«, flüsterte Kajsa.

»Ich sehe das in deinem Blick, darin, wie du mich anschaust. Du meinst, ich sei nichts wert. Ich sei minderwertig, ohne Bedeutung.«

»Ich ... «

»Sei still! Hast du nicht gehört, was ich gesagt habe? Jetzt entscheide ich!«

Kajsa hatte es inzwischen geschafft, sich aufzusetzen. Sie sah, dass die Kamera noch immer lief. Was ging hier eigentlich vor sich?

»Siehst du die Kamera?«

Kajsa nickte, hielt aber inne. Ihr Kopf tat entsetzlich weh.

»Du fragst dich vielleicht, wozu ich die brauche?«

»Ja?«

Ein Finger wies auf die Kamera. »Das sind Erzählungen aus meinem Leben.«

»Äh … wie denn das?«, fragte Kajsa.

»Ich habe sonst niemanden zum Reden, aber jetzt habe ich dich.«

»Aber was …«

Ein Finger wurde gehoben, und Kajsa verstummte.

»Ich habe nachgedacht, während du … ein Nickerchen gemacht hast.«

Kajsa wartete gespannt.

»Ich habe mir überlegt … es ist seltsam … ich habe gewusst, dass etwas passieren würde. Dass ich auf dem Weg zu etwas Großem bin.«

Kajsa versuchte zu begreifen, aber es war unbegreiflich. Sie wagte nicht zu fragen, wartete.

»Du wirst mir helfen.«

Eine gebieterische Geste in Kajsas Richtung. Sie deutete das so, dass sie etwas sagen durfte.

»Wobei denn?«, fragte sie.

»Es allen mitzuteilen.«

»Was genau?«

»Wie viel ich gelitten habe, wie viel ich geschafft habe. Du bist mir gesandt worden.«

Kein Finger, kein »sei still«. Kajsa ließ es darauf ankommen und fragte: »Was soll ich tun?«

»Mich interviewen. Du wirst als Erste erfahren, was ich geschafft, was ich erlitten habe. Aber jetzt werden alle mich sehen. Ich werde nicht mehr unsichtbar und bedeutungslos sein.«

Kajsa hatte Kopfschmerzen, sie fuhr sich mit der Zunge über die Oberlippe; sie schmeckte nach Blut. »Dich interviewen? Worüber denn?«, fragte sie.

»Darüber, wie viel Böses es gibt.«

*Das ist Wahnsinn,* dachte Kajsa. Sie schaute auf die Uhr an der

Küchenwand. *Mitten in der Nacht. Karsten sucht Anders. Aksel ebenso. Haben sie bemerkt, dass ich nicht zu Hause bin?*

*Ich muss professionell sein, nicht die Mama von Anders. Es ist nur eine Frage der Zeit, bis die Polizei mich findet. Mich und Anders. Er ist hier.* Sie horchte nach Geräuschen im Haus, hörte aber nichts.

»Okay«, sagte sie. »Aber warum?«

»Alle sollen die Schuldigen sehen, sollen den Verrat begreifen. Ich bin nicht mehr schwach, ich bin stark.«

Auf dem Tisch lagen fünf oder sechs Videokassetten ordentlich nebeneinander. Kajsa sah das Gesicht ihres Gegenübers an. Die Augen waren vertraut und doch fremd.

Sie wurde aus ihren Gedanken gerissen. »Jetzt kannst du mich interviewen!« Die Stimme war nicht mehr so hart, noch immer ungeduldig, aber auch erwartungsvoll.

Kajsa räusperte sich. »Wie ...« Ihre Stimme war nur ein Flüstern, sie räusperte sich noch einmal. »Wie meinst du das, stark?«

Lachen. »Du kannst das ja wohl besser? Du sollst nach einer Geschichte suchen, du musst zurück zum Anfang.«

*Zum Anfang? Die Kindheit,* dachte Kajsa.

»Äh ... wer hat noch hier gewohnt, als du klein warst?«

»Na also. Das ist schon besser. Mein Großvater, meine Großmutter, Onkel Arne, meine Mutter und ich.«

»Dann hattest du als Kind doch viele, die sich um dich gekümmert haben?«

»Um mich gekümmert? Ha! So kann man das auch ausdrücken.«

»Wann ist deine Mutter gestorben?«

»Vor fast sieben Jahren.«

»Hier?«

»Nein, im Solgløtt. Aber ich habe sie vorher viele Jahre lang hier gepflegt, sie wurde auf einem Zebrastreifen vor der Kirche von Asker angefahren. Ich habe alles für sie getan, trotzdem war sie nie zufrieden. Ich habe bis zum letzten Moment gedacht, dass sie mich eines Tages lieben würde. Aber am Ende musste ich einsehen, dass es niemals so weit kommen würde. Und da konnte ich sie nicht mehr ertragen.«

»Nicht mehr ertragen?«

»Nein, ich musste mit ihr abrechnen.«

»Bedeutet das, dass …«

»Das ist nicht wichtig.«

Diese Augen, die sie ansahen, das Gesicht mit dem seltsamen, erregten Blick. Wovon war hier die Rede? Von Hass?

»Im Pflegeheim … Ingrid …«, begann Kajsa, wurde aber unterbrochen.

»Wir reden hier nicht über Ingrid, wir reden über mich.«

»Okay, okay … aber warum konnte deine Mutter dich nicht leiden?«

»Ich dachte, weil ich ein uneheliches Kind war, weil ich ein Bastard war, wie mein Großvater mich nannte.«

»Aber?«

»Alle haben einen Vater.«

»Ja, und?«

»Als ich herausgefunden habe, wer mein Vater war, wusste ich, warum alle mich so behandelten.«

»Und wer war dein Vater?«

Kajsa fing den Blick auf, hielt ihn fest, bemerkte für einen kurzen Moment den Schmerz darin, dann war die Härte wieder da. »Mein … mein Onkel.«

»Dein Onkel?«

»Ja. Onkel Arne. Ich war wirklich ein Bastard.«

»Wussten deine Großeltern …«

»Natürlich wussten sie es. Deshalb konnten sie mich doch nicht ausstehen.«

»Wie war das?«

»Ich bekam Essen und Kleider und alles, was ich brauchte, aber ich wusste schon früh, dass mit mir etwas nicht stimmte. Kinder spüren so etwas. Ich hätte nicht geboren werden dürfen, es hätte mich nicht geben dürfen. Ich war ein Beweis für das Unaussprechliche. Der Schandfleck der Familie. Und ich erinnerte sie daran, wann immer sie mich sahen. Ich wusste es damals ja noch nicht, aber ich lernte früh, mich unsichtbar zu machen, allein zu sein, allen aus dem Weg zu gehen. Das war besser so. Ich war fast immer in meinem Zimmer. Allein.«

»Aber hattest du keine Freunde?«

»Nein.«

»Hast du keinen Sport getrieben, ein Musikinstrument gespielt, warst du nicht bei den Pfadfindern, hast du nichts gemacht, was Kinder sonst so machen?«

»Nein, nichts.«

»Aber deine Klassenkameraden …?«

»Ich durfte niemals jemanden mit nach Hause bringen, niemand hat mich gefragt, ob ich mit zu ihnen kommen wollte. Im Gegenteil. Ich wurde gemobbt, wie man das heute nennen würde.«

»Wie denn?«

»Unterschiedlich, alles von Ausgrenzung bis zu physischer Misshandlung. Sie haben mich in die Kloschüssel gedrückt, auf dem Heimweg verprügelt, in meinen Ranzen gepinkelt. Ich weiß noch, wie sehr ich mich auf die Schule gefreut habe, denn vorher war ich nie weiter als bis in unseren Garten gelangt. Ich durfte nicht auf die Straße gehen. Und dann … ja … ich bin jeden Tag nach Hause gerannt, vom ersten Tag an, ich bin gerannt, um zu entkommen.«

»Aber gab es keine Erwachsenen, Lehrer, andere Eltern, die …?«

»Niemand hat etwas unternommen, obwohl viele bestimmt etwas davon mitbekamen. Ich war sozusagen geboren worden, um von allen verabscheut zu werden.«

Kajsa hatte viele solcher Schicksalsinterviews mit Menschen geführt, deren Leben von anderen zerstört worden war. Es kam ihr jetzt fast normal vor, Fragen zu stellen. Wenn da nur nicht die dünnen Schnüre gewesen wären, die ihr in die Handgelenke schnitten.

»Woran kannst du dich am besten erinnern, aus der Zeit, ehe du in die Schule gekommen bist?«, fragte sie.

»Ich erinnere mich an ein … wie soll man das nennen … ein Laufställchen, so eins mit Gittern. Es stand in meinem Zimmer. Ich stand da und hielt mich fest und schaute zur Tür hinüber, ich weinte … ich …« Die Stimme wurde zu einem Flüstern. »Ich weiß nur noch, dass ich weinte. Und dass mich manchmal starke Arme hochhoben.«

»Wer war das?«

»Meine Großmutter.«

»Das war doch sicher schön?«

»Sie hob mich für einen Moment hoch, gerade so lange, dass ich mich beruhigte, dann setzte sie mich wieder hin und ging. Es wäre besser gewesen, wenn sie das nicht getan hätte, denn es war viel schlimmer, wieder hingesetzt zu werden und zu sehen, wie die Tür hinter ihr zufiel.«

»Aber sie hat es doch immerhin versucht?«

»Nein, sie war feige. Sie hat mich im Stich gelassen.«

»Und dein Großvater?«

»Den hab ich fast nie gesehen. Er saß immer in seinem Arbeitszimmer, mit seinen vielen Büchern, wenn er nicht bei der Arbeit war.«

»Und dein … dein Onkel?«

»Der verschwand.«

»Verschwand?«

»Ja. Ich weiß nicht, was aus ihm geworden ist.«

»Bist du physisch misshandelt worden?«

»Meine Mutter fand immer einen Grund, um mich zu bestrafen. Deshalb saß ich meistens allein in meinem Zimmer, auch als ich älter wurde. Da habe ich nichts angestellt. Ich konnte nicht verstehen, warum sie so waren, und ich habe mir alle Mühe gegeben, damit Mutter mich gernhatte.«

»Wie hast du das … das mit deinem Onkel herausgefunden?«

»Ich war am Ende stärker als meine Mutter, sie war ja völlig hilflos. Ich habe sie, wie gesagt, viele Jahre lang gepflegt, ich habe alles für sie getan, ich dachte, da müsste sie mich doch gernhaben, dankbar sein. Es hat nichts geholfen; im Gegenteil, sie hat mich nur herumkommandiert, war schlimmer denn je. Hol dies, hol das, schieb mich vor den Fernseher, geh mit mir spazieren, mach das Essen, hol die Zeitung. Es war ein ewiges Gequengel, jede Stunde, rund um die Uhr. Und die ganze Zeit schrie sie mich an, schrie, wie dumm und unbrauchbar ich sei.«

»Warum hast du dir das gefallen lassen?«

»Mir das gefallen lassen? So war es eben, ich kannte kein anderes Leben.«

»Was ist dann passiert?«

»Am Ende wollte ich nicht mehr.«

»Hast du versucht, Selbstmord zu begehen?«

»Ja.«

»Und?«

»Ich … ich landete im Krankenhaus, meine Mutter kam ins Pflegeheim. Als ich nach Hause zurückkehrte, war sie nicht hier. Ich war mehrere Wochen nicht im Pflegeheim, und als ich endlich hinfuhr, war sie wütend auf mich. Sie wollte nach Hause. Zum ersten Mal habe ich ihr nicht gehorcht. Und da habe ich es begriffen.«

»Was denn?«

»Dass sie böse war und es mir ohne sie besser ging. Aber zuerst habe ich sie gezwungen, mir die Wahrheit zu sagen. Als sie mir von Onkel Arne erzählt hat, habe ich alles verstanden. Aber das war nicht das Wichtigste.«

»Was war denn das Wichtigste?«

»Dass ich stärker war als sie, dass ich mich wehren konnte.«

»Du hast sie umgebracht?«

»In ihr hauste Satan.«

Nein, an diesem Interview war nichts normal. Kajsa blickte in das rote glänzende Gesicht. »Was meinst du mit ›in ihr hauste Satan‹? Wie hast du das gesehen?«

»Ich sehe, wo das Böse vorhanden ist, ich erkenne es. Dann entferne ich es. Das ist meine Berufung, könnte man sagen. Ich bin auserwählt.«

»Wie meinst du das, dass du das Böse siehst?«

»Nachts sehe ich, wer böse ist.«

»Das verstehe ich nicht.«

»Die, die mir Gemeinheiten zurufen.«

*Großer Gott! Wie soll ich hier rauskommen?*

Nur Frauen auf Ingrids Liste. War es möglich, dass alle Antworten hier in diesem Haus zu finden waren? Kein Mord aus Barmherzigkeit, sondern aus Rache, Wahnsinn? Ein Hass auf die Mutter, der sich auch gegen andere gebrechliche alte Frauen richtete? Es war einfach krankhaft. Und dennoch ergab das alles eine Art bizarren Sinn. Kajsa holte Luft, das tat weh. Vielleicht hatte sie eine Rippe gebrochen. Ihr Kopf hämmerte. *Ich werde hier sterben, ich kann Anders nicht retten.*

*Nicht jetzt. Wo ich alles weiß. Wozu soll die Aufnahme verwendet werden? Es muss doch einen Sinn haben. Ist es meine Rettung, wenn alles ans Licht kommt?*

*Jetzt nicht zu viel überlegen,* ermahnte sie sich, *einfach weitermachen. Aksel und Karsten suchen nach Anders, nach mir, die Zeit vergeht.*

»Wer ruft dir etwas nachts zu?«, fragte sie.

»Die alten Frauen, die schlechten Mütter. Satan hat in ihnen seine Wohnstatt genommen.«

»Im Pflegeheim?«

»Ja.«

»Woher weißt du denn, dass sie schlechte Mütter sind?«

»Weil sie mir Dinge zurufen, das habe ich doch gesagt.«

»Was denn?«

»Dass ich hässlich bin, widerlich. Sie schreien mich an. Wie meine Mutter es getan hat, wenn sie wütend auf mich war. Sie haben solche Augen wie damals meine Mutter.«

»Nur Frauen?«

»Ja. Abgesehen von Kåre.«

»Kåre!«, flüsterte Kajsa.

»Ja, der hat mich an meinen Onkel erinnert. Der ist zu deiner Mutter ins Bett gekrochen. Genau wie Onkel Arne ins Bett zu meiner Mutter gekrochen ist. Onkel Arne war wirklich ein Satan.«

»Haben dich viele angeschrien? Nachts?«

»Ja. Ich habe viel Böses getilgt. Ab und zu muss der Tod einfach sein. Ingrid hatte auch solche Augen, die mich voller Verachtung angesehen haben.«

Alles hing miteinander zusammen: die Morde an den Patientinnen, Ingrids Verdacht. Aber nicht das mit Anders.

Sie wollte fragen. Sie wollte es wissen. Aber sie musste sich klug verhalten, durfte nicht provozieren, musste tun, was ihr gesagt wurde, musste durchhalten, auf eine neue Gelegenheit warten. Journalistin sein. Sie versuchte, interessiert auszusehen, obwohl sie fast nicht atmen konnte.

»Verstehst du?«

Kajsa musterte das Gesicht vor sich. Wieder entdeckte sie dort eine Glut, die sie noch nie gesehen hatte, eine Art Freude.

*Das ist total absurd, unnormal, krank. Ich habe keine Chance.*

Kajsa erkannte die Zeichen: Sie fing an, zu schnell zu atmen, ihre Finger kribbelten, ihr Herz hämmerte. *Ruhig atmen, ruhig atmen.* Aber das gelang ihr nicht. Sie hatte das Gefühl zu ersticken, sie bekam nicht genug Luft, sie atmete schneller, sie atmete nur aus; aus, aus, aus, dann sog sie unter heftigem Schluchzen Luft ein und atmete nur ein. Das machte alles schlimmer. Sie versuchte, sich auf das Gesicht vor ihr zu konzentrieren. Es verschwamm zu Nebel.

»Was ist los mit dir?«

Kajsa schrie beim Ausatmen: »Anders!«

»Sei still!«

»Er ist ... er ist hier. Ich weiß es«, schrie Kajsa.

»Fresse halten!«

»Was hast du mit ihm gemacht?« Tränen und Rotz strömten, lösten das Blut auf ihren Wangen auf, flossen ihr in den Mund, es schmeckte nach Salz und Eisen.

Aber zugleich half das Weinen ihr dabei, wieder normal zu atmen. »Wo ist ... Anders?«, schluchzte sie.

»Jetzt benimmst du dich total hysterisch. Es gefällt mir nicht, dass du mich anschreist.«

»Er ist hier!«

»Schrei mich nicht an, ich kann es nicht ertragen, wenn jemand mich anschreit, du machst alles kaputt. Nicht schreien!«

Ein Glas, das die ganze Zeit auf dem Tisch gestanden hatte, wurde an ihre Lippen gehalten. Kajsa kniff den Mund zu. *Ich darf nicht trinken. In dem Glas ist etwas. Wenn ich trinke, sterbe ich. Ich will nicht sterben. Ich darf nicht trinken.*

Ihr Kopf wurde festgehalten. Sie versuchte, sich wegzudrehen, wand und krümmte sich, aber starke Hände drückten sie zurück, zogen ihr an den Haaren, Finger kniffen in ihre Nase, bis sie keine Luft mehr bekam, sie musste den Mund öffnen. Die Flüssigkeit wurde hineingegossen.

Sie fühlte, wie ihr die Luft abgedrückt wurde, sie versuchte, die Flüssigkeit auszuspucken, aber es wurde immer noch nachgegossen, sie musste schlucken, um Luft holen zu können. *Jetzt passiert es. Jetzt ist es zu Ende,* dachte sie.

*

Kajsa versuchte, sich wachzuhalten. Sie merkte, dass sie sich bewegte. Nein, jemand bewegte sie, trug sie. Sie sah einen Kronleuchter, unter der Decke blitzten Kristalle, sie bewegte sich daran vorbei und aufwärts. Sie blinzelte, versuchte, die Augen ganz zu öffnen, aber ihre Augenlider waren zu schwer. Etwas Grünes. Sie hob kraftlos die Hand, sie glitt über ein grün gestrichenes Geländer. Grün. Was war mit Grün? Eine Wunde am Hinterkopf. Spuren von grüner Farbe. Wessen Wunde?

Sie wurde auf etwas Weiches gelegt, etwas Weiches und Warmes. Warme Haut an ihren Fingerspitzen. Anders. *Anders ist nach Hause gekommen. Alles ist gut, ich wusste, dass er nach Hause kommen würde. Wer hat ihn gefunden?*

## SEIT DREIUNDDREISSIG STUNDEN VERMISST

Jemand rief sie, stieß sie an. Sie versuchte, sich umzudrehen, aber es gelang ihr nicht. »Ich bin müde, muss schlafen«, flüsterte sie.

»Du musst aufwachen.«

»Ja, sicher, Mama wacht bald auf.«

Neues Flüstern. »Du *musst* aufwachen, Mama.«

*Mama? Das bin ich.*

Sie blinzelte, aber ihre Augenlider waren so entsetzlich schwer.

*Warum quengelt hier jemand so sehr? Ist das Thea? Sie darf nicht mehr jede Nacht zu mir ins Bett kommen.*

»Mama, aufwachen!«

*Es ist Anders. Warum stupst er mich die ganze Zeit an?*

»Anders … du musst schlafen«, flüsterte sie. Sie zwang sich, die Augen zu öffnen. Es war dunkel. »Es ist Nacht, Anders. Wir müssen jetzt schlafen.« Die Augen fielen ihr wieder zu.

»Nein, Mama, du musst aufwachen.«

*Anders weint. Warum weint er? Hatte er einen Albtraum? Ich muss aufwachen, ihn trösten.* Sie versuchte, die Hand nach dem Lichtschalter auszustrecken, aber es gelang ihr nicht. Es tat weh. Ihr Arm war eingeschlafen. Sie lag darauf. Sie versuchte, ihn hervorzuziehen, aber auch das wollte ihr nicht gelingen.

Anders stieß sie an. Warum machte er das mitten in der Nacht? Sie runzelte die Stirn, blinzelte. Sein Gesicht war dicht vor ihrem. Seine Wangen waren nass. Warum weinte er?

Sie schaute sich mit zusammengekniffenen Augen in der Dunkelheit um.

*Ich bin nicht zu Hause.*

*Dann Erleichterung: Ich bin mit Anders zusammen. Ich habe ihn gefunden.*

*Dann eine Erkenntnis: Meine Hände sind gefesselt.*

*Dann Angst: Ich bin gefangen. Wir sind gefangen.*

»Ich hab Angst, Mama.«

»Ja, das weiß ich«, sagte sie, ihre Lippen waren spröde. »Aber jetzt wird alles gut. Mama ist hier.« Ihre Stimme klang so seltsam, sie nuschelte.

»Warum sind deine Hände gefesselt?«, fragte er.

Sie gab keine Antwort, rieb nur ihre Wange an seiner, er hatte die Arme um sie gelegt.

So lagen sie eine Weile da, Wange an Wange. Sie kämpfte, um wach zu bleiben.

»Ich habe mein Taschenmesser dabei«, sagte er.

»Gut gemacht«, flüsterte sie. Er stützte sie, und sie konnte sich aufsetzen. Dann fing er an, die Schnur zu zerschneiden, mit der ihre Hände gefesselt waren.

*Die Tür ist bestimmt abgeschlossen. In welchem Zimmer sind wir? Kommen wir hier irgendwie raus?*, überlegte sie, während Anders mit raschen, knappen Bewegungen schnitt.

Am Ende – es kam ihr vor wie eine Ewigkeit – gab die Schnur nach, und ihre Hände waren frei. Sie stellte die Füße auf den Boden. Er schwankte. Für einen Moment war ihr schwindlig. Sie legte den Kopf auf die Knie.

»Was ist los, Mama?« Anders' Flüstern war von Angst erfüllt.

»Nur ein bisschen groggy«, sagte sie. »Aber jetzt geht es.« Sie erhob sich, ging langsam zur Tür, sie kam sich vor wie in einem Boot. Drückte auf die Klinke. Abgeschlossen. Sie legte das Ohr an die Tür, lauschte, glaubte, etwas zu hören.

Doch, Schritte auf der Treppe. Sie lief zurück zum Bett. »Kannst du dich schlafend stellen?«, flüsterte sie. »Das schaffst du.« Sie staunte darüber, wie ruhig ihre Stimme klang.

Sie lagen ganz still da. Ein Schlüssel wurde ins Schloss gesteckt. *Lieber Gott, hilf uns,* betete Kajsa in Gedanken.

Das Licht vom Flur traf sie im Gesicht. Ihre Fingerspitzen prickelten, als ob dort kleine elektrische Ladungen aus Angst explodierten. *Was passiert jetzt? Ich muss mich bewegen, ich halte das nicht aus, ich kann nicht stillliegen.*

Nach langen Sekunden wurde die Tür geschlossen. Sie hörte, wie Anders Atem holte.

»Nicht bewegen«, flüsterte sie.

Sie vernahmen das Geräusch von fließendem Wasser, eine Tür, die geöffnet und wieder zugemacht wurde. Dann war es still. Aber viele Minuten lang bewegten sie sich trotzdem nicht.

*Wie spät ist es wohl?,* dachte sie. *Wir haben nur diese Nacht, diese Stunden. Was danach passiert, wissen wir nicht.*

Kajsa schlich sich ans Fenster und schaute durch einen Vorhangspalt. Noch immer dunkel. Mitten in der Nacht. Kein Mensch zu sehen. Vorsichtig hob sie den altmodischen Fensterhaken und rüttelte am Fenster. Es bewegte sich nicht. Sie versuchte es mit etwas mehr Kraft. Das Fenster saß fest. Sie versuchte es noch energischer. Das Fenster schien ganz oben ein wenig lose zu sitzen. Draußen schien der Mond, ein kaltes Licht fiel ins Zimmer. Aber es war schwer, in dem Winkel zwischen Fenster und Rahmen etwas zu sehen, er lag im Schatten. Kajsa fuhr mit dem Finger darüber. Es fühlte sich glatt an, wie übermalt. Vielleicht war das Fenster seit Jahren nicht geöffnet worden.

»Gib mir dein Messer«, flüsterte sie Anders zu.

Er schlich zu ihr. »Das ist aber weit nach unten«, sagte er leise.

Sie schaute hinaus auf die Rasenfläche, auf die Straße. *Der Keller und ein Stockwerk unter uns, wie tief ist das?*, überlegte sie und begann, mit dem Messer zu kratzen, in einem Versuch, das Fenster vom Rahmen zu lösen. Sie fing oben an, da war ein Spalt, und arbeitete sich abwärts.

*Das klappt nicht, wir kriegen das Fenster nicht auf, ehe es Tag wird,* dachte sie mutlos. In diesem Moment glitt das Messer leichter nach unten. Dort schien das Holz morsch zu sein. Sie arbeitete rasch, hieb das Messer immer nur kurz hinein, um kein Geräusch zu verursachen. Die Holzsplitter sammelten sich auf der Fensterbank und dem Boden.

»Kannst du weitermachen?«, fragte sie und gab Anders das Messer. Dann zerrte sie den Bezug von der Bettdecke und verknotete ihn mit dem Laken. Sie musste einen großen Knoten machen, der sie etliche Zentimeter kostete. *Wie lang ist dieser Streifen wohl?* Sie beugte sich vor und schaute nach unten. Sie erkannte eine dunkle Markise, die unter ihnen hervorragte, es waren vielleicht ein, anderthalb Meter. Konnten sie darauf landen?

Sie band das Laken an einem altmodischen Heizkörper unter dem Fenster fest. *Hoffentlich ist es lang genug,* dachte sie. Ich habe keine andere Wahl, wir müssen springen, wenn es nicht reicht.

Oberhalb der Fensterbank war das Holz noch morscher. Kajsa drückte in regelmäßigen Abständen energisch gegen das Fenster, während sie Farbe und Holz abkratzte, und langsam wurde der Spalt größer.

Sie hatte keine Ahnung, wie lange es gedauert hatte, als sie schließlich einmal um das Fenster herum alles abgekratzt hatte. Sie legte sich mit ihrem ganzen Gewicht dagegen, es gab ein wenig nach, ploppte dann aber mit einem leisen Knall wieder zurück. Kajsa stand still da. Lauschte. Nichts. Wahrscheinlich würde sie das Fenster aufbekommen, wenn sie ein wenig mehr Kraft aufwandte, aber das wäre sicher sehr laut.

Sie schaute sich im Zimmer um. Neben der Tür stand eine große alte Kommode. Könnte sie die vor die Tür schieben? Sie machte einen Versuch, aber das Möbelstück war so schwer, dass sie es nur um wenige Zentimeter bewegen konnte. Dann zog sie den Pullover aus und flüsterte Anders zu, er solle ihn auf der einen Seite unter die Beine schieben, während sie die Kommode anhob. Sie spannte die Oberschenkelmuskeln an und hob mit aller Kraft das Möbelstück an. Anders stopfte den Pullover darunter.

Dann zog Kajsa die Socken aus und hob die andere Seite an, während Anders auf den Knien lag und die Socken unter die Kommode schob. Nun glitt die Kommode leichter und lautlos über den Holzboden und stand schließlich vor der Tür. Kajsa atmete mühsam aus, lauschte wieder. Noch immer nichts.

Sie ging in die Hocke und nahm Anders' Hände. »Pass auf, wir machen das folgendermaßen«, flüsterte sie. »Wenn ich das Fenster aufstoße, wird es ziemlichen Krach geben. Aber die Kommode versperrt die Tür, und das verschafft uns ein bisschen Zeit. Draußen ist ein Sims über einer Markise, darauf können wir stehen. Du musst zuerst dorthin springen, dann komme ich hinterher. Ich gehe dann weiter auf der Markise, halte mich am Laken fest und lasse mich herunter. Du bist hinter mir, machst alles genau wie ich. Ich fange dich auf, du musst vielleicht springen, und dann rennen wir so schnell wir können auf die Straße. In Ordnung?«

Anders nickte mit ernster Miene.

»Das schaffst du?«

»Ich ...« Er schluckte.

»Ich weiß, dass du das schaffst. Ich stehe unten und fange dich auf. Du lässt dich einfach los, wenn das Laken zu Ende ist. Bist du bereit?«

»Ja.«

Kajsa holte tief Luft, stemmte beide Hände gegen das Fenster, eine ganz oben, eine weiter unten, krümmte die Arme und schob mit aller Kraft. Ein lauter Knall ertönte, als das Fenster nachgab und sich öffnete. Zuerst hob sie Anders auf die Fensterbank. Er setzte sich und schwang die Beine nach draußen, während er sich am Laken festhielt. Sie setzte sich neben ihn auf die Fensterbank, lauschte für einen Moment. Sie glaubte, auf dem Gang Schritte zu hören. Dann stieg sie hinaus auf die Markise. Der Stoff gab ein wenig nach.

Es musste irgendwelche Stangen geben, die die Markise fixierten. Sie tastete mit dem Fuß. Da! Sie drehte sich um, hielt sich am Laken fest und berührte die Markise, die unter ihrem Gewicht schwankte. Ihr schwindelte. »Gut«, flüsterte sie Anders zu. »Mach es wie ich, komm!« Anders folgte ihr. Sie hatte Angst, die Markise könnte plötzlich nachgeben, aber sie versuchte, nicht daran zu denken. Dann robbte sie über den Rand, sah nicht nach unten. Sie lächelte Anders, der sich noch immer einen halben Meter vor dem Rand der Markise am Laken festhielt, beruhigend zu. Dann hing sie in der Luft, seilte sich ab.

Sie richtete ihre Aufmerksamkeit nach oben, auf Anders, und merkte nicht, dass das Seil zu Ende war. Plötzlich griff sie ins Leere.

Sie landete auf einem Bein, der Aufprall verschlug ihr den Atem, das Bein explodierte vor Schmerz. Sie biss sich wütend auf die Lippe. Kein Geräusch machen. Sie versuchte, sich aufzurichten, konnte aber auf dem Bein nicht stehen. Sie erhob sich auf ein Knie und schaute nach oben. »Anders!«, flüsterte sie. »Komm! Beeil dich!«

Anders stand da wie gelähmt und hielt sich fest. »Du schaffst das«, sagte sie.

In diesem Moment sah sie im Fenster hinter ihm einen Schatten. Sie schrie: »Anders, mach schon! Komm!« Auch er hatte die Bewegung hinter sich registriert, drehte sich halb um, sie konnte die

Angst in seinem ganzen Körper erkennen. In dem Moment, als eine Hand aus dem Fenster schoss, um ihn zu packen, setzte er sich und rutschte an den Rand der Markise. Starke Arme fingen an, am Laken zu ziehen, während Anders über der Kante hing. Dann ließ er mit einer Hand los, setzte sie unter die andere. »Gut, Anders, gut! Weiter so, bald bist du unten.«

Er kam immer näher. Als er noch immer ein gutes Stück über dem Boden war, sah sie, dass oben niemand mehr im Fenster stand.

»Spring!«, rief Kajsa. »Ich fang dich auf! Spring, Anders! Jetzt!«

Anders sprang, sie fing ihn mit beiden Armen auf, biss die Zähne zusammen, weil ihr Bein so wahnsinnig schmerzte. Sie stützte sich auf ihn, konnte sich aufrichten, stand auf einem Bein. »Lauf, Anders, lauf. Ich hab mich verletzt. Lauf zu den Nachbarn, klingele dort, bis sie aufmachen. Sie müssen die Polizei holen. Lauf!«

## SEIT VIERUNDDREISSIG STUNDEN VERMISST

Als Anders über den Rasen auf den Kiesweg und das schmiedeeiserne Tor zurannte, hörte Kajsa, wie die Haustür geöffnet wurde. Sie hinkte zur Hauswand, schleppte sich bis zur Ecke und in den dunklen Garten. Versuchte, mit dem verletzten Bein aufzutreten, aber es war unmöglich, jede Bewegung löste wahre Schmerzwellen aus. Sie biss die Zähne so fest zusammen, dass ihr der Kiefer wehtat. Sie schaffte es bis zum Schuppen, dann ins Gebüsch am Waldrand, gab aber den Gedanken auf, den Zaun zu überwinden, es war zu weit. Also kroch sie auf Knien zu den Sträuchern vor dem Zaun zum Nachbargrundstück, Zweige kratzten ihr über das Gesicht, sie robbte auf den Ellbogen, blieb dann still liegen und horchte.

Der Schmerz war unerträglich, in den Schläfen, im Bein. Ihr Kopf schien bersten zu wollen, jeder Pulsschlag pochte in dem verletzten Fuß. Sie strich vorsichtig mit den Fingern vom Knie abwärts. Ihre Wade bildete einen Winkel. Sie hatte sich das Bein gebrochen. Was sollte sie tun? Sie konnte auf diesem Bein nicht gehen. Sie konnte nicht fliehen.

Ihr Herz hämmerte mit harten Schlägen, das war das Einzige, was sie hörte, ihren Puls und ihren Atem. Keine Bewegung, keine Geräusche. Sie versuchte, zum Nachbarhaus hinüberzublicken, alle Fenster dort waren dunkel. Die Haustür lag auf der anderen Seite.

*Anders ist in Sicherheit,* sagte sie sich. *Er hat es geschafft. Jetzt kommt bald die Polizei, ich muss einfach ganz still hier liegen bleiben und warten. Bald, bald ist es vorbei.* Kajsa fühlte sich jetzt klarer im Kopf, die frische Luft lichtete etwas den Nebel, der ihr Gehirn eingehüllt hatte.

Nun hörte sie beim Haus ein Wimmern und eine Stimme, die »sei still« sagte. Sie versuchte, durch das Gebüsch zu schauen, legte den Kopf fast auf den Boden, kniff die Augen zusammen. Jemand weinte. Ihre Augen hatten sich an die Dunkelheit gewöhnt. Sie sah es ganz deutlich, zwei erwachsene Beine, zwei kleinere, die über den Rasen gingen, dicht nebeneinander. Sie sah keine Farben, keine Schuhe, nur die Silhouetten der Beine im Gegenlicht der Straßenlaterne.

»Kajsa!«

Sie blieb still liegen. Es war nicht vorüber. Anders war nicht entkommen. Sie atmete durch die Nase, versuchte, kein Geräusch zu machen. Aber Schmerzen, Verzweiflung, Ohnmacht und Hoffnungslosigkeit überwältigten sie. Die Tränen strömten, sie wischte sie mit schmutzigen Händen ab, nahm den Geschmack von Erde und Blut wahr, als sie sich die Lippen leckte.

»Ich höre dich! Komm raus!«

*Ja, du findest mich, ich muss raus hier, muss Anders beschützen,* dachte sie und robbte aus dem Gebüsch, zurück durch die Sträucher, bis sie den Rasen erreicht hatte. »Lass Anders laufen«, bat sie.

»Anders laufen lassen? Nein. Anders muss hier bei mir bleiben. Hier gehört er jetzt hin.«

Sie kamen näher. Anders weinte lautlos, Kajsa hörte es an seinem Atem. Was sollte sie tun? Sollte sie rufen? Würde jemand sie hören? Die Nachbarn? Mitten in der Nacht?

»Ich habe Anders. Versuch ja keine Tricks!«

»Ich kann nicht gehen«, antwortete Kajsa. »Ich bin verletzt.«

»Du hast es hierher geschafft, dann schaffst du es auch zurück zum Haus.«

Die Beine standen jetzt dicht vor ihr. »Kriech!«

Sie fing an zu kriechen, auf Händen und Knien, schleifte das gebrochene Bein hinter sich her über den Rasen. Plötzlich dachte sie:

*Das Taschenmesser, wo habe ich das gelassen? In meiner Tasche, ich hab es in meine Tasche gesteckt.* Sie hielt inne, richtete sich auf, kniete jetzt.

»Ich muss mich einen Moment ausruhen«, sagte sie. »Es tut so weh.«

Sie konnte gerade noch die Hand in die Tasche stecken und das Messer ergreifen, da traf sie ein heftiger Schlag im Rücken, und sie fiel vornüber. »Mama!«, schrie Anders.

»Es ... es geht schon«, sagte sie und kroch weiter, während sie fieberhaft versuchte, mit einer Hand die Klinge auszuklappen. Es gelang ihr beim ersten Versuch, sie spürte die kleine scharfe Stahlklinge an ihrer Handfläche. Sie war nur wenige Zentimeter lang. Dennoch merkte sie, wie der scharfe Stahl an ihrer Haut ihr Mut machte.

*Ich tue, was ich tun muss. Ich kann es schaffen. Ich kann jetzt alles schaffen.*

Sie näherten sich der Treppe, nur noch fünf, sechs Meter.

*Bald ist es zu spät.*

Sie gab abermals vor, sich ausruhen zu müssen, sie reckte den Rücken, erhob sich auf die Knie. Sie umklammerte das Taschenmesser, die Klinge ragte zwischen Daumen und Zeigefinger hervor, ihre Hand hing an ihrer Seite.

Sie schaute sich über die Schulter um, zu den beiden, die hinter ihr stehen geblieben waren, bückte sich, wie um weiterzukriechen, fuhr im selben Moment aber herum und warf sich mit aller Kraft rückwärts. Dabei dachte sie: *Ich darf nicht Anders treffen.*

Das Messer zerschnitt Stoff, sie merkte, wie es durch Haut glitt, ins Fleisch drang.

Ein Schmerzensschrei. Anders sah seine Mutter mit offenem Mund und einer Mischung aus Unglauben, Angst und Überraschung an. Er trat einen Schritt zur Seite, blieb aber stehen, als wäre er gelähmt. »Lauf, Anders, lauf!«, schrie Kajsa. Eine Ewigkeit schien zu vergehen, bis er sich bewegte. Er rannte über den Rasen, über den Kiesweg, durch das Tor.

»Lauf, Anders, lauf!« Dann war er in der Dunkelheit verschwunden.

In diesem Moment registrierte sie am Rand ihres Blickfeldes eine Hand, die sich einem Stein näherte, Finger, die ihn packten.

*Nein,* dachte sie, *das darf nicht passieren. Jetzt heißt es du oder ich.*

Alle Geräusche verschwanden, die Schmerzen in Bein und Kopf waren verflogen. Die Wut explodierte in ihr, wallte im Körper auf. *Verdammt, verdammte Scheiße!*

Sie beugte sich vor, presste beide Hände ins Gras, schob den Fuß des nicht gebrochenen Beines vor, legte ihr ganzes Gewicht in diesen Stoß und stützte sich dabei auf das andere Knie. In dem Moment, in dem ihr Fuß Halt fand, stieß sie sich ab und warf sich herum und schnellte nach oben. Das Messer schoss vor, auf den gebückten Körper zu.

Kajsa war eine wütende Bärin, und sie brüllte.

Sie hatte keine Kontrolle darüber, wo sie traf, sie merkte nur, dass sich das Messer ins Fleisch bohrte, und sie sah die Hände, die auf den Hals gedrückt wurden, das Blut, das zwischen den Fingern hervorquoll.

Kajsa sank in sich zusammen, kniete auf dem Boden, noch immer mit dem Messer in der Hand. Der Schmerz war wieder da, alles wogte, feuchtes Gras berührte ihre Wange. *Jetzt ist Schluss. Aber Anders ist in Sicherheit.*

*

Starke Hände hoben sie hoch, hielten sie fest. »Nein!«, schrie sie voller Panik. »Nein!« Sie schlug um sich, stieß, schlug mit der Faust gegen jemanden, der still dastand.

Jemand hielt ihre Handgelenke fest, presste ihre Arme nach unten. »Alles ist gut, Kajsa. Es ist vorbei.«

Die Stimme klang vertraut. Kajsa versuchte, sich auf das Gesicht vor ihr zu konzentrieren, aber es verschwamm. Sie hatte den Eindruck, dass es nach Lederjacke roch. Weitere Hände griffen nach ihr, sie versuchte, sich zu wehren, aber sie hatte keine Kraft mehr. Sie wurde auf etwas Hartes gelegt, es bewegte sich. Sie sah die Umrisse von Bäumen, Zweige bewegten sich als undeutliche Striche vor dem Nachthimmel. Dann wurde sie ins Licht gehoben.

Langsam kam sie zu sich, bemühte sich, das Gesicht des Menschen, der ihre Hand hielt, zu erkennen. Es war Aksel. »Alles ist gut«, sagte er. »Es ist jetzt vorbei.« Sie wollte sich aufrichten, doch es gelang ihr nicht. Aber sie wusste, dass es stimmte. Denn Aksel hatte es gesagt. Auf Aksel konnte sie sich immer verlassen.

Sie schaute sich um. »Anders?«, flüsterte sie.

»Dem geht es gut.«

»Wo ist er?«

»In einem anderen Rettungswagen, zusammen mit Karsten.«

»Ich will ihn sehen.«

Aksel holte Anders. Er kletterte in den Rettungswagen und fiel ihr um den Hals. Beide weinten.

»Tut es weh, Mama?«, fragte er.

»Nein, jetzt tut mir nichts mehr weh. Ich weine, weil ich so froh bin«, sagte sie.

Über den Kopf von Anders hinweg sah sie Aksel an. »Denk nicht an mich. Du musst dich um Anders kümmern«, sagte sie.

Aksel nickte.

»Du musst ihn debriefen«, sagte sie. »Darin bist du doch Experte, oder?«

Aksel lächelte, aber sein Blick hatte jetzt etwas Wehmütiges. Er schluckte, sagte aber nichts.

»Und außerdem bist du sein Papa«, fügte Kajsa hinzu. »Er braucht dich jetzt.« *Sie drückte seine Hand.*

*

Blitzlicht flackerte auf, die Kameras surrten und klickten, als Karsten, der Polizeichef und zwei weitere uniformierte Polizisten vor die Presse traten.

Kajsa hatte in ihrem Zimmer im Krankenhaus einen Fernseher. Ihr Bein war eingegipst, Schrammen und Schnittwunden waren mit Pflaster versehen. Sie war allein und verfolgte die Direktübertragung der Pressekonferenz auf Kanal 4. Unmittelbar zuvor hatte sie umgeschaltet und gesehen, dass auch NRK und TV2 live sendeten. Sie versuchte, sich aufzusetzen, aber ihr Kopf tat weh, deshalb ließ sie sich auf das Kissen zurücksinken und behielt den Fernsehschirm im Auge.

Der Pressesprecher gab das Wort an den Polizeichef, der berichtete, dass Anders Coren und seine Mutter, die Journalistin Kajsa Coren, in der vergangenen Nacht um 00:08 Uhr aufgefunden worden seien.

*Warum gibt die Polizei immer die genaue Uhrzeit an? Lernen die das auf der Polizeischule?*, dachte Kajsa.

»Anders Coren war unverletzt«, fuhr der Polizeichef fort. »Kajsa Coren dagegen hat sich das Bein gebrochen und sich eine Gehirnerschütterung zugezogen. Sie befindet sich derzeit zur Beobachtung im Krankenhaus Asker og Bærum.«

Er unterbrach sich für einige Sekunden und schaute in seine Unterlagen, dann sagte er: »Die Entführerin heißt Mona Lycke. Sie wurde schwer verletzt bei dem Versuch, Frau Coren und ihren Sohn an der Flucht zu hindern.«

Der Polizeichef schaute in die Runde. »Lycke ist um 04:35 Uhr an den Verletzungen, die sie sich zugezogen hatte, gestorben.«

*Sich zugezogen,* überlegte Kajsa. *Warum sagt er nicht ›die ihr zugefügt wurden‹? Um mich zu beschützen?*

Der Polizeichef übergab das Wort nun an Karsten, der sich räusperte und zu einer langen Erklärung über den Fall Erland, den Fall Ingrid, die Solgløtt-Ermittlung, die Suchaktion nach Anders und Kajsas und Anders' Flucht aus Mona Lyckes Haus ansetzte.

Sie lächelte, als Karsten sich vorsichtig an seinem Schlipsknoten zu schaffen machte. Er hasste Krawatten, zog nur äußerst ungern die Uniform an. »Ich sehe aus wie ein ausstaffierter Hahn«, sagte er dann immer.

Zwischendurch trank er Wasser. »Nach unseren bisherigen Ermittlungen hat Mona Lycke mehrere Personen im Pflegeheim getötet. Sie hat zudem Ingrid Steffensen ermordet, weil diese sie in Verdacht hatte. Lycke wohnte nicht weit vom Solgløtt entfernt, und Erland Stiansen war auf irgendeine Weise mit ihr in Kontakt gekommen, da er auf dem Heimweg vom Fußballtraining mit dem Rad an ihrem Haus vorbeifuhr. Er starb in ihrem Haus, und sie brachte ihn in ihrem Auto an den Fundort beim Bahnhof Asker. Vor zwei Tagen hatte Lycke Anders Coren mit sich gelockt, der sie aus dem Pflegeheim kannte, und ihn zu sich nach Hause mitgenommen.«

Karsten räusperte sich und trank noch einen Schluck Wasser. »Seine Mutter, Kajsa Coren, fuhr – am zweiten Abend nach Anders' Verschwinden – zu mehreren der Personen, die sie aus dem Pflegeheim kannte, wo ihre Mutter seit zwei Jahren Patientin ist.«

Wieder ein Räuspern. »Coren fuhr auch zu Mona Lycke. Dort wurde Coren misshandelt und mit Medikamenten betäubt und dann zusammen mit ihrem Sohn in ein Zimmer eingeschlossen. Die beiden konnten entkommen, was Lycke jedoch bemerkte, und in dem darauffolgenden Handgemenge wurde sie schwer verletzt. Sie ist heute Nacht, wie mein Kollege bereits mitgeteilt hat, an ihren Verletzungen gestorben.«

Karsten blickte von seinen Unterlagen auf und sah die Anwesenden an. »Ich glaube, das fasst die wichtigsten Ergebnisse zusammen. Doch wie Sie sich unschwer denken können, steht noch einiges an Ermittlungen aus, und es gibt noch etliche Fragen, auf die wir hoffen, eine Antwort zu finden.«

Er blickte den Pressesprecher an und nickte, zum Zeichen, dass er fertig war.

»Dann warten wir auf Ihre Fragen«, sagte der Pressesprecher. »Zuerst Kanal 4, dann *Nettavisen,* TV2 und NRK.«

Espen Nedreberg, Kajsas Kollege aus dem Kriminalressort, fragte: »An was für Verletzungen ist Mona Lycke denn gestorben?«

»An Stichwunden.«

»Kajsa Coren hat sie also erstochen?«

»Ja.«

»Was sagt Coren selbst über diese Vorgänge? Denn Sie haben doch bestimmt mit ihr gesprochen?«

»Nur sehr kurz.«

»Und was hat sie gesagt?«

»Dass es eine Frage von Leben und Tod war. Sie hält es für Notwehr.«

»Woher hatte sie das Messer?«

»Von ihrem Sohn. Der hatte es bei sich.«

»Aber wie …«

»Mehr kann ich zum jetzigen Zeitpunkt noch nicht sagen. Wie bereits erwähnt, es stehen noch Ermittlungen aus, und wir werden auf diese Fragen zurückkommen, wenn Frau Coren zu einer längeren Erklärung in der Lage ist. Weiter. TV2?«

Auch TV2 versuchte, aus Karsten mehr über die Geschehnisse in dieser dramatischen Nacht herauszukitzeln. Er wiederholte jedoch nur das bereits Gesagte. Ebenso bei NRK und *Dagbladet.* Bei allen Fragen ging es um dasselbe: Was genau war passiert, als Kajsa Mona Lycke erstochen hatte? Es war deutlich, dass das für die Presse den *Fall* ausmachte.

*Eine Kollegin, die eine Mörderin umgebracht hat. Wie wäre das noch zu toppen?,* überlegte Kajsa.

Die Presseleute wechselten resignierte Blicke, gaben sich schließlich geschlagen.

»Wie viele Patientinnen und Patienten hat Mona Lycke umgebracht?«, fragte ein Journalist von *Nettavisen.*

»Ich muss um Verständnis dafür bitten, dass wir noch keinen vollständigen Überblick über die Ausmaße haben, aber Lycke hat Unterlagen hinterlassen, in denen sie achtzehn Morde gesteht. Wir werden darauf zurückkommen, wenn wir mehr wissen.«

»Was war ihr Motiv?«

»Dazu haben wir eine gewisse Vermutung, aber auch darauf kommen wir erst zu sprechen, wenn wir das neue Material gesichtet haben.«

»Was wissen Sie über Lyckes Hintergrund?«

»Es gibt Hinweise darauf, dass sie als Kind sehr stark vernachlässigt und misshandelt wurde, was ihre Beziehung zu anderen Menschen geprägt hat.«

»Was ist mit dem Abteilungsleiter, den die Polizei so lange in Verdacht hatte?«

Kajsa wartete gespannt auf die Antwort.

»Der Abteilungsleiter hat zugegeben, dass er Geld der Hausbewohner unterschlagen hat, und deshalb wird Anklage gegen ihn erhoben werden«, erwiderte Karsten.

*Deshalb hat er sich also so seltsam verhalten,* dachte Kajsa. Deshalb war er erleichtert gewesen, als er während der Ermittlungen nicht aufgeflogen ist, und deshalb hatte er nicht erzählt, dass er bei Ingrid zu Hause gewesen war. Sicher hatte sie das mit den Unterschlagungen entdeckt und ihn damit konfrontiert.

»Warum hat Lycke die Jungen zu sich nach Hause gelockt?«

»Das betrifft nun wieder das von Mona Lycke hinterlassene Material. Ich kann immerhin so viel sagen, dass sie von Kindern fasziniert war.«

Als Nächstes stellte Even Bruslett von *VG*, bekannt als einer der alten Hasen aus der Akersgate, eine Frage. »Sie sagen, dass Mona Lycke Ingrid Steffensen und viele Bewohner des Pflegeheims ermordet hat und Erland Stiansen bei ihr zu Hause gestorben ist. Mona Lycke ist tot und kann sich nicht verteidigen. Wenn Sie so sicher sind, müssten Sie uns nicht genauer erklären, warum Sie Lycke hier als eine der schlimmsten Massenmörderinnen in der norwegischen Geschichte darstellen?«

Der Polizeichef errötete ein wenig, sagte jedoch nichts. Er blickte nur zu Karsten, der abermals an seinem Schlipsknoten zog. Dann richtete er den Blick auf Bruslett, beugte sich ein wenig vor und sagte: »Das, was ich auf dieser Pressekonferenz gesagt habe, hätte ich niemals ausgesprochen, wenn wir keine Beweise hätten, die unsere Aussagen belegen.«

»Aber sie kann doch eine pathologische Lügnerin gewesen sein?«, widersprach Bruslett.

»Wir reden hier von einem ausführlichen Geständnis mit Details, die nahelegen, dass das Geständnis der Wahrheit entspricht.«

»Wie hat sie ihre Opfer umgebracht?«

»Mit Insulin, das sie von Patienten im Solgløtt gestohlen hat. Mehr kann ich nicht sagen. Aber Sie können in einem Punkt ganz sicher sein, Bruslett, nämlich, dass Sie alle Details erhalten werden, wenn wir fertig sind. Sie *und* alle anderen«, fügte er hinzu und schaute mit sarkastischem Lächeln in die Runde.

Aber Bruslett wollte sich nicht geschlagen geben. »Aber fehlt hier nicht etwas Wesentliches? Zum Beispiel konkrete Beweise? Ganz zu schweigen von weiteren Leichen?«, fragte er.

»Die liegen auf dem Friedhof«, entgegnete Karsten.

»Das bedeutet eigentlich, dass Sie nie genau wissen werden, wie viele sie wirklich umgebracht hat. Sie haben ein Geständnis, aber keine Opfer, keine absoluten Beweise. Keine Antwort für verzweifelte Angehörige.«

»Es ist durchaus möglich, dass wir zu dieser Konklusion gelangen werden. Vorläufig …«

Bruslett fiel ihm ins Wort. »Sie haben bei vier großen Kriminalfällen die Ermittlungen geleitet: bei zwei fast identischen Vermisstenfällen, bei einem Mord und den Patientenmorden in einem Pflegeheim, in dem das Mordopfer gearbeitet hat. Jetzt stellt es sich heraus, dass die Täterin in allen vier Fällen dieselbe ist. Warum haben Sie den Zusammenhang erst so spät begriffen?«

»Wir haben alles getan, was in unserer Macht stand, um einen Zusammenhang zu finden, aber nichts bei unseren taktischen oder technischen Untersuchungen wies auf einen solchen Zusammenhang hin«, antwortete Karsten.

»Oder Sie haben vielleicht schlechte Arbeit geleistet?«, fragte Bruslett sarkastisch.

»Das können wir nicht ausschließen, aber ich glaube, wir sollten mit dieser Konklusion warten, bis die Ermittlungen abgeschlossen sind«, sagte Karsten.

»Aber Sie sind *ganz* sicher, dass Lycke Ingrid Steffensen umgebracht hat?«

»Ja«, antwortete Karsten und ließ sich nicht von Brusletts scharfem Ton beeindrucken. »Wir haben DNA-Beweise, außerdem haben wir zu Hause bei Mona Lycke ein Notizbuch gefunden, in dem Ingrid Steffensen ihren Verdacht notiert hatte. Darin stand unmissverständlich, dass Lycke bei einem Patienten das Insulin gestohlen hat. Und das hat aller Wahrscheinlichkeit nach zu diesem Mord geführt.«

»Die Nächste ist ... « Der Pressesprecher griff ein und blickte in seine Notizen. »Äh ... die Dame dort hinten«, sagte er und zeigte auf eine Frau. Sie war ihm offenbar unbekannt.

»Stimmt es, dass Kajsa und Aksel Coren sich getrennt haben?«, fragte die junge Frau.

Die Kamera von Kanal 4 fing für einige kurze Sekunden ihr vor Eifer sprühendes Gesicht ein. Kajsa hatte diese Frau noch nie gesehen. Kam sie von der Regenbogenpresse?

Kajsa wartete gespannt auf Karstens Antwort.

»Es ist nicht meine Aufgabe, Frau Corens Privatleben zu kommentieren«, sagte er.

»Aber ... «, begann die Journalistin.

Karsten sah den Pressesprecher an und fragte: »Wer kommt als Nächstes?«

*Woher wissen sie das?*, dachte Kajsa. *Hat jemand ihnen einen Tipp gegeben?* Der Pressesprecher machte eilig weiter.

»Als Nächstes kommt Budstikke.«

*

Seit der dramatischen Nacht, in der Mona Lycke gestorben war, waren zwei Wochen vergangen.

Kajsa saß im Schneideraum, hatte das eingegipste Bein auf einen Stuhl gelegt und las in *Klassekampen,* während sie auf Didden wartete, der ihren Kommentar redigieren sollte.

»Ach, mal wieder überlebt?«, fragte er, als er hereingeschlendert kam. »Wie viele Leben hast du eigentlich?« Er setzte sich an das Pult mit den vielen Schaltern und Knöpfen, ohne sie anzusehen.

»Mindestens neun«, sagte sie und lächelte.

»Hast du einen Plan?«, fragte er. »So wie ich dich kenne, hast du die Doku doch schon fertig im Kopf.«

Sie wagte keine Antwort, lächelte nur. Sie wusste, was er sagen würde.

»Aber du brauchst mich, um daraus Kunst zu machen«, sagte er und drückte auf einen Knopf. »Spielberg«, sagte er. »Das bin ich! Mal sehen ...« Er legte das Band ein, das Kajsa ihm reichte. Mona Lyckes Gesicht tauchte auf einem der Bildschirme vor ihnen auf. Er drehte den Ton hoch.

*Ich könnte vieles über meine Mutter erzählen.*

*Meine Mutter ... sie ... sie hat mich niemals berührt.*

*Nur dann, wenn sie mich schlug.*

*Dann gab es mich.*

*Die meiste Zeit war es so, als ob ich gar nicht existierte.*

Didden fiel das Kinn herunter. »Shit! Ist das nicht ...?«

»Doch, das ist Mona Lycke«, bestätigte Kajsa. »Kunst hin oder her, wir werden jedenfalls etwas machen, das es so noch nie gegeben hat. Die Doku bekommt den Titel *Die Mörderin von Abteilung 3B. Ein Krimi aus der Wirklichkeit.*«

»Herrlich. Was hast du?«

»Ich habe Aufnahmen, die Lycke von sich selbst gemacht hat, bei denen sie aus ihrem Leben und davon erzählt, was sie getan hat. Ich habe Aufnahmen aus dem Pflegeheim aus den letzten drei, vier Monaten, unter anderem von Ingrid Steffensen, und ich habe ein Interview mit Lycke, das ich bei ihr in der Küche gemacht habe, ehe ich geflohen bin und sie … und sie … gestorben ist.«

»Holy Shit! Du hast sie interviewt? Wie hast du das geschafft? Du bist doch verrückt!«

»Nein, *sie* war verrückt, sie hat mich dazu gezwungen. Und dann müssen wir bei ihr zu Hause noch weitere Aufnahmen machen: die Küche, das Zimmer, in dem Anders und ich eingesperrt waren – das übrigens ihr Kinderzimmer war –, das Fenster, aus dem wir hinausgeklettert sind, den Garten, nachts und tagsüber. Wir müssen außerdem die alten Familienbilder abfotografieren.«

»Willst du die ganze Geschichte erzählen; alles, was passiert ist?«

»Ja, ich werde alles über Mona Lycke erzählen«, erwiderte Kajsa und dachte: *Aber nicht alles über mich.*

*Dagbladet, 15. Mai 2005*

**BEKOMMEN NIEMALS ANTWORT**

*Erlands Eltern werden niemals eine Antwort bekommen*

*Die Polizei ist unsicher, ob Erland Stiansen ermordet wurde oder durch einen Unfall zu Tode kam. Wir werden vermutlich niemals eine eindeutige Antwort erhalten, sagt Ermittlungsleiter Karsten Kjølås.*

*Erlands Eltern, Bodil und Endre Stiansen, haben sich damit abgefunden, dass sie niemals eine eindeutige Antwort auf die Frage erhalten werden, ob die Solgløtt-Mörderin Mona Lycke ihren Sohn getötet hat. Aber die Polizei hält es für sehr wahrscheinlich, dass sein Tod ein Unfall war. Mona Lycke hat eine Erklärung hinterlassen, laut der Erland Stiansen in ihrem Haus eine Treppe hinuntergefallen ist und dass sie ihn in ihrer Panik in der Nacht zum Fundort beim Bahnhof Asker gefahren hat. Erland hatte in den Wochen vor seinem Tod Mona Lycke jeden Dienstag und Freitag nach dem Fußballtraining auf dem Sportplatz beim Solgløtt besucht. Lycke wohnte nicht weit vom Pflegeheim entfernt und hat ihn mit Geld gelockt.*

*Die polizeilichen Ermittlungen haben ergeben, dass Mona Lycke den Brief – der eine weiße Rose enthielt – an Erlands Eltern geschrieben hat. Bereits in diesem Brief behauptete sie, Erlands Tod sei ein Unfall gewesen. Sie hat danach jede Woche seit seinem Tod eine weiße Rose auf sein Grab gelegt.*

*Auf* Dagbladets *Frage, warum die Polizei keine sichere Erkenntnis vorzuweisen hat, antwortete Hauptkommissar Karsten Kjølås, sie könnten nicht ausschließen, dass Erland die Treppe in Lyckes Haus hinuntergestoßen worden sei, wüssten aber, dass Lyckes Erklärung mit dem über-*

*einstimme, was die Polizei durch technische Untersuchungen habe herausfinden können.*

*»Wir bekommen Erland ja doch nie zurück«, sagten seine Eltern* Dagbladet *gegenüber.*

*Se og Hør, 20. Mai 2005*

**FANDEN EINANDER IN DER HORRORHÖLLE**

*Kajsa und Karsten fanden die Liebe*

*Wie* Se og Hør *in Erfahrung bringen konnte, ist zwischen der bekannten Kanal-4-Reporterin Kajsa Coren und dem leitenden Polizeibeamten Karsten Kjølås die Liebe entflammt. Kajsas Mann, der prominente Psychiater Aksel Coren, ist vor einiger Zeit aus dem gemeinsamen Haus in Asker ausgezogen. Nun hat Kajsa eine neue Liebe gefunden: Während der Ermittlungen zu den grauenhaften Morden im Solgløtt, wo Kajsas Mutter Patientin ist, und während der Untersuchungen zum Mord an Ingrid Steffensen und zum Tod von Erland Stiansen. Kjølås war bei allen Fällen Ermittlungsleiter, und er hat auch die Suchaktion geleitet, nachdem Kajsas Sohn Anders von der Solgløtt-Mörderin Mona Lycke gekidnappt worden war.*

*Was aber niemand wusste, war, dass die beiden in dieser Horrorhölle die Liebe gefunden haben. Nach den immensen Belastungen, denen die sympathische und tüchtige Fernsehjournalistin ausgesetzt war, jetzt und als sie vor drei Jahren entführt und von einem Massenmörder gefangen gehalten worden war, lächelt das Glück also wieder für die Mutter zweier Kinder.*

Se og Hør *konnte bisher weder mit Kajsa Coren noch Karsten Kjølås Kontakt aufnehmen, Quellen zufolge, die beiden nahestehen, sind sie sehr glücklich miteinander.*

†

Mein geliebter Mann,
der beste Papa auf der Welt,
unser guter Sohn, Schwiegersohn,
Bruder, Schwager und Onkel
**Martin Roland**
*27. März 1966,
ist im Pflegeheim Solgløtt friedlich eingeschlafen.
Asker, 24. Mai 2005

Edel ist der Mensch,
die Erde ist reich und bunt!
Gibt es hier Not und Hunger,
ist Verrat der Grund.
Zerschlagt ihn! Im Namen des Lebens
soll das Unrecht fallen,
Sonnenschein und Brot und Geist
gehören allen!
(Nordahl Grieg)

Erle
Ingeborg
Mathias
Silje
John und Lillian (Eltern)
Nils und Kathrine (Schwiegereltern)
Johannes und Beate
Iren und Even
Susanne, Joachim, Ninni, Ingunn

**Trauerfeier in der Kirche von Asker**
am 1. Juni um 12.00 Uhr
Danach bitten wir zum Kaffee in den Askertun.
Ebenso willkommen wie Blumen ist eine Spende an
Ärzte ohne Grenzen.
Besonderer Dank gilt den Angestellten der Abteilung 3B im
Pflegeheim Solgløtt.

LESEPROBE

TRUDE
TEiGE
TOTENSOMMER
EIN NORWEGEN-KRIMI
Von
der Autorin
des Bestsellers
atb

# 1

## SAMSTAG, 15. JULI 2006

Es war dunkler als sonst im Sommer, einige Stunden zuvor war Nebel heraufgezogen. Es half nur wenig, dass er die große Tür zum Meer hin geöffnet hatte, um das Abendlicht einzulassen.

Die Sicht war minimal. Das machte nichts, er wollte an diesem Abend ohnehin nicht hinausfahren und Netze auslegen. Außerdem war am nächsten Tag Sonntag, und da verrichteten die Ortsansässigen niemals solche Arbeiten; jedenfalls fuhren sie nicht hinaus aufs Meer, um Netze einzuholen.

Doch, er kannte die ungeschriebenen Regeln nach all den Jahren hier. Und er wollte die Leute im Dorf nicht provozieren, die hinter seinem Rücken über alte Tage redeten und es nicht richtig fanden, dass er sich verhielt, als wäre er einer von ihnen.

Das Netz hatte ein großes Loch gehabt, als er es zwei Tage zuvor bei Svartskjæret eingeholt hatte. Die Netzflickerei gefiel ihm, auch wenn er das Gefühl hatte, die Technik in jedem Sommer, wenn er herkam, aufs Neue erlernen zu müssen.

Jetzt war nicht mehr viel übrig. Seine Zunge schob er zwischen die Lippen, als er die Nadel durch eine Masche führte, einen Knoten machte und die Nadel zurückschob. Es wurde eine schöne Schlinge in genau der richtigen Größe.

Er hielt das Fischernetz vor die Glühbirne, die von der Decke hing, um besser sehen zu können. Das Licht erhellte nur die Stelle, an der er saß, der übrige Raum lag im Dunkeln. Der Bootsschuppen hatte keine Fenster, und das Holz war mit der Zeit nachgedunkelt. Wände, Decke und Boden schluckten das Licht.

Als er gerade dachte, es sei schon spät, er müsse jetzt aufhören, hörte er, dass die Tür zum Bootsschuppen geöffnet wurde. Er kappte den Faden mit dem kleinen Messer, das an seinem Finger befestigt war, richtete sich langsam auf und ließ das Netz in die Netzbütte fallen.

Ihm blieb keine Zeit sich umzudrehen und zu sehen, wer da hinter ihm aus dem Schatten trat.

# 2

## SONNTAG, 16. JULI 2006

Nils Vinjevoll war ein Mann, der noch keiner Fliege etwas zuleide getan hatte. Er mochte Streitigkeiten und Konflikte nicht, solchen Dingen wich er konsequent aus. Ein Ehrenmann, hieß es über ihn.

Im kommenden Jahr würde er fünfzig werden, und in letzter Zeit hatte er sich immer häufiger die Frage gestellt: War das nun alles?

Nicht, dass es ihm nicht gutging. Im Gegenteil. Die Arbeit auf der Bohrinsel ließ ihm viel Freizeit und bescherte ihm guten Verdienst. Er wohnte mit seiner Mutter in einem großen, gepflegten Haus.

Er war nicht unglücklich, aber er war auch nicht glücklich.

Er hatte das Gefühl, dass etwas fehlte.

Ihm fehlte eine Frau. Aber das war es nicht, was ihm so zu schaffen machte. Damit hatte er sich schon vor vielen Jahren abgefunden, aber dennoch saß er nun hier und verspürte eine immer größer werdende Leere.

Er war um sechs Uhr aufgestanden, hatte sich eine Tasse Kaffee gekocht und sich an den Küchentisch gesetzt. Der Meeresnebel hatte die Sommernacht verdüstert, jetzt aber löste er sich auf, der letzte Rest hing noch über dem Fjord, ein dünner Schleier, der sich wie ein Seidenband zwischen den Inseln dahinwand.

Er fuhr sich mit der Hand über den Bauch. Er versuchte, weniger zu essen, aber das war schwer. Das musste man ihr lassen, seiner

Mutter, sie war eine gute Köchin, tischte immer wieder Leckerbissen auf, wenn sie abends vor dem Fernseher saßen.

Sein Vater war mit nur fünfundfünfzig Jahren an einem Herzinfarkt gestorben. Vielleicht lag es in seinen Genen – dass das wirklich alles gewesen war?

Er fühlte sich elendig schlecht in Form, er hatte versucht, mit dem Rauchen aufzuhören, aber ohne Zigaretten wurde alles so traurig. Vielleicht sollte er mit Sport anfangen? Er konnte sich ein Lächeln nicht verkneifen. Seine Mutter würde glauben, dass er den Verstand verloren habe. Die Nachbarn würden nur noch glotzen, wenn er vorbeigejoggt käme.

Aber warum sollte er sich darum kümmern, was andere meinten. War er nicht ein anderer geworden als der, der er sein wollte, gezwungen zu einer Art Konformität?

Warum mache ich nicht das, was *ich* will?

Während er auf die vertraute Landschaft hinausblickte, hatte er das Gefühl, eine Art Anfall zu erleiden, eine tollkühne Lust, aufzubegehren, sich gegen das Leben zur Wehr zu setzen, das er lebte. Gegen sich selbst.

Er wartete darauf, dass der Anfall vorüberging, tunkte ein Stück Zucker in den Kaffee und saugte so energisch daran, dass es sich auflöste.

Aber dann stand er auf und ging mit ungewohnter Entschlossenheit ins Badezimmer, um Sommershorts und ein T-Shirt anzuziehen. Er lief in den Keller, wühlte eine ganze Weile herum, dann fand er ein Paar alte Turnschuhe, die er bei der Gartenarbeit getragen hatte. Er lief vor der Garage eine Weile auf der Stelle, das hatte er bei Sprintern im Fernsehen gesehen, ehe sie an die Startblöcke traten. Sein großer Schäferhund, der auf dem Hofplatz an einer Laufleine stand, legte den Kopf schräg und sah ihn an.

Aber als er mit kurzen Trippelschritten auf das weißgestrichene Tor zulief, verließ ihn sein Mut. Er blieb unschlüssig stehen und kam sich vor wie ein Idiot.

Der Anfall war vorüber.

Nein. Er wollte das nicht geschehen lassen. Einige Minuten lang hatte er doch eine ungewohnte Freude verspürt.

Er machte auf dem Absatz kehrt, ging in den Schuppen neben der Garage und holte ein altes Fahrrad. Mit raschen Bewegungen, als fürchte er einen Meinungsumschwung, öffnete er das Tor, stieg auf das Rad, fuhr um die Kurve, bog dann in Richtung Hafengelände ab und fuhr den Weg hinab zu den Bootsschuppen. Dort stellte er das Rad ab und joggte mit kleinen Schritten hinaus auf die Landzunge. Er atmete schwer und keuchend, aber wieder verspürte er diese unbekannte Freude. Ermutigt von diesem Gefühl, legte er alle Kleider ab, bis auf die Unterhose, und sah sich dabei über die Schulter um. Kein Mensch zu sehen, nur einige Schafe. Er watete ins Meer hinaus, atmete tief durch, ließ sich vornüberfallen und tauchte unter.

Als er wieder an die Oberfläche kam, entdeckte er es: Ein kleines gelbes Boot trieb langsam auf ihn zu, kein Motorengeräusch war zu hören.

War da jemand zum Angeln draußen? An einem Sonntag? Er schwamm zum Ufer, lief an Land, packte seine Kleider und suchte eilends Zuflucht hinter einem Felsbrocken. Beim Anziehen schaute er zu dem Boot hinüber.

Kein Lebenszeichen zu erkennen.

Eine große, fette Mantelmöwe hob weiter draußen auf der Landzunge ab und flog auf das gelbe Boot zu. Vinjevoll schaute dem Vogel hinterher. Der drehte mit langsamen, kräftigen Flügelschlägen einige Kreise über dem Boot und schrie dabei heiser.

Vinjevoll blieb eine Weile stehen, wartete darauf, dass das Boot an Land trieb. Als das jedoch nicht passierte, sondern das Boot wieder hinausgetrieben wurde, ging er über den Weg zurück und fuhr dann nach Hause. Seine Mutter war noch nicht aufgestanden. Er zog den Overall an, den er immer beim Angeln trug, lief zurück zum Bootshaus, stieg in sein Boot und steckte sich eine Zigarette an, ehe er den Motor anwarf.

Nils Vinjevoll schirmte seine Augen mit der Hand gegen die Sonne ab, als er sich dem Boot näherte. Das offene gelbe Boot mit dem Außenbordmotor wiegte sich leise in den Wellen eines großen Fischkutters, der weiter draußen im Fjord vorüberfuhr.

Nils Vinjevoll glaubte, im Boot etwas zu erkennen, er hatte eigentlich keine Lust, jemanden zu überraschen, hielt es aber für besser, doch nachzusehen.

Langsam glitt er an das gelbe Boot heran, wartete ein wenig, um zu sehen, ob jemand darin den Kopf hob, aber nichts passierte, deshalb lief er an Deck, beugte sich vor und griff nach dem kleinen Motorboot, schaute über die Reling. Die beiden Boote stießen dermaßen zusammen, dass ihm die Zigarette aus dem Mund fiel. Die stieß ein wütendes Zischen aus, als sie den Wasserspiegel traf.

*

Polizeikommissar Kjell Nistad überlegte gerade, ob die Vorhänge in der Küche neu waren, als die Morgenstille vom Klingeln seines Mobiltelefons zerrissen wurde. Er war nicht sicher, aber er glaubte eigentlich, die Küchenvorhänge seien gemustert gewesen. Diese hier waren einfarbig, weiß. Er kam da nicht mehr mit, dauernd wurde irgendetwas ausgewechselt.

Er griff mit resignierter Miene nach seinem Diensttelefon. Es war die Operationszentrale in Ålesund. Sie hatten einen Mann aus seinem Dienstbezirk in der Leitung. Ob er das Gespräch annehmen könne.

Er schluckte den letzten Bissen hinunter, den er noch im Mund hatte, und dachte: Bleibt mir denn etwas anderes übrig?

Er hatte diese Wochenendschichten mit häuslichen Streitereien und Schlägereien im Suff, um die er sich kümmern musste, so satt, aber sie hatten so wenige Leute, dass es ihm nicht erspart blieb. Diese blöden Politiker, die in Oslo saßen und keine Ahnung hatten, wie es hier im Bezirk aussah, im wirklichen Leben.

Er warf einen Blick auf die Küchenuhr. Fünf nach halb acht. Verdammt! Was konnte das denn sein, um diese Zeit an einem Sonntagmorgen?

Es war Nils Vinjevoll. Nistad kannte ihn gut, sie kamen aus demselben Dorf. Vinjevolls Stimme war außer sich. »Es geht um Gert, er ist tot.«

»Tot? Wer ist tot?«

»Gert, sag ich doch! Er ist völlig kalt.«

Nistad bat ihn, sich zu beruhigen. »Hol jetzt mal tief Luft und erzähl alles von Anfang an.«

Während Vinjevoll berichtete, erhob sich Kjell Nistad langsam und mit verblüfftem Gesicht vom Tisch, und als er auflegte, biss er in sein Brot und spülte den Bissen dann mit einem Schluck Kaffee hinunter. Er lief hinaus auf den Gang, nahm die schwarze Uniformjacke aus dem Schrank und streifte sie über. Er zog den Bauch ein und musterte sein Spiegelbild mit ernster Miene, während er die Dienstmütze aufsetzte.

# 5

Kjell Nistad setzte sich auf einen Haufen Fischernetze auf dem Kai und zog das Mobiltelefon aus der Tasche. Er schlug sich leicht mit der Faust auf den Brustkasten und schluckte energisch. Sein Magen war nicht in Ordnung, er brannte.

Als junger Polizist hatte er davon geträumt, nur noch als Kriminaltechniker sein Geld zu verdienen. Er hatte nach der Polizeischule eine Zeitlang in Oslo gearbeitet. Es war eine schöne Zeit gewesen, und er hatte sich eine Karriere bei der Kripo vorgestellt. Er hätte ein guter Ermittler werden können.

Aber dann hatte er sich in Gunn-Berit verliebt. Als sie ihm von ihrer Schwangerschaft erzählte, stand er zu seiner Verantwortung, obwohl er durchaus noch nicht bereit für Frau und Kind war. Er ging zurück an seinen Heimatort und sie heirateten. Er deutete an, sie könnten auch in Oslo wohnen, aber da stieß er auf taube Ohren. Gunn-Berit wollte unbedingt in Losvika leben.

Was war er jung und dumm gewesen, er hatte sich doch immer fortgesehnt. Jetzt saß er hier, verheiratet mit einer Frau, die zur Fremden geworden war, sie interessierte sich nur dafür, wie alles aussah, renovierte und kaufte neue Sachen für das Haus. Es war wie ein Puppenhaus, und das ganze Jahr hindurch wimmelte es dort von Handwerkern, fand er. Und wenn alles fertig war und so aussah, wie sie sich das gewünscht hatte, vergingen nur wenige

Tage, dann musste sie zum Arzt und sich neue Pillen verschreiben lassen.

Sie schien nur glücklich zu sein, wenn sie Geld ausgeben konnte, und wenn er nun merkte, dass sich bei ihr eine Depression ankündigte, gab er ihr die Kreditkarte, damit sie zum Shoppen nach Ålesund fahren konnte.

Jetzt muss ich in einem Mordfall ermitteln, da brauche ich mir wirklich keinen Vorwand auszudenken, um nicht zu Hause bleiben zu müssen, dachte er und wählte die Nummer des Lensmannsbüros.

»Ist er schon identifiziert?«, fragte Eggesbø.

»Ein deutscher Tourist namens Gert Benedict«, antwortete Nistad.

»Ein Ausländer?«

»Er macht schon seit einem Menschenalter hier Urlaub.«

»Ach, verdammt!«

»Da sagst du was Wahres.«

»Todesursache?«

»Schwer zu sagen, er hat stark am Kopf geblutet.«

»Kann er gestürzt sein?«

»Tja, wenn man das wüsste.«

»Na gut. Ruf den Arzt an, danach sagst du beim Bestattungsunternehmen Bescheid. Und du musst Even informieren, wir müssen die nötigen Untersuchungen durchführen, ehe die Leiche abgeholt wird.«

Natürlich wollte der Lensmann Even dabeihaben, als ob Nistad nicht ohne ihn anfangen könnte. Er hatte trotz allem mehr Erfahrung als der neue junge Polizeibeamte, der in Oslo in der Abteilung für Gewaltverbrechen gearbeitet hatte.